TAN
SOLO
AMIGOS

TAN SOLO AMIGOS

⇒ UNA NOVELA ⇐

Lydia San Andres

**PRIMERO
SUEÑO PRESS**

—

ATRIA

*Nueva York Ámsterdam/Amberes Londres
Toronto Sídney/Melbourne Nueva Delhi*

¡Seguimos en contacto! Escanee aquí para recibir recomendaciones de libros,
ofertas exclusivas y más en su buzón de correo electrónico.

Para todos mis compañerxs en el desorden.
No importa cuántas veces cambien de rumbo ni cuánto se lo piensen,
espero que al final siempre consigan lograr lo que se proponen.

TAN SOLO AMIGOS

1

UN APARTAMENTO DESORDENADO EN MANHATTAN — DÍA

PASAMOS por encima de un sofá naranja
iluminado por las luces de la mañana,
revelando una colección de pañuelos arrugados
y envases de helado vacíos, hasta alcanzar
un par de manos garabateando MENTIROSO con
un rotulador en la portada de una novela
romántica, y después, lanzando dramáticamente
el libro de bolsillo a través de la
habitación. RETROCEDEMOS para ver la dueña
de esas manos: una chica latina, en pijama y
con una bata peludita, y el rímel corrido por
debajo de los ojos, lo que evidencia toda una
noche llorando. Esta es MARÍA, de 26 años.

> MARÍA (en su móvil)
> No más citas. Para siempre. Y te voy
> a contar exactamente por qué, ya que
> todo el mundo adora que los primeros
> diez minutos de una comedia romántica
> comiencen con una expliación.

Borré todo con un gemido de frustración, resistiendo el impulso
de lanzar mi computadora portátil a través de la habitación como
hizo María con la novela romántica. Está bien, eso fue horrible.
Qué más daba, siempre podía volver a empezar. Tampoco ese era

mi undécimo intento de escribir el inicio de mi guion de cine ni nada por el estilo.

Solté otro gemido, este con un dejo de pánico.

Dándole una patada a la ropa limpia apilada al pie de la cama, estiré las piernas y retiré el cojín en forma de flor que había estado apoyado en mi regazo, colocándome la portátil en las piernas. Fue un gran error, ya que la parte inferior de la portátil prácticamente me quemaba la piel de los muslos.

Obviamente, el problema no era mi guion de cine o el hecho que no lograba escribir una frase coherente. Era que en mi apartamento hacía demasiado calor. Todo lo que tenía que hacer para que las palabras fluyeran era mudarme a algún lugar con aire acondicionado. Y una golosina. ¿En qué había estado pensando, intentando escribir sin un pequeño incentivo para seguir adelante?

Como si hubiera escuchado el chisporroteo de la carne quemada desde Miami, mi móvil vibró con una llamada entrante de mi prima Yazmin.

—Sé exactamente lo que me vas a preguntar —le dije por teléfono—. Si el romance de regencia es tan popular como subgénero literario, ¿cómo no hay porno de regencia?

No estaba intentando desviar la atención de sus preguntas sobre mi guion de cine o la cita de anoche, que ni siquiera tuvo la oportunidad de fracasar estrepitosamente ya que fui *ghosteada* antes incluso de que empezara. Pero... Oh, ¿a quién quería engañar? Pues claro que estaba intentando distraerla. Y estaba funcionando.

Yaz se rio a carcajadas. Bajito. Quizás no tuviera reparos en estar hablando conmigo por teléfono mientras trabajaba, pero era una abogada recién graduada, y no daba la impresión de que le gustara que el asociado de segundo año sobrecargado de trabajo, con quien compartía su lujosa oficina, la mirara mal.

—No, de verdad, piénsalo. Un tipo en Fling haciendo cosplay vestido como un duque, el duque de Harding —añadí en un brote de inspiración—. Haciendo vídeos, ya sabes, con ropa de cuero ceñida y botas de húsar, que le dice a quien lo esté viendo lo mala institutriz que es.

Esta vez, su risa estalló en el auricular.

—Definitivamente vas a conseguir que me echen hoy. ¿Es Fling esa aplicación para lectores de romance de la que me habías hablado antes de que nos interrumpiera mi jefe?

—Sí. Tal vez debería encontrar a alguien con quien asociarme. Escribirles guiones técnicos o lo que sea.

—Dime la verdad, Mariel. ¿Estás tratando de evitar trabajar en tu guion? ¿Por qué no intentas escribir algunas palabras en vez de distraerte con... lo que sea que sea esto?

Cerrando mi portátil, solté una pedorreta al teléfono.

—Déjame tranquila. No necesito tus sabios consejos tan temprano por la mañana.

Yaz y yo fuimos criadas como hermanas cuando nuestras madres, que sí son hermanas, se mudaron juntas para ayudar en el cuidado de sus respectivas hijas. Ese debe de ser el por qué Yaz a menudo suena como una hermana mayor estresada cuando habla conmigo.

—Para empezar, ya es casi mediodía. Segundo, renunciaste a tu trabajo para terminar de escribir ese guion.

—Supuestamente —susurré, mi corazón culpable latiendo como hacía siempre que me enfrentaba cara a cara con el hecho de que le había mentido a Yaz, y a todo el mundo, sobre renunciar al trabajo cuando en realidad me habían despedido. Empujando mi portátil a un lado, me di prisa en quitarme los pantalones cortos del pijama y en ponerme un vestido, hablando principalmente para evitar que Yaz sintiera la culpabilidad en mi voz.

—No, realmente. Piensa en ello. ¿Sabes cuántos guiones porno podría hacer rápido en el tiempo que me lleva escribir una escena de mi guion de cine? En realidad, no es una mala idea. Me pregunto si es una categoría en Fiverr.

—Hablemos en serio. ¿Sabes cuántas personas renuncian a su trabajo para escribir un guion de cine y realmente triunfan?

No estaba equivocada. Cuando me encontré con Grace Hong, una de mis antiguas compañeras de la universidad, lo último que me esperaba era que recordara el guion que había escrito en la única clase en la que estuvimos juntas antes de que se valiera de su cortometraje premiado para conseguir un trabajo real en Hollywood. O que se ofreciera a conseguirme una reunión con un productor amigo suyo cuando ambos volvieran de pasar unas semanas en Los Angeles, después de enseñarle unas cuantas escenas que había escrito y decirle que estaba a punto de acabar el guion de cine. No era una mentira, solo una exageración.

La verdad era, que, aunque abría el documento cada tanto para añadir unas pocas líneas de diálogo a la comedia romántica que había comenzado mientras estudiaba, había pasado los siguientes cuatro años desde la graduación metida de lleno en hojas de cálculo, habiendo optado a último momento por ir por el camino práctico y especializándome en gestión de proyectos en vez de en cinematografía, como había planeado originalmente.

Esa fue la única decisión práctica que tomé en toda mi vida, y no estaba segura de haber hecho la elección correcta.

Reprimiendo un suspiro, alcé mi bolso, mis gafas de sol, y... Después de un momento de vacilación, dejé mi portátil encima de la cama. Puede que lo que realmente necesitara fuera un descanso. Irme por ahí unas horas y volver al guion de cine con una nueva perspectiva.

Aunque, seamos sinceros, lo que realmente necesitaba era seguir rellenando solicitudes. Ninguno de los doce trabajos que había solicitado desde que me despidieron había llevado a algo concreto, pero a estas alturas me conformaría con cualquier empleo que me permitiera pagar el alquiler a finales de verano cuando se me acabaran los ahorros.

—Empiezo a preocuparme, Mariel —continuó Yaz, sus pensamientos, como siempre, misteriosamente en sintonía con los míos—. Tus ahorros no van a durar para siempre.

La presión de todo eso me llenó de tanta ansiedad durante un par de segundos que me quedé sin aliento.

Hubo una pequeña pausa por parte de Yaz, como si pudiera sentir mi infarto inminente. Lo que ocurre con mi prima es que presenta una dura coraza, pero por dentro es tierna y cursi. En cuanto se diera cuenta de que estaba completamente perdida, iba a empezar a ofrecerme de todo, desde dinero para el alquiler hasta su sofá. Su prometida, Amal, ya estaba molesta por lo mucho que Yaz me había ayudado a lo largo de los años y, con su boda acercándose rápidamente, no podía pedirle a mi prima que me echara una mano de nuevo. Tampoco es que quisiera que ella lo hiciera, necesitaba superar esto por mí misma, aunque solo fuera para demostrarme que podía hacerlo.

No sé cómo lo hice, pero conseguí inhalar suficiente aire para forzar un tono más ligero en mi voz. Intenté sonar relajada, pero acabé pareciendo despreocupada.

—Eh, siempre hay tarjetas de crédito.

Me estremecí.

—No es una mala idea —me apresuré a añadir mientras cerraba la puerta de mi estudio tras de mí—, pero el porno es seguramente cinco millones de veces más lucrativo que las comedias románticas. Puede que ese sea el cambio de rumbo que...

—No más cambios de rumbo —dijo Yaz con firmeza—. Vas a terminar tu guion de cine y contactar a Grace a más tardar a finales de agosto. O voy a dejar de ser tu amiga.

Salí de mi edificio y giré hacia la Décima Avenida, usando elegantemente la manga de mi vestido de verano para limpiar las gotitas que perlaban sobre mi labio superior. No había mucho que pudiera hacer sobre mi pelo, que aumentaba en volumen al igual que el corazón del Grinch al final de la película. La ciudad de Nueva York es tan húmeda como una selva tropical de hormigón en verano, y ni siquiera el peluquero de *Princesa por sorpresa* podría evitar el encrespamiento de los rizos en mi cabeza. Al menos servía como un buen fondo para mis pendientes en forma de corazón, en los que había gastado demasiado, teniendo en cuenta que ya no estaba trabajando. El bolso colgado en mi hombro también tenía forma de corazón, porque si hay algo que debes saber sobre mí, es que nunca evito comprometerme con una temática.

—Eres mi prima —me burlé, satisfecha con lo normal que sonó mi voz después de un par de respiraciones—. Ser mi amiga forma parte del contrato.

—También soy una abogada corporativa con mucha experiencia en romper contratos —contraargumentó. Sí, en eso tenía razón.

Soltó un suspiro.

—Está bien, acabaré algo de trabajo hoy. Estoy literalmente entrando en una cafetería mientras hablamos.

Para tomarme un matcha frío y un muffin, pero no tenía que saber eso.

El paseo al café desde mi apartamento fue corto, pero me había convertido en un monstruo del pantano sudoroso cuando abrí la puerta y me puse en la fila. Afortunadamente, el pequeño local tenía aire acondicionado y había una mesa libre bajo una de las rendijas de ventilación, justo al lado del altavoz que estaba reproduciendo el último álbum de Lady Cerulean.

Déjame decirte algo, agarré esa mesa como si fuera la última Coca-Cola en el desierto. Coloqué mi bebida y mi muffin en su superficie y saqué una novela romántica de mi bolso, soñando despierta distraídamente con el duque de Harding. Prácticamente podía verlo en mi mente. Sería encantador y cortés, pero con un destello libertino en sus ojos que prometiera un momento de locura. Tendría el tipo de sonrisa que haría que te temblaran las piernas. Y antebrazos, definitivamente tendría unos antebrazos fuertes.

Estaba rebuscando en mi bolso —la forma de corazón era adorable, pero las cosas tendían a perderse en el fondo puntiagudo—, cuando alguien empujó mi silla tan bruscamente que mi libro salió volando de la mesa.

Esto era Nueva York, y una cafetería concurrida, para colmo, recibir empujones era normal. Ni siquiera habría mirado hacia arriba si la persona que había chocado conmigo no se hubiera inclinado al mismo tiempo que yo para recoger mi libro.

Lo agarró antes y me lo tendió. Lo tomé, con una sonrisa lista... que se marchitó de repente cuando vi su cara.

Milo todavía llevaba las camisas abotonadas y los corbatines que siempre pensé que lo hacían parecer un adorable profesor de matemáticas de tercero de primaria. Esa fue una de las cosas que me llamó la atención de él cuando lo conocí. Mientras mi mirada lo inspeccionaba, hambrienta como si no lo hubiera visto en años en vez de tan solo unos meses, noté docenas de otras pequeñas cosas que hacían que se me encogiera el corazón en el pecho.

Como el pelo ligeramente despeinado por el que me encantaba pasar los dedos. Y el oscuro bronceado alrededor del puente de la nariz, y las gafas de montura dorada asomando por el bolsillo de su camisa. Esa pequeña peca justo donde sus ojos se arrugaban cuando se reía. La mancha de tinta en el pálido puño azul que evidenciaba su colección de plumas.

En los meses transcurridos desde nuestra ruptura, casi me había convencido a mí misma de que la próxima vez que lo viera se vería demacrado y afligido, con oscuras ojeras bajo los ojos y la comprensión de que la vida sin mí no tenía sentido escrita en la cara. ¿Cómo era posible que se viera igual que siempre, cuando yo me sentía como si me hubieran exprimido hasta dejarme hecha un desastre por dentro y por fuera?

—Mariel. —Mi nombre salió de su boca como si estuviera igual de sorprendido que yo.

—Milo, hola. ¿Qué...? —Me aclaré la garganta—. ¿Qué te trae por el barrio?

—Tengo una reunión en ese edificio —dijo, gesticulando vagamente hacia el gran panel de vidrio que nos separaba de la acera. O, supongo, señalando hacia uno de los edificios al otro lado de la calle.

Aunque realmente no importaba, ya que acababa de cegarme el reflejo de su *alianza de bodas*, un breve reflejo de luz que se sintió como si un filo helado me atravesara por dentro.

A mi favor diré que no hiperventilé. Sobre todo porque parecía que no podía recuperar el aliento.

—Tengo una pausa entre clases —continuó Milo.

—¿Clases? —repetí, agarrando el libro de bolsillo con todas mis fuerzas.

—Estoy en el programa de doctorado en Columbia.

—Oh, eso es... Qué bueno, felicidades. —Mi sonrisa no podría haber sido tan tensa ni aunque me hubiera dado un calambre en la mejilla.

—Ahora estoy en un curso intensivo de verano —me dijo, sin el más mínimo signo de incomodidad—. ¿Recuerdas ese curso de estética bizantina del que solía hablar?

Pues claro. Milo había terminado su máster de Estudios Clásicos la primavera anterior. No podría contar el número de veces que lo había escuchado preocuparse por sus solicitudes de doctorado o hablar con entusiasmo de ese curso que impartía el profesor del que quería ser asistente.

—Sí, claro —respondí, tratando de fingir entusiasmo, pero fracasando estrepitosamente—. Oh, guau, es genial que entraras. Me alegro por ti.

En ese momento de mi vida había renunciado a la idea de que aún podía ser una indiferente, calmada y serena reina del hielo. Aunque, ¿de verdad tenía que balbucear?

Milo puso una mano en la mesa. La mano con la alianza de bodas, por supuesto.

—Escucha, Mariel, hay algo que quiero decirte.

Esa breve frase fue todo lo que necesité para que se me cayera el alma a los pies. Seguramente me habría levantado y habría huido si no me hubiera sentido acorralada por gente sobre estimulada de cafeína por todos lados. Levanté la mano con tanto énfasis que, si hubiera estado dirigiendo el tráfico, los carros se habrían detenido a mi alrededor.

Milo no. Pensarías que a alguien tan inteligente le resultaría imposible ser completamente ajeno al pánico que mostraba de repente la cara de su ex. No quería oír hablar de su matrimonio. O de su mujer. O que seguramente estaban viviendo en perfecta armonía.

Se estaba apartando el pelo de la frente y acercándose todavía más.

—Sé que no acabamos bien, y sé que es por mi culpa.

El eufemismo del siglo, considerando que la razón por la que ya no estábamos juntos era porque el otoño pasado fingió haberse mudado a Grecia para trabajar en una excavación cuando había estado desde el principio en Jersey City con otra mujer. No solo eso; dejó de contestarme durante semanas, ignorando cada uno de mis mensajes y llamadas, por lo que perdí tanto el control que Yaz tuvo que convencerme para no reservar un vuelo a Atenas porque yo estaba segura de que le había ocurrido algo horrible. Y que bueno que lo hizo, porque no iba a ser capaz de encontrarlo si hubiese ido, dado que no tenía ninguna dirección suya... y, además, no estaba allí.

No era la primera vez que alguien desaparecía de mi vida sin decir nada, pero lo que Milo había hecho fue mucho peor. Había hecho planes para el futuro, sabiendo todo el tiempo que estaba con alguien más. Había cocinado para mí y me había comprado flores, y hasta se había pegado una buenas caminatas por toda la ciudad para ayudarme a encontrar cualquier objeto absurdo que mi jefa, diseñadora de interiores, quisiera para uno de sus clientes.

Me hizo creer que lo que teníamos era real.

Por lo visto, ajeno a todas las señales de alarma que aparecieron por toda mi cara, Milo continuó:

—No podría estar más arrepentido por cómo sucedieron las cosas y he estado queriendo disculparme...

—¡Oh, vete al carajo! —grité, sin apenas notar el ligero movimiento que hicieron las personas en la fila, que se giraron para mirarnos—. Me mentiste a la cara todos los días durante semanas sobre tu estancia en Europa. Y después desapareciste sin decir nada. Y cuando por fin te confronté al respecto, optaste por decirme que fue culpa mía que me mintieras en primer lugar. Siempre me decías que era demasiado para ti, solo para hacerme sentir insignificante. Me tienes harta.

—Mariel —empezó, y solo por la forma en la que pronunció mi nombre, con ese tono tan paciente y resignado, hizo que algo dentro de mí se rompiera—. Tienes todo el derecho a...

—No —dije, tanteando mis cosas y empezando a meterlas de cualquier forma en mi bolso. Incluso mi muffin. Por suerte, no llegué tan lejos como para intentar hacer lo mismo con mi bebida, pero, ya sabes, estuve cerca—. No tienes derecho a sentirte como el chico bueno solo por tirarme tus disculpas a la cara cuando estuve deprimida durante semanas gracias a que fuiste un ser de lo más despreciable. Así que, sí. Vete al carajo con tu «No podría estar más arrepentido por cómo sucedieron las cosas», y ojalá siempre te sientas mal por cómo me trataste.

Mis palabras fueron recibidas por una ronda de aplausos que parecían provenir de toda la gente del café.

Había soñado despierta con un momento como este desde que lo pillé a él y a su novia, su verdadera novia, la cual claramente no era yo, besándose agarrados de la mano en la entrada de una exhibición de arte de la antigua Grecia. A la que solo fui porque estaba tan desesperadamente preocupada por Milo que seguía buscando algo que me lo recordara. Había pasado meses fantaseando con leerle la cartilla a la cara de la forma en la que no había sido capaz de hacerlo en ese entonces.

Y ahora que estaba ocurriendo de verdad, estaba horrorizada de sentir el ardor de las lágrimas en mis ojos.

Todavía estaba sentada, y Milo estaba ahí de pie a mi lado aparentando seriedad y valor como si esperara una medalla por dejarme gritarle en medio de un café abarrotado. Era ridículo e injusto que todavía lo conociera tan bien —sabía que no iba a insistir en la disculpa, pero tampoco iba a volver a su sitio. Iba a aguantar todo lo que le echara en cara, sintiéndose superior todo ese tiempo por dejarme montar mi pequeño berrinche.

Así que terminé de meter las cosas en el bolso, sin que me importara que el libro estuviera aplastando el muffin. Después me puse de pie con la intención de salir sin decir nada más.

Pero debí arrastrar la silla con demasiada fuerza, porque se volcó. Justo encima de la persona que empezaba a pasar con dificultad por detrás de mí, con dos portavasos llenos apilados uno sobre otro.

Si esto hubiera ocurrido en la comedia romántica que estaba escribiendo, los ocho vasos de café helado decorados con crema batida habrían salpicado a la mujer de la mesa de al lado, provocando una reacción en cadena que habría terminado con Milo recibiendo un pastelazo en la cara.

Por desgracia, esto era la vida real y la única que acabó cubierta de crema batida y café fui yo.

—Adiós, Milo —dije, intentando que el líquido frío que rodaba por mi escote no me quitara la poca dignidad que me quedaba—. Disfruta de la escuela de verano.

2

Hice una salida elegante, lo que quiere decir que me lancé a través del laberinto de mesas y sillas como una bala de cañón fallida, chocando con un par de niños con camisetas desteñidas y enredándome con la correa del perro de alguien en la puerta.

Cuando mis sandalias verde neón tocaron por fin la acera, el cambio de temperatura me dio de lleno como una ráfaga de viento, como si necesitase otro golpe después de lo que acababa de pasar dentro. La imperiosa necesidad de no estar ahí cuando Milo saliese me impulsó a recorrer el resto de la calle.

Al menos me dieron la razón. Debería haberme sentido victoriosa por eso, pero mientras caminaba de vuelta a mi apartamento en lo único en que podía pensar era el destello de la alianza de Milo.

Verlo había sido como caer de repente en un viejo pozo olvidado, un doble golpe emocional al ver que lo que creías que era tierra firme se había abierto inesperadamente debajo de tus pies, solo para quedarte de nuevo sin aliento al chocar contra el agua helada. O puede que fuera como convertirse en un pozo, uno que una vez estuvo lleno y que ahora apenas tenía agua para un charco.

Tampoco es que no hubiera pensado en cómo sería encontrarme con él, aunque hice hincapié en evitar los lugares a los que solía ir. Dividí Manhattan en pequeñas zonas libres de Milo. E, incluso cuando me mantuve en esos límites, de vez en cuando había momentos en los que sentía como se me encogía el corazón dentro del pecho mientras mi imaginación me precipitaba hacia el abismo imaginándolo a él saliendo del supermercado en el que iba a entrar, o pasando el rato en el restaurante tailandés que estaba muy cerca de mi apartamento.

Todo ese esfuerzo, para ser sorprendida por un círculo de metal. Estaba empapada cuando llegué a la caja de zapatos que era mi estudio, oportunamente ubicado en lo alto de cinco tramos de escaleras. Dejé el vestido manchado apilado en la puerta y entré en la ducha.

Debería irme de la ciudad. Ya no tenía nada que me atara a Nueva York, ni novio ni trabajo. Podría fingir escribir mi guion de cine desde cualquier sitio. Preferiblemente un lugar barato. O gratuito, como el sillón de Yaz.

Lo último que quería era ser la fuente de otra pelea entre Yaz y Amal, quien tenía un montón de opiniones sobre la forma en que me apoyaba en Yaz, bueno, para todo. Y ahora que solo estaban a unos cuantos meses de casarse y habían comprado un sofá —por no mencionar un apartamento juntas, ella podía decidir quién dormía en él.

Y, sinceramente, también estaba harta de no poder solucionar mis problemas. Necesitaba cambiar las cosas. Necesitaba cambiar.

Pero ¿cómo, cuando parecía que mis cimientos estaban construidos sobre grietas mientras todos los demás tenían un terreno firme donde apoyarse?

Suspirando, me envolví en una toalla y fui a buscar mi pijama más usado.

Conocí a Milo en el momento más bajo de mi vida amorosa. Había estado soltera durante mucho tiempo. Olvida eso. *Siempre* he estado soltera, demasiado poco constante con un *hobby*, mucho menos con una persona. Pero entonces me mudé a Nueva York, y de repente estaba sola en una nueva ciudad y llena de dudas sobre si debería haberme quedado en Miami. Tía Nena, la madre de Yaz, se acababa de mudar a República Dominicana para abrir su propio restaurante, Yaz y Amal se acababan de comprometer y mi madre estaba en su sexto o séptimo año de *Come, reza, ama* alrededor del mundo.

Supongo que no fue una sorpresa que lo dejara entrar en mi vida tan fácilmente, con sus promesas y sus planes y sus pajaritas y su pelo alborotado.

Y tampoco es que las cosas hubieran mejorado después de él. Piensa en la cita que tuve la semana pasada. El chico con el que hice *match* en una de las aplicaciones me invitó a un café, ¿vale? Quedamos en ese adorable café, charlamos sobre comida y viajes y todas esas cosas divertidas. Incluso me acompañó al metro para darme un tierno y prolongado beso de despedida. Un par de días después, intenté entrar en su perfil para darle las gracias por hacerme pasar un buen rato y para hablar sobre una posible segunda cita... solo para descubrir que se había esfumado. Porque había quitado el *match*. Lo que, para ser sincera, es la forma más cobarde de hacer *ghosting*. ¿Y que lo mismo volviera a pasar anoche, pero con un chico diferente?

Estaba tan cansada.

Principalmente, porque todos con los que había salido terminaban *ghosteándome*. Incluso mi madre hizo lo mismo cuando apenas se molestó en esperar hasta que cumplí los dieciocho para largarse y lanzarse a la aventura. Que Milo también lo hiciera fue la gota que colmó el vaso.

Había hecho un buen intento de encontrar el amor, y no había funcionado, así que seguramente fuera el momento de pasar a otra cosa. Una que no fuera tan succionadora de almas ni desmoralizante. ¡Como escribir guiones!

Resoplando a causa de mi propio delirio, llegué hasta la pila de ropa limpia al lado de mi cama y empecé a revolver entre camisetas ásperas y pantalones deportivos con las cinturas estiradas. Tampoco es que necesitase algo elegante para otra noche de pizza y YouTube.

Agarré los pantalones cortos que había hecho a un lado antes, y bajé la mirada hacia ellos un largo instante.

—¿Saben qué? —les dije—. Váyanse al carajo.

Los tiré a un lado y me metí un nuevo vestido por la cabeza en su lugar, y ya había bajado la mitad de las escaleras antes de que pudiera pensármelo dos veces. Estaba harta de llorar por Milo. Era momento de sacar una de mis armas de distracción masiva. Iba a ir al cine.

Tal como lo veía, tenía dos opciones —podía quedarme en casa y darle vueltas al asunto, o podía sentarme frente a una gigantesca pantalla y comer suficientes palomitas y M&M's hasta olvidar que existían los sentimientos.

Podría haber ido hasta al Bajo Manhattan para ir al Alamo Drafthouse, pero de ninguna manera iba a descender a las entrañas del metro con este tiempo, así que el cine algo decadente de Times Square tendría que servirme. Bajé por la calle 42 inesperadamente rápido, teniendo en cuenta que el aire veraniego había convertido mi sangre en sirope.

Y esa es la cosa. Cuanto más pretendía haberme convertido ya en otra poco impasible neoyorquina, subiendo y bajando por las calles de la ciudad como si no me diera cuenta de las increíbles vistas a mi alrededor, tenía que admitir que sentía un poquitín de asombro cada vez que veía Times Square. Sí, era verdad, los turistas lentos podían ser irritantes. Y odiaba que gente vestida como los personajes de Marvel y gente que vendía entradas para espectáculos de comediantes me pararan cada pocos minutos. Pero esta pequeña parte de la ciudad era como una explosión de energía y color, con luces intermitentes y marquesinas de Broadway reflejadas en las ventanas de los rascacielos y en los resplandecientes carros, además de las aceras que literalmente brillaban.

Puede que solo fuera que Yaz, que adoraba el teatro, aunque se negara a admitirlo, me hiciera volver a ver el episodio piloto de la serie *Smash*, cancelada demasiado pronto, tantas veces que la imagen de Katherine McPhee saliendo del metro y entrando en la maravillosa Times Square mientras la música se intensificaba estaba grabada en mi mente. Pero era más que eso...

Esta era la ciudad de Nueva York con la que cientos de personas soñaban. La ciudad de Nueva York que había existido en mi imaginación durante años, esa brillante plaza llena de gente bien vestida donde las cosas podían torcerse de vez en cuando, pero donde todo se solucionaba siempre.

Incluso durante el día, cuando las luces no eran rivales para el abrasador sol de verano, había algo mágico en Times Square.

Lo sé, lo sé. Era un poco ingenuo de mi parte asombrarme tanto, especialmente después de haber vivido en la ciudad durante un par de años. Especialmente cuando se trataba de salas de cine. Las más increíbles estaban todas al sur de Union Square, donde había pequeñas salas que trataban de mantenerse abiertas proyectando películas independientes y clásicas. Ya sabes, el sueño de todo cinéfilo. Soy una chica a la que le encantan las películas taquilleras, y el AMC* de Times Square era lo bastante bueno para mí.

Quiero decir, al menos era mejor que cuando mi madre nos ponía a Yaz y a mí frente a una peli en DVD si le tocaba cuidar de nosotras. Tal vez por eso fui tan rápida al decirle a Grace Hong que aún seguía escribiendo. Después de ser abandonada por Milo y despedida un par de meses después, necesitaba el tipo de consuelo que solo las películas podían darme. Verlas no era suficiente, necesitaba vivir en ellas, examinarlas y reestructurar las piezas que las componían en algo que me hablara. O que hablara por mí.

Ahogué un gemido. No quería pensar en Milo, y tampoco quería pensar sobre mi intento fallido de escribir un guion de cine. Quería dos horas de olvido y de comer todo tipo de chucherías en el cine.

Pero, mientras rodeaba a un niño pequeño montando un berrinche en medio de la acera, no pude evitar pensar que quizás había una razón por la que me resultaba tan difícil escribir mi propia comedia romántica. ¿Cómo creía que podía escribir de manera convincente sobre encontrar el amor cuando la única vez que estuve cerca de él fue una absoluta mentira?

Volví a utilizar mi manga para limpiar las perlas de sudor de mi frente. Parecía que Times Square estaba más concurrido que nunca. Pillé fragmentos de conversaciones mientras caminaba cansada hacia el cine, serpenteando alrededor de grupos de turistas parados en medio de la acera, mirando fijamente las pantallas y a una pareja

---

* El AMC Empire 25 es un emblemático cine situado en pleno centro de Nueva York (N. de la T.)

de chicos que estaban bailando en lo que parecía que eran disfraces de príncipes de Disney.

Nadie se dio cuenta, al menos hasta que pasé junto a un par de chicas rubias en pantalones cortos de mezclilla y con crop tops a juego.

—Ay, Dios mío, es Lady Cerulean —chilló una de ellas.

—¿Dónde? ¿En una valla publicitaria? —preguntó su amiga.

—¡No! ¡Ahí! ¡Justo ahí!

—¿Dónde? —solté, moviendo la cabeza de un lado para otro para mirar a mi alrededor.

Un destello de Lady Cerulean era justamente lo que necesitaba para darle la vuelta a este día de mierda. Su nombre real era Milady Sandoval. Había leído en alguna parte que se había inventado el nombre de Lady Cerulean para subir un fánfic en línea, y que empezó a usarlo cuando su carrera musical empezó a despegar para que sus seguidores supieran cómo encontrar sus actuaciones. Eso fue probablemente hace diez años.

Desde entonces, había alcanzado el punto más alto de la fama, con el que Beyoncé y Taylor Swift solo podían soñar.

¿Por qué alguien tan famoso querría salir por Times Square, se preguntarán? Bueno, Lady Cerulean vive en la ciudad y suele salir con elaborados disfraces que le permiten deambular y obtener inspiración para sus canciones.

No pude localizar a nadie que pudiera ser ella, creo. Miré de nuevo a la chica para preguntarle, y la encontré mirándome.

—¿Yo? —grité, al ser consciente de que algunas personas a nuestro alrededor se habían detenido abruptamente y nos miraban—. ¿Crees que soy Lady Cerulean?

—Todo el mundo conoce sus disfraces —me informó la chica, mirando mis pendientes en forma de corazón. O puede que mi pelo, que no era ni rosado ni tenía forma de corazón, pero que claramente llamaba la atención.

—Pero ni siquiera tenemos el mismo tipo de cuerpo —argumenté, bajando mis... lo adivinaste, mis gafas con forma de corazón a juego. Soy de estatura media y tengo curvas, pero no muy marcadas, mientras que Lady C es alta y delgada, con un elegante cuello de cisne y unas piernas que parecen no terminar nunca. Y sus nalgas y caderas son definitivamente mucho más voluminosas que las mías. Seguí intentando explicar eso, pero ninguno de los turistas parecía estar de humor para atender a razones. Algunos sacaron sus móviles y me apuntaron, haciendo que deseara que mis gafas de sol fueran grandes y oscuras. Y que tuviese un sombrero lo bastante grande para esconder mi pelo dentro.

—Eso es una peluca, ¿verdad? —dijo alguien, y empecé a retroceder cuando dos pares de manos intentaron alcanzar mis rizos.

Era oficial, menudo día de mierda.

Otra mano se posó en mi hombro. Y bueno, tampoco es que fuera a perder la calma ni nada parecido. Hasta ese momento la situación había sido tan graciosa que ya la estaba añadiendo mentalmente a mi guion de cine. Pero entonces otra mano rozó el tirante de mi vestido y, bueno, entrar en pánico de repente parecía una buena idea.

Necesitaba salir de ahí. El único problema era que la multitud que me había rodeado por todos lados se me iba acercando.

Si esto hubiera ocurrido en mi guion de cine, yo...

Oh, al diablo con eso.

Me atravesó una sensación de pánico.

—Siento decepcionarlos —dije, elevando la voz en un intento de transmitir confianza—. Pero se equivocaron de chica. Por supuesto que tengo el estilo y el carisma de una estrella. Y el talento se me sale por...

Los turistas se movieron, su atención se desvió momentáneamente de mí cuando un chico de piel morena con una corona salió de entre la multitud y vino hacia donde yo estaba de pie. En su traje color crema y dorado era la viva imagen de Naveen de *La princesa y el sapo*.

—¿De dónde son? ¿Tienen planes para esta tarde? Oiga, señor, parece que le gusta el humor... ¿le interesa la comedia en vivo?

Un breve murmullo de incertidumbre surgió de entre la multitud, aunque un par de personas le respondieron, pareciendo interesadas cuando empezó a repartir entradas gratis para un club de comedia.

Todavía seguía clavada en el sitio, algo temerosa de hacer algún movimiento inesperado que volviera a llamar la atención de la multitud. Pero entonces el chico me lanzó una mirada por encima del hombro y gesticuló con la boca: «¡Vamos!».

Me di la vuelta, con la intención de salir corriendo de allí, y me encontré de frente con otro chico. Uno que iba vestido con pantalones ajustados que le moldeaban los muslos. Bajo su chaleco verde azulado, su camisa blanca ocultaba un pecho y unos hombros atractivos y anchos que parecían haber sido hechos con la única finalidad de apoyar la cabeza en ellos.

Alcé la mirada hasta sus ojos. Eran de un intenso marrón chocolate, rodeados por unas pestañas muy oscuras y una piel blanquecina que resplandecía con el brillo de las vallas publicitarias a nuestro alrededor.

Era él. El duque de Harding.

◆ ◆ ◆

El corazón me dio un vuelco y luego volvió a latir como el motor de un carro viejo que se niega a morir.

Mientras volvía con fuerza a la vida, me tomé un momento para pestañear y decirme a mí misma que mi mente no había hecho aparecer a un duque ficticio en un momento de peligro. A pesar de que el chico de pie frente a mí era demasiado atractivo para ser real.

Me sonrió, como si pudiera darse cuenta de lo que estaba pensado. Y después, me tendió la mano.

Déjame decirte que ni siquiera lo dudé, coloqué mi mano en la suya y lo dejé que me sacara de la multitud, echando a correr en cuanto pudimos.

Sus largas piernas devoraban las aceras de la misma forma que Pac-Man come puntos. Como mis genes no me habían dotado de largas piernas, intenté mantener el ritmo. Pasamos cuatro o cinco cuadras antes de que me diese cuenta de que todavía estábamos agarrados de la mano. Y dado que no era algo romántico del todo —más bien del tipo *acabamos de escapar de una turba enloquecida y también hemos evitado por poco ser atropellados por ese carro*—, no me molesté en desenlazar mis dedos de los suyos hasta que no hubiéramos dejado unas cuantas cuadras más detrás.

Prometiéndome a mí misma inscribirme en un gimnasio tan pronto como hubiera resuelto mi situación financiera, me apoyé contra los ladrillos calientes al costado de un edificio al que le daba el sol, con las manos en los muslos, seguramente pareciendo un pez que acababa de dar un desatinado salto de su pecera mientras tomaba aire una y otra vez.

Pareciendo mucho más tranquilo y mucho menos sudoroso que yo, el chico, sin perder la compostura, me miraba alarmado por mi falta de aire.

—¿Estás bien? Eso fue...

—Infame —comenté mientras respiraba con dificultad. Finalmente, pude controlarme lo suficientemente para ser capaz de decir—: No me parezco en nada a Lady Cerulean.

—Pero como tienes el estilo y el carisma de una estrella —dijo, y solté una risa entrecortada.

Lejos de la multitud, sin estar a punto de sufrir un ataque de pánico, me tomé un momento para observarlo. No era solo la ropa lo que me hacía verlo como si debiera estar en la portada de una novela romántica, era la forma en que sus cálidos ojos marrones atrapaban la luz, la forma en que mantenía la boca como si estuviera a punto de sonreír.

—Sé que parece que estamos en una sauna aquí fuera, pero ¿puedo agradecer lo que hicieron con un café o algo? Quiero decir, a menos que tengas que volver a... —Hice un gesto hacia Times Square—. Interrumpí su actuación.

Hizo una mueca.

—Sí, eso fue idea de mi amigo Chase. Él es el bailarín, yo solo... le sigo la corriente. Para ser sincero, seguramente nos hiciste un favor —si no fuera por ti, seguramente me habrían arrestado mientras hablamos por agredir accidentalmente a alguien haciendo aspavientos con mis extremidades.

La forma en que se movía contaba otra historia. Puede que no tuviese la gracia perfectamente controlada que había hecho al príncipe Naveen parecer una pantera mientras se paseó a través de la multitud, pero sabía cómo usar su cuerpo en su beneficio.

Y eso incluía su cara, me di cuenta cuando enfatizaba sus palabras con una sonrisa que debería haber estado acentuada por el brillo típico de los dibujos animados.

—Mi nombre es Dash.

—¿Dash y Chase? Qué lindo —dejé escapar—. Soy Mariel.

Le tendí la mano para darle un tonto apretón de manos, y me di cuenta inmediatamente del error cuando nuestros dedos se tocaron y una corriente eléctrica me atravesó. No se debía al pánico que acababa de sentir, sino a que mi cuerpo me estaba alertando de que Dash era insoportablemente sexy. Lo cual era completamente innecesario, porque tenía ojos que veían bien.

—Entonces, eh, ¿qué hay de ese café?

Una pequeña sonrisa apareció en su cara.

—Nunca podría decir que no a un café.

Sobre gustos no hay nada escrito. No todo el mundo tiene que compartir mi opinión sobre el jugo caliente extraído de granos amargos. Y me había ofrecido.

No pensé que pudiera entrar a otro café ese día. Por suerte, el restaurante al final de la calle tenía una ventanilla para servir bebidas, donde Dash podía tomarse un café helado tailandés. Y, pidiendo una limonada rosa para mí, metí la mano en mi bolso para sacar mi móvil, y apareció con un puñado de migas. También conocidas como el muffin de antes. Tan solo un motivo más para enfadarme con Milo.

Dash me miró, obviamente divertido, mientras me limpiaba la mano en el vestido y volvía a meterla en mi adorable pero poco práctico bolso, dándole cada cosa a medida que las sacaba.

Sosteniendo una variedad de brillos de labios y gomitas para el pelo en una de sus manos, sacudió las migas del libro de bolsillo que me servía de apoyo emocional y le echó un ojo a la pareja de la portada.

—¿Te gusta Georgie Hart?

La Reina de Corazones, como la llamaban sus fans, había estado escribiendo romances ambientados en la Regencia durante, oh, alrededor de unas cincuenta y ocho décadas. Una pequeña exageración, tal vez, aunque había sido tan prolífica que era fácil creer que sus libros más vendidos existiesen desde siempre.

—Me gustan las novelas románticas en general. —Mis dedos por fin rozaron mi móvil. Alardeando triunfante con él, me volví hacia el dependiente aburrido.

—A mí también —dijo Dash.

—¿De verdad? —solté mientras pagaba—. No creo que haya conocido nunca a un chico al que le interesara el género romántico. Tampoco es que a los chicos no se les deje interesarse por el romance, por supuesto.

Agarrando nuestras bebidas, nos alejamos hacia un pequeño parque del vecindario mientras Dash empezaba a disertar poéticamente sobre una tal Beverly Jenkins a la que acababa de terminar de leer. Hacía mucho menos calor bajo el frondoso toldo, entonces encontramos un banco vacío cerca del área de juego para perros y nos acomodamos para ver a los cachorros.

—No he leído nada de Ms. Beverly durante algún tiempo —le dije—. Me he estado abriendo camino a través de todas las novelas de la Regencia escritas.

—Ambiciosa —dijo, mirándome... aunque, no exactamente impresionado. Más bien como si no tuviera corazón para decirme cuántos romances de regencia había por ahí—. ¿Tienes Fling?

Tuve que pestañear para estar segura de que no era un producto de mi imaginación después de todo. Un chico increíblemente sexy con un excelente gusto en libros es una cosa, pero ¿uno que lee a Beverly Jenkins y tiene una de las últimas aplicaciones para lectores de romance? Si me hubieras preguntado hace una hora, te habría dicho que eso sería tan imposible como encontrarse con el duque de Harding en persona.

Sacó su móvil de un bolsillo interior de su chaqueta y tocó entusiasmado la pantalla hasta que apareció su perfil de Fling.

Dash, él/le. Exmodelo, cosplayer con un título en Bellas Artes que no usa, y una lista de libros por leer que llevará dos siglos superar. Funcionando a base de cafés con leche de avena y en busca de su propio «felices para siempre».

—¿Me sigues? —me preguntó, con la misma seriedad que el golden retriever que husmeaba el suelo a pocos metros de nosotros.

—Pues, claro. —Entré en la aplicación y le envié rápidamente una solicitud de amistad, que aceptó al instante. Su feed era una mezcla interesante de fotos y vídeos de él con varios disfraces, el que llevaba puesto ahora incluido, actualizaciones de lo que estaba leyendo, incluyendo minirreseñas lideradas por la calificación característica de Fling, y las promociones de contenido literario de otras personas.

Una vaga idea iba tomando forma en mi mente. Claro, lo del porno de Regencia había sido más un ejercicio de procrastinación que un verdadero plan. Pero cuando vi —aunque no me metí— el enlace de OnlyFans en su perfil, la idea se convirtió más en una posibilidad.

No importaba que nunca hubiera escrito nada picante antes. Tampoco había escrito un guion de cine realmente, excepto en esa clase de la universidad. Pero cada novela romántica y película que alguna vez había devorado habían empezado a aparecer en mi mente en el momento en el que me di la vuelta para encontrármelo frente a mí, y mientras estaba ahí sentada, imaginándomelo mirando con seriedad a la cámara mientras una declaración sincera salía de esos labios carnosos y rojos...

Podía verlo.

No obstante, no dije nada, no en ese momento. Lo sé, lo sé, tanto control no es propio de mí. El problema consistía en que incluso yo sabía que el porno de Regencia no era exactamente el tipo de tema que le sueltas a alguien que has conocido hace una hora.

—Así que, ¿tienes un título en Bellas Artes? —le pregunté en cambio, y tomé un sorbo de mi limonada.

Dash asintió.

—Que uso principalmente para hacer disfraces. Hacer *cosplay* es un arte, una ciencia y mi principal razón de vivir. —Sus labios se extendieron en una sonrisa que podría haber convertido en gelatina mis piernas si hubiera estado de pie—. Bueno, eso y mis abuelas.

¿Estaba *intentando* que se me acelerara el corazón?

—¿También son lectoras de romance?

—¿Mis abuelas? —Dash negó con la cabeza —. No creo que hayan abierto un libro desde hace décadas. Son chicas de casino. Son miembros de un grupo de señoras mayores llamado «Las zorras jugadoras» que viajan en bus hasta Atlantic City un par de veces al mes.

—Imposible. ¿Las zorras jugadoras? —dije, muriéndome de risa.

Dash parecía contento.

—Sigo diciéndoles que sería un excelente nombre para un club de novela romántica, pero por desgracia soy el único culto de la familia.

—Me pasa lo mismo. Es realmente trágico, mi tía es una chef galardonada, dueña de un restaurante, y mi prima se graduó de la facultad de derecho con honores y fue contratada por una empresa corporativa. Ninguna lee novelas románticas, así que, ya sabes. Es una pesada carga sobre mis hombros.

Fue el turno de Dash de reírse.

—¿Tu familia vive en la ciudad?

—En Miami y en República Dominicana —le dije, omitiendo la ubicación de mi madre por la simple razón de que no tenía ni idea de dónde estaba en ningún momento. Durante varias semanas de la primavera pasada, creí que había terminado su era de *Come, reza y ama* y estaba lista para una temporada de *Bajo el sol de la Toscana*, pero ella no es Diane Lane. Para cuando su postal llegó a mis manos, ya se había ido de Italia y había conseguido un trabajo como profesora de inglés en Seúl. Sin embargo, eso fue hace uno o dos códigos postales.

—En realidad, solo llevo en Nueva York poco más de dos años. El tiempo suficiente para un ligero desamor.

No tengo ni idea de lo que me empujó a añadir eso. Aunque Dash asintió y extendió sus largas piernas como si se acomodara para la historia, sus largos dedos curvándose ligeramente alrededor de su café.

—Todos tenemos al menos uno de esos —dijo—. Es un rito de iniciación para cualquiera que se muda aquí. Encontrar un apartamento decente y el amor; así es como sabes que lo has logrado en Nueva York.

—No me va tan mal con lo primero. Durante mi primer año tuve cuatro compañeros de apartamento y una plaga de cucarachas. Ahora estoy en un quinto piso sin ascensor y puedo tocar la cocina mientras estoy tumbada en la cama, pero al menos no tengo que compartir el baño.

Sin embargo, había gastado una gran parte de mi sueldo en el alquiler. Ya sabes, cuando tenía sueldo. Estuve un momento intentando no hiperventilar. Aunque tampoco es que nadie de mi edad tenga ahorros de todos modos. Y sabía que no era la única que pagaba la compra del supermercado con su tarjeta de crédito.

—No tener que compartir el baño es la primera señal de que lo estás logrando en Nueva York —dijo Dash con solemnidad—. Liza Minnelli estaría orgullosa de ti.

—Puede que ponga eso en una camiseta.

Agachó la cabeza uno o dos centímetros, y después la levantó de tal forma que hizo que su pelo se moviera.

—Deja que haga un buen uso de mi título de Bellas Artes y te la haga.

Había un rizo en su sonrisa y un brillo en sus ojos que hizo que mi cerebro quisiera hacer un cortocircuito, como ya mi corazón había hecho antes.

¿Coqueteando conmigo? ¿Este chico? No...

La segunda mitad de esta escena todavía estaba flotando en el aire, aunque no pretendía responder. Encontrar el amor... lo más cercano que había encontrado era una mancha de café en mi vestido favorito, y hubiera preferido volver a Times Square que revelar mi último desastre amoroso a alguien que parecía el hermano más joven de un dios griego.

Me aclaré la garganta.

—Siendo alguien que no tuvo el valor suficiente para estudiar una carrera relacionada con el ámbito artístico, siento curiosidad. ¿En qué te especializaste?

—En mercadotecnia visual. Quería diseñar escaparates y estanterías.

—Guau, eso suena increíble.

Había un aire de timidez en la sonrisa que me regaló.

—Eso creía yo. Aunque nunca terminé trabajando como diseñador. Estuve haciendo de modelo desde secundaria, y me parecía una buena forma de graduarme de la universidad sin deber demasiado, así que continué con ello. Y después empecé a ir a audiciones y eso se apoderó de mi vida durante un tiempo. No funcionó realmente, pero descubrí el *cosplaying*, y eso es mucho más divertido que pasar por el proceso de audición.

—Sí, eso parece realmente agotador —dije, asintiendo con la cabeza.

—Definitivamente no es para todo el mundo —se tomó otro sorbo de su café helado—. En esa época, casi siempre llegaba a fin de mes gracias a OnlyFans. Nunca dejé del todo la idea de volver al diseño, pero ya han pasado seis años. Quizás es demasiado tarde.

—No lo creo —respondí con firmeza—. Si es algo que realmente te apasiona, entonces siempre valdría la pena seguir intentándolo.

—Supongo que siento que ya debería haber resuelto ese tipo de cosas. Es decir, en dos años cumplo treinta.

—Dash, estás hablando con la actual reina del país «Todavía no tengo nada claro». Tengo veintiséis años, estoy desempleada desde hace tres semanas y trato desesperadamente de convencerme de que puedo escribir un guion de cine y enviarlo antes de que se me acaben los ahorros. Lo que, te advierto, ocurrirá en un par de meses si mi casero sigue insistiendo en que le pague el alquiler, ese cabrón irracional.

Eso era contarle un poco demasiado a alguien que acababa de conocer, pero Dash solo asintió.

—¿Tienes un plan en caso de que lo del guion te lleve más de dos meses?

—Más o menos. —Dejé que mi mirada pasara de la cara de Dash a los cachorros de schnauzer mordiendo sus correas, mientras intentaba decidir cuánto contarle. El debate duró dos segundos; lo único que tengo más que estilo y el carisma de una estrella es impulsividad—. Corriendo riesgo de hacerte huir, gritando... sí, tengo una idea. Es un poco loca y muy poco práctica, pero quizás podría ser factible.

—Si tiene que ver con Liza Minnelli...

Negué con la cabeza, sonriendo. Y esa era la cosa. Puede que no fuera la persona más inteligente, o la más motivada, o la que seguramente tuviera éxito, bueno, en cualquier cosa. Pero, si tengo algo, es un máster en labia. Así que a pesar de no tener nada preparado —y aun cuando sólo habían pasado un par de horas desde que el duque de Harding surgió inesperadamente en mi cabeza— me lancé de cabeza a un discurso que estaba bastante segura me habría conseguido una reunión con un estudio si hubiera estado en Hollywood, modificando mi idea original a medida que avanzaba.

—Hacer *cosplay* como un duque de la Regencia para crear vídeos para las redes sociales —repitió—. Es tan simple y, sin embargo, tan brillante. No me puedo creer que a nadie se le haya ocurrido.

—Yo solo escribiría los guiones, claro. Necesitaría encontrar a alguien con quien colaborar para lograr llevar a cabo la idea. Pero no me equivoco, ¿verdad? Si se hiciera adecuadamente, podría ser bastante rentable.

—Si se hace adecuadamente podrías tener un verdadero éxito entre las manos. Es decir, piensa en las posibilidades. Lo que como en un día como un duque egoísta que se niega a enamorarse de la bella y arruinada mujer con la que me casé por conveniencia.

—Alístate conmigo para decirle a la doncella tímida del baile que la quiero —repliqué, atrapada en un momento de inspiración creativa con alguien más.

—Un día conmigo como un libertino reformado que está empezando a tener sentimientos por la valiente institutriz que cuida de su pupilo.

—Línea narrativa: Me he casado con una heredera para poder salvar mi arruinada hacienda, y me acabo de dar cuenta de que me siento increíblemente atraído por ella.

Podría haber seguido durante horas, pero el móvil de Dash vibró con un mensaje. Le echó un vistazo.

—Chase me está preguntando si logramos escapar. Y si tenemos hambre —dijo.

—Dile que yo siempre tengo hambre. Y que los voy a invitar por ayudarme a escapar con todas mis extremidades intactas.

Los tres terminamos en un bar de mala muerte en la Décima, donde el menú estaba casi limitado a alitas y papas fritas, pero la cerveza de tres dólares lo compensó. Si Dash era igual de sincero que un golden retriever, Chase hizo que la palabra *arrogante* cobrara vida mientras coqueteaba con todas las camareras y conseguía tragos gratis.

En un momento dado, una canción de Lady Cerulean sonó en los altavoces, y los tres nos sonreímos los unos a los otros como si hubiéramos compartido una broma privada. La burbujeante emoción de ese momento se disparó dentro de mí, intensificándose cuando Dash me ayudó a bajar del taburete y me llevó hasta donde Chase estaba bailando, moviendo su cuerpo al compás del vibrante ritmo.

Dash me mantuvo la mirada incluso después de haberme soltado la mano, y parecía tan serio que tuve que darle un empujoncito con la cadera. Por el motivo que fuera, eso hizo que nos desternilláramos de la risa; y después volvimos a estallar en carcajadas cuando nos dimos cuenta de que Chase estaba tan ensimismado mirando a la camarera que no tenía ni idea de lo que acababa de ocurrir.

Ese fue uno de esos momentos. Ya sabes, uno de esos resplandecientes momentos que están destinados a convertirse en un recuerdo luminoso, que no te permitirá evocar lo oscuro que estaba ese antro de mala muerte por dentro.

3

—Más te vale que estés escribiendo.

Presioné el icono de altavoz en el móvil mientras intentaba lidiar con el bolso colgando de mi muñeca, las llaves del apartamento, la bolsa de galletas y el vaso de limonada rosa que estaba sosteniendo.

—Hola, Yaz.

Cerrando la puerta de una patada, dejé caer todo excepto la bebida y las galletas en la encimera de la cocina, que estaba tan cerca de la puerta que esta última no se abría del todo, algo un poco molesto para el puñado de veces que realmente había intentado cocinar, pero muy útil para colocar la comida para llevar que solía pedir en lugar de encender los dos fogones de la estufa de la cocina.

—No escucho el sonido del teclado —dijo Yaz.

Esta chica iba a conquistar los tribunales cuando por fin la autorizaran a ser la primera abogada en un caso. Tampoco es que los abogados corporativos fueran al juzgado, por lo que sabía. Mi conocimiento de la profesión había sido moldeado más por los atracones de dramas judiciales que por las poco frecuentes explicaciones de Yaz sobre lo que hacía en el trabajo.

—¿Qué otra cosa podrías estar haciendo?

—Oh, ya sabes, solo estoy trabajando en un poco de autosabotaje, nada del otro mundo.

—Mariel. —Podría haber sido capaz de escuchar su quejido incluso sin la ventaja de una conexión telefónica—. ¿Cuál es el plan exactamente? Me he quedado sin discursos alentadores y los sabios consejos de prima mayor.

Agarrando las galletas, me quité las sandalias y me acurruqué contra la almohada con flecos encajada en la esquina entre la cama y la pared. Había pasado casi toda la mañana intentando escribir, y después rellenando solicitudes de trabajo, aturdida por el pánico, cuando me di cuenta de lo poco productiva que había sido mi sesión de escritura.

—¿Podrías pedir un poco más? A granel, mejor. No estoy cerca de dejar de cometer errores.

—Cometer errores es una cosa. Hacer todo lo que puedas para no escribir tu guion de cine después de haber renunciado a tu trabajo bien remunerado para...

—No lo hice —solté, e inmediatamente me mordí la lengua.

Sin duda, me había estado sintiendo culpable por mentirle a Yaz sobre lo que realmente había ocurrido con el trabajo. Sin duda, había intentado mitigar esa culpa prometiéndome a mí misma que se lo diría pronto. Pero en ese sentido, pronto significaba cuando hubiese terminado mi guion y fuera increíblemente exitosa y capaz de probar que no era una inconsciente. Pronto no significaba en este mismo instante.

Sintiéndome mal, mordí una galleta.

—¿No hiciste qué? —me preguntó—. ¿Posponerlo?

—Renunciar a mi trabajo. Me despidieron. —Comencé a mover el pie arriba y abajo, más como una consecuencia de mis nervios que por el azúcar que estaba consumiendo—. ¿Sabías que me pidieron que tomara la iniciativa en la renovación de la casa de una de las clientas más importantes de la empresa? ¿Y lo hicieron una semana antes de que descubriera que Milo me estaba mintiendo?

—Mariel —dijo Yaz en tono serio.

Elaine, mi jefa y la propietaria de la empresa de diseño de interiores para la que solía trabajar, siempre estaba diciendo que en el diseño de interiores la gestión de proyectos era menos de la mitad del trabajo, que nuestro verdadero objetivo era mantener al cliente feliz.

—La mitad me trata como una terapeuta de parejas y la otra mitad como su asistente personal —me dijo un día, mientras se tomaba un momento para aprobar un presupuesto que había preparado—. Ser flexible y comprensiva es parte del trabajo.

Resulta que ser flexible y comprensiva no era mi fuerte precisamente. Ser paciente, tampoco. Podía haber intentado continuar con el proyecto, incluso con la señora Greyson haciendo una petición poco razonable tras otra. Pero entonces pasó lo de la ruptura. Ojalá hubiera sido una de esas personas que puede refugiarse en su trabajo, pero todo lo que pude hacer esos días fue llamar para decir que estaba enferma, envolverme en las mantas hasta hacerme un burrito y leer cada novela romántica de la Regencia que cayó en mis manos. Con el tiempo, sin embargo, tuve que volver al trabajo; y cuando lo hice, perdí la paciencia con uno de nuestros clientes más importantes y me despidieron.

Y después le mentí sobre el asunto a mi familia porque no podía soportar que me vieran fracasar otra vez.

Ser despedida había sido una nueva humillación, que era más o menos un logro cuando piensas en cuántas ya había alcanzado. Si las cosas seguían igual, muy pronto tocaría fondo.

—Le grité un poco a la dueña de la casa de ladrillo —le conté a Yaz—. Pidió que me quitasen del proyecto. Y ya Elaine estaba exasperada conmigo para ese entonces; había estado faltando mucho, y la verdad es que nunca estuve realmente contenta con el trabajo.

—Porque tú querías escribir un guion. Y ahora estás evitando hacerlo. —Yaz sonaba como si le empezara a doler la cabeza—. No entiendo por qué no podías simplemente escribir además de trabajar.

—Oh, ya sabes que siempre he odiado esa mentalidad que te empuja a tener trabajos extra —mentí. Quise decir que había intentado hacerlo, y mi guion había permanecido tan incompleto como ahora—. Y, de todas formas, ahora tengo todo este tiempo para mi guion y... otros proyectos —dije, y partí un trozo de galleta y me la metí en la boca.

—¿Otros...? Mariel, ¿no estarás pensando de verdad en todo eso del porno de Regencia?

—¿Y por qué no? —pregunté, poniéndome a la defensiva.

—Porque necesitas hacer otra cosa. Es realmente preocupante que tenga que estar recordándote eso, por cierto.

—Bueno, no tienes que hacerlo. No he olvidado el guion de cine. Y míralo de esta forma, al menos eso me va a dar algo bueno sobre lo que escribir.

—Creía que ya tenías algo bueno sobre lo que escribir.

Sacudí la mano en el aire, aunque ella no pudiera verla.

—Algo más que los problemas y las tribulaciones de una inocente diseñadora de interiores que es absorbida por el sórdido mundo de lujo y chantaje de sus clientes. Mira. Algunas mujeres están ahí fuera siendo demasiado exitosas y empoderadas. ¿Y yo? Estoy soñando despierta con mi camino hacia la fama y fortuna. Bueno, puede que solo fortuna... nada de lo que he visto de la fama me hace sentir como si quisiera eso para mí misma. Todo son relaciones públicas y avisar a los paparazzi y...

El susurro de Yaz cortó mi parloteo como un cuchillo corta la mantequilla.

—Solo... prométeme que tienes todo bajo control.

Pero ¿lo tenía? Estaba viviendo muy por encima de mis posibilidades con un alquiler que solo había conseguido gracias a un trabajo que ya no tenía. Mi cuenta bancaria estaba a punto de desmoronarse en una nube de polvo y tenía unas tres escenas escritas en el guion de cine que se suponía que me conseguiría un representante, una oferta y dinero suficiente para no tener que comprarme galletas con la tarjeta de crédito.

Estaba, por decirlo suavemente, increíblemente jodida.

—Todo va a salir bien —respondí al teléfono, pasándome una mano por la cara—. Seguramente. Es decir, ¿Cómo se supone que voy a poner en orden mi vida sin un adorable y algo tenso enemigo convertido en interés amoroso que me convenza de que debo domar mi lado salvaje?

Podía escuchar a Yaz poniendo los ojos en blanco por la exasperación. Estoy segura de que no tengo que decirte que nunca ha leído voluntariamente una novela romántica.

—¿Desde cuando eres el tipo de persona que se pone a esperar a otra para que la ayude a mejorar?

—Es algo nuevo que estoy probando. —Tomé un poco de la limonada, pero ni siquiera su frío y agridulce sabor fueron suficientes para calmar la ensordecedora ansiedad en mi interior.

—Esto no tendrá nada que ver con encontrarte a Milo ayer, ¿verdad?

Mierda. Sabía que no debería haberle enviado un mensaje a Yaz sobre eso.

—Me refiero a que nunca tuve mi vida bajo control mientras estuve con él, así que, seguramente no. Solo... Yaz, sé que no he tenido el mejor historial en cuanto a tomar buenas decisiones. Pero que me despidieran de la empresa... La verdad, creo que me ha hecho estar un paso más cerca de la persona que siempre he querido ser. No la persona que estaba intentando ser cuando estaba con Milo, sino la persona que real y genuinamente soy. Y, oye, si todo lo demás falla, siempre puedo vivir de ti. Tu elevado sueldo de abogada puede mantenerme claramente de la manera en la que estoy acostumbrada a vivir.

—Mariel, los actuales billonarios no podrían permitirse tus costumbres de productos horneados y bebidas azucaradas. —La risa de Yaz se extendió fuera del auricular del móvil, y sentí un pequeño tirón placentero en mi pecho al haberla hecho reír.

Y por haberla distraído del sermón que estaba a punto de dar.

—Sé que todo esto puede sonar un poco raro, incluso para mí. Pero cree en el proceso, ¿okay?

—Puede que tenga que hacerlo, aunque de mala gana, por ahora. Creo en ti y en tu talento. Pero también creo que necesitas poner los pies en la tierra y tener un trabajo de verdad si quieres que tus sueños se hagan realidad. Quiero ser comprensiva, y quiero que seas fiel a ti misma, pero sinceramente creo que todo el asunto de Milo te desestabilizó. Y en vez de tratar de evitar que tu vida se descarrile, parece que has estado haciendo todo lo posible para que se venga abajo.

Para ella era fácil decirlo. Yaz había nacido con los libros de responsabilidad civil en una mano y un velo de novia en la otra. Ella y

Amal podían estar solo prometidas, pero habían estado juntas desde antes de empezar en primer grado. Yaz nunca había dado tumbos como había hecho yo toda mi vida.

—Sé que te rompió el corazón —dijo suavemente—, pero no va a destrozarte la vida también.

—No lo ha hecho. —Plegué la parte delantera de la bolsa de papel en que venían las galletas—. No lo creo.

Sin embargo, ¿no lo había hecho, aunque solo de manera indirecta? Por mucho que odiara darle tanta importancia, Yaz no estaba equivocada sobre que la ruptura me había desestabilizado. Pero puede que ese fuera el impulso que necesitaba. Ese, y que me despidieran.

Yaz y yo hablamos durante casi una hora, poniéndonos al día sobre la última incorporación al menú del restaurante de su madre y los sumamente complejos planes de viaje que estaba haciendo Amal para su luna de miel. Había una pequeña probabilidad de que Yaz pasara sus cinco días libres arrastrando su maleta de mano de un aeropuerto a otro, y había una probabilidad mucho más grande de que mami y tía Nena se pasaran al menos un mes diciéndole que deberían haber ido a un resort en Punta Cana en lugar de hacer eso.

Incluso le hablé sobre esa extraña película de bajo presupuesto de los noventa que había visto unos días antes, a pesar de que Yaz casi nunca tenía tiempo de ver algo que no fueran contratos.

Lo único que no logré mencionarle fue la duda que había estado merodeando por mi mente durante semanas, tan indeseada como una plaga de moscas. No había sido lo suficientemente buena para Milo, o para todos los hombres con los que intenté salir antes que él. No había sido lo suficientemente buena en mi trabajo.

¿Y si no era lo suficientemente buena guionista para hacer mi mayor sueño realidad?

◆ ◆ ◆

Yaz no se molestó en sermonearme sobre perder el tiempo con mi idea del duque de Harding, pero sobre todo porque predecía que me olvidaría de ello en menos de una semana. Ya sabes, como hacía normalmente. Ni siquiera tenía que recordarme mi fase de hacer joyas o la vez que pensé que podría tomar clases de barra sin lesionarme gravemente.

Tampoco me recordó el verano en que estaba *convencida* de que podía poner en orden mi vida si utilizaba cuadernos con puntos para organizarme, sin mencionar lo de obtener algo de dinero extra si grababa el proceso y lo subía a YouTube. Por lo que gasté gran parte de un sueldo en estos preciosos cuadernos y un surtido de bolígrafos, pegatinas y cintas de colores adhesivas increíblemente caros... Y de alguna forma gasté tanto que tuve que pedirle a Yaz que me ayudara a cubrir un montón de facturas. Sin embargo, todo iba a valer la pena... pero conseguir que mis publicaciones mensuales se vieran en el papel como me lo había imaginado había sido tan frustrante que terminé renunciando al proyecto dos semanas después de que comenzara.

No obstante, a diferencia del noventa y nueve por ciento de mis ideas impulsivas, la de la Regencia no se desvaneció tan pronto como pasó por mi mente. E iba a necesitar un trabajo remunerado si iba a seguir haciendo cosas como comer o ser inquilina.

Sin presión, ¿verdad?

Pues sí, ¿fue inesperado que me encontrara en Fling al día siguiente, siguiendo el enlace al perfil de Dash en OnlyFans? Ninguna de las cosas allí era súper explícita, se trataba más bien de vídeos de él flirteando con la cámara mientras estaba sin camiseta y unas pocas fotos suyas posando en ropa interior. Nada que no verías más allá de un anuncio de perfume en una valla publicitara en Times Square. Aunque estaba esa foto suya con un par de pantalones deportivos, que...

Una notificación iluminó la pantalla de mi móvil y grité, levantando las manos en el aire. Por desgracia, el móvil salió volando por los aires también... pero no se preocupen, mi nariz detuvo la caída.

Frotándome mi pobre nariz, saqué a OnlyFans de mi pantalla y volví a Fling, donde tenía un mensaje esperándome nada menos que del propio Dash. Me había enviado un boceto de la camiseta con las palabras *Liza Minnelli estaría orgullosa de ti* estampadas en el pecho.

Icónico —escribí—. Puede que necesite una sudadera a juego.

Mientras esperaba su respuesta, me puse a ver su perfil. No era de los que subían contenido frecuentemente y, como sospechaba podría tener muchísimos más seguidores de los que ya tenía si dedicara un poco más de tiempo a responder a la gente que le hacía comentarios, aunque podía entender por qué querría ignorar algunos de los más, bueno, intensos. Lo poco que había publicado era elocuente y divertido, y dejaba ver un destello del hombre detrás del bello rostro, y una certeza de que su personalidad resplandecía tanto como su sonrisa.

Como hacía cada vez que veía su sonrisa, mi corazón empezó a latir de forma extraña y desacompasada. No porque me gustaba o algo parecido, aunque era increíblemente atractivo.

Era solo que, cada vez que miraba su foto de perfil, las posibilidades empezaban a florecer dentro de mí como botones de flores llenos de mariposas, hasta que me sentía como un puñetero jardín de verdad. Nunca antes había sentido este entusiasmo, ni sobre mi guion de cine, ni sobre ninguno de los proyectos que había supervisado como directora de proyecto, y definitivamente sobre ninguna de las citas que había tenido desde Milo. O puede que incluso antes de él.

Podía haber empezado como un intento de distraer tanto a Yaz como a mí misma, pero cada célula de mi cuerpo estaba anhelando dar vida al duque de Harding. Y quería que Dash me ayudara.

Y Dash... Dash se estaba tomando todo el tiempo del mundo en escribir un mensaje. Veía los tres puntos bajo su nombre aparecer y reaparecer de manera irritante durante un largo rato antes de que el mensaje final apareciera en mi pantalla. Déjame decirte, que mereció la pena esperar.

Bueno, estuve pensado sobre tu idea del duque de Harding. Siéntete libre de decir que no si no era lo que tenías en mente, pero ¿considerarías dejarme colaborar contigo?

Estaba tumbada de espaldas en mi cama con los pies apoyados

en el cabecero, e intenté incorporarme tan rápido que me caí del colchón. Seguramente me disloqué algo cuando choqué contra el suelo, produciendo un ruido que probablemente se sintiera hasta en el primer piso.

¡Podría estar interesada! —tecleé en respuesta, con total despreocupación, y me froté el codo—. ¿Quieres que nos reunamos mañana y hablemos de los detalles?

Dash estuvo de acuerdo con gran entusiasmo. Pasamos los siguientes minutos cuadrando dónde y cuándo íbamos a quedar. Le envié a Dash un enlace de una cafetería en el West Village, lo que significaba un sudoroso viaje en metro desde mi apartamento en Hell's Kitchen, pero pensé que, por seguridad, sería mejor que quedara con él en un barrio diferente.

En el último momento decidí ir caminando, lo que podría haber sido un paseo más largo y sudoroso que el metro, pero al menos me ayudó a que algunos de mis miedos se desvanecieran.

—¡Perdón! —le dije a Dash sin aliento mientras me apresuraba dentro—. ¡Perdón, perdón, sé que llego tarde!

—No es para tanto —dijo.

—Yo, eh. —Eché un vistazo alrededor de la cafetería—. Sé que el nivel de calor que hace fuera es el de una sauna, pero ¿te apetece caminar y hablar? Tengo un trauma relacionado con el café que todavía no he superado.

Estaba exagerando más que nada para crear efecto, como es normal, pero había un ápice de verdad en mis palabras. Aunque me estaba aferrando a la esperanza de que el universo no sería lo suficientemente cruel para repetir la escena del otro día. Al menos, no en lo que respecta al café derramado; no estaba segura de cómo iba a quitar las manchas de mi vestido.

Ya estaba bastante hiperactiva como para tomar una taza de café que acabaría haciendo que me explotara la cabeza. Así que pedí un granizado de sandía y lima, agradecida de que el resplandor de los brillantes colores a través del vaso de plástico combinara con mi mono rosado.

Saliendo del fuerte aire acondicionado del café, nos dirigimos hacia Washington Square Park para pasear junto a otros tontos que no eran lo suficientemente inteligentes como para evitar el calor.

—Solo quiero dejar claro, de nuevo, que actualmente no estoy asociada con ninguna, digamos, productora. Solo soy una chica con una portátil que quiere escribirte algunos guiones —dije, sabiendo que estaba divagando y, no obstante, era incapaz de detenerme—. Es decir, potencialmente. En caso de que no encuentres el material que te he enviado horrible y quisieras que siguiera haciéndolo.

Vaya, sí que estaba nerviosa.

—Sí, claro. Para ser honesto, he estado intentando encontrar un buen nicho desde hace un tiempo; me he retirado casi por completo de trabajar como modelo, y ahora estoy mucho más centrado en la creación de contenido. —Su mirada se cruzó con la mía y la mantuvo con una sinceridad tan apabullante que casi se me olvidó respirar—. Lo que me lleva a la siguiente pregunta. ¿Sería esta una idea que podría explorar con un poco de, eh, contenido subido de tono? La cuestión es, que he tenido dificultades para conseguir visibilidad en OnlyFans últimamente, y estoy algo preocupado por la retención de audiencia. Chase me ha estado diciendo durante semanas que necesito un gancho.

Bueno, problema resuelto. Dejé escapar un suspiro de alivio que no se debió entender, porque los hombros de Dash se elevaron notablemente.

—Mi contenido no es el más explícito, pero entendería si prefirieras no estar involucrada en todo esto —dijo, quitándose un mechón de pelo de la frente y pareciéndose un poco a mí cuando deseaba haber mantenido la boca cerrada—. Es solo que OnlyFans es la manera en que estoy generando la mayor parte de mis ingresos ahora mismo y...

—En realidad, eso sería increíble —le solté, y un poco de la tensión desapareció de los hombros de Dash—. No hay una temática de Regencia subida de tono por ahí... y tampoco se encuentra ni un solo duque desnudo en internet. Y, créeme, he buscado. Monopolizarías el mercado, o como se diga. Está claro que el vocabulario corporativo no es mi fuerte.

—Hasta que te conocí, no había considerado realmente llevar el *cosplay* al siguiente nivel. —Dash se tomó un sorbo de café—. Lo que es un poco raro, teniendo en cuenta la cantidad de libros de Regencia que he leído.

—¿Ah, sí?

—Mi madre me llamó Dashwood —dijo, gesticulando, y nos condujo a un banco vacío—. Hubiera sido Marianne o Elinor si hubiera sido una chica, pero para gran decepción suya, solo me tuvo a mí. Por no hablar del hecho de que el apellido de mi padre es Bennet; aunque tal vez habría seguido casada con él si hubiera sido Darcy.

Ladeé la cabeza mientras me sentaba.

—Entonces, ¿te parece que tiene sentido y sensibilidad?

—Un poco de los dos, creo —dijo. Y después hizo ese descarado gesto que acostumbraba a hacer con el pelo que podría haber sido inconsciente, pero por la sonrisilla en la comisura de sus labios era obvio que sabía el efecto que tenía en los demás.

Y lo tuvo. Es decir, tuvo un efecto en mí. Mis rodillas no temblaron y no sentí chispas o mariposas o lo que sea que se supone que se siente, pero definitivamente había... algo.

Se me entrecortó un poco la respiración. Tan poco que fue imperceptible. Pero yo lo noté, y eso posiblemente hizo que le soltara un:

—Qué lástima que no te llamara Hardwood*, eso habría estado aún más en línea con el tema.

Se rio tan fuerte que asustó a la ardilla que había estado corriendo sigilosamente por el tronco del árbol detrás de nosotros. Varios metros más allá, un matrimonio mayor sentado en otro banco sonrió en nuestra dirección. Una parte de mí quiso acercarse y explicarles

---

* Juego de palabras entre el sufijo «wood», del apellido de las hermanas Dashwood de *Sentido y sensibilidad*, y el sustantivo «hard», que en inglés significa «duro o firme», y que en español se podría traducir como «Madera firme» (N. de la T.)

que no, esto no era una cita, y no, no éramos dos jóvenes en la gloria de un romance de verano, sino una posible relación de trabajo que involucraba las redes sociales y los penes. Bueno, un pene, en singular. Y potencialmente.

—No te equivocas —dijo Dash cuando se recuperó. Había una naturalidad en su sonrisa que se sentía... bueno, como unas cervezas y unos perritos calientes un sábado de verano. Como una manta de pícnic que se acababa de extender sobre la hierba fresca y...

Oh, mierda.

No tuve más remedio que seguir profundizando más, aunque solo fuera para evitar que ese último pensamiento se mostrara en mi demasiado expresiva cara.

—Es decir, tampoco es que Dashwood no esté en sintonía con la marca.

Su quejido estaba mezclado con una carcajada.

—Lo sé, ¿vale? Lo habría usado como nombre artístico, si no fuera tan obvio.

—Y el apuesto duque de Harding, ¿no lo es? —dije, riéndome disimuladamente.

—Es algo injusto que tu nombre sea tan normal.

—Oh, hay un montón de cosas sobre mí de las que burlarse —le dije—. Las descubrirás con el tiempo.

—Eso espero.

Sinceramente, era bastante desagradable que un hombre que parecía un monumento viviente tuviera el carisma para decirme algo como eso mientras esbozaba una cálida sonrisa con los ojos resplandecientes y, de alguna forma, pareciera encantador en vez de un completo donjuán.

Al desvanecerse los pensamientos de cerveza, perritos calientes, mantas de pícnic y otros manjares veraniegos, me coloqué un rizo rebelde detrás de la oreja y busqué en mi bolso el cuaderno y el bolígrafo que había guardado dentro.

—Entonces creo que te enviaré un esquema general bastante completo de todo el asunto por correo. Tampoco es que haya mucho; básicamente, yo escribo los guiones y tú, eh, te vistes como el duque y los representas. Ahora tengo mucho tiempo libre, lo típico de estar desempleada y todo eso, así que me encantaría involucrarme en buscar los disfraces y montar el set o lo que sea necesario, para, ya sabes, que encajen todas las piezas de la idea.

Asintió.

—Claro. Agradecería la ayuda. Normalmente hago contenido en mi apartamento, por lo que ayudarme a montar el set implicaría ir a Hell's Kit...

—Cierra el pico —le solté antes de que tuviera oportunidad de acabar la frase—. Vivo en Hell's Kitchen. En la calle 52 con la Novena Avenida.

Dash se volvió a partir de la risa.

—Entonces, ¿por qué me has hecho venir hasta aquí?

—Necesitaba estar segura de que no eras un asesino en serie primero —respondí, encogiéndome de hombros.

—No hay forma de que sepas que no lo soy.

—Verdad, pero ahora tengo un mechón de tu pelo en caso de que la policía tenga que examinar mi cuerpo para buscar evidencias de ADN y, eh, eso fue demasiado tétrico, así que hagamos como que nunca lo dije. —Hice un aspaviento con una mano, como intentando dejar atrás el tema—. Por lo que, de todos modos, sí, haré el gran sacrificio de caminar hasta tu apartamento en el mismo barrio que el mío. Es posible que tenga un par de cosas que podríamos usar... si te gustan, y podemos planificar el resto en torno a eso.

—Claro. El set no tiene que ser nada sofisticado; básicamente necesitamos una esquina, algo así como, una silla.

—Una bonita silla tapizada. Y tal vez algunas cortinas y un jarrón de flores o dos —añadí, apuntando en mi cuaderno—. Queremos que estos vídeos sean llamativos y estéticamente atrayentes.

Inclinó la cabeza como una francesa coqueta del siglo XIX.

—¿Estás diciendo que mi cara no es lo bastante estéticamente atrayente por sí sola?

—¿No eres demasiado guapo para estar buscando cumplidos?

—Deja que te diga algo, Mariel. —Dash se puso más cerca, y si hubiera estado escribiendo una escena para el duque, podría haber descrito ese destello en sus ojos como pícaro. ¿Y el pequeño estremecimiento que me entró por todo el cuerpo cuando bajó la voz para susurrarme al oído? Definitivamente un escalofrío—. ¿Los duques? Solo somos gente normal. Necesitamos adulación y halagos como cualquier otra persona. Necesitamos... atención.

No me había puesto un solo dedo encima, pero sentí como si me hubieran acariciado.

Lo miré fijamente, asombrada.

—Estoy muy celosa. Si pudiera hacer eso tan bien como tú, nunca tendría que volver a pagar por mis copas. Puede que ni siquiera mi alquiler.

Sonrió, claramente encantado consigo mismo.

—Estaría más que encantado de invitarte a una copa o dos.

—Ay, mírate siendo tan caballeroso en la vida real —respondí, y moví mi granizado de sandía—. Definitivamente estoy lista para celebrar esta asociación con un poco de frosé*. Si consiguiese convencerte de que deberías asociarte conmigo y no huir gritando.

—Retrasaré la carrera para cuando no haga tanto calor. —Dash tomó un segundo sorbo de su café y colocó el vaso en los pocos centímetros del banco del parque que había entre nosotros—. Aunque, hay otra cosa que me gustaría hablar contigo. Creo que Chase podría ser de gran ayuda en este proyecto. Ha querido meterse en la creación de contenido desde hace un tiempo. No le he dicho nada sobre tu idea, pero si quieres escribir guiones para más gente, sé que aceptará encantado.

—Puedo verlo. Tú eres el caballero, él es el libertino. Él puede ser Lord Loving —añadí alegremente.

—¡Ja! Le va a encantar eso. Va a estar fuera durante las próximas

---

* También llamado Frozen Rosé, es un cóctel granizado que lleva vino rosado, vermú dulce y puré de sandía o fresas. (N. de la T.)

semanas, haciendo algunas investigaciones para su tesis, pero le enviaré un correo.

Intenté asentir de forma que expresara mi emoción, pero no mi desesperación.

—Por favor, adelante. Tengo ideas más que suficientes para ustedes dos. —Sin mencionar, que me vendría genial el dinero.

Hablamos de los aspectos financieros, e incluso eso se resolvió sin problemas cuando Dash aceptó que obtuviera un porcentaje de todos los ingresos generados por los vídeos, en lugar de una tarifa fija por cada guion.

—Solo una cosa más —dije, poniéndole el casquillo a mi bolígrafo al terminar de tomar notas para el contrato que iba a pedirle a Yaz que redactara para nosotros, a pesar de que sabía exactamente cómo iba a reaccionar cuando le contara que iba a hacer esto de verdad—. ¿Puedes poner acento británico?

Se quedó en silencio por un momento, con aspecto reflexivo. Después dijo, en un acento nítido de la flor y nata de la sociedad burguesa que no habría estado fuera de lugar en una adaptación de Jane Austen:

—Discúlpeme por ser tan atrevido, pero sería un verdadero placer ser su duque, señorita Mariel.

De alguna forma, quién demonios sabe cómo, conseguí no desmayarme, ni derretirme ni gritar. Simplemente le devolví la sonrisa y le tendí mi mano para que la estrechara.

—Es un placer conocerlo, su Excelencia.

4

Un Dash sobre estimulado por el café y yo nos encontramos en la estación de metro de la calle 50 y recorrimos el camino hacia Williamsburg para un día de compras. Un rápido correo a uno de mis antiguos compañeros de trabajo me había proporcionado una lista de tiendas de segunda mano en las que solía conseguir muebles antiguos para los clientes de la empresa. Iba a ser caro, y mi presupuesto personal no era suficiente para pagar ni por una mísera vela de las carísimas tiendas *vintage* de Brooklyn, pero Dash se apareció con un presupuesto de producción decente para nuestra primera tanda de vídeos.

De todas formas, al día siguiente era domingo y podríamos ir a todos los mercadillos callejeros si resultaba que nada en esas tiendas estaba a nuestro alcance.

A esas horas de la mañana, en teoría el metro de la línea L estaba bastante vacío como para que pudiéramos sentarnos espaciados en los asientos de plástico duro. En realidad, terminamos acurrucándonos juntos cuando Dash sacó su tableta y empezó a enseñarme algunos de los gráficos en los que había estado trabajando.

Habíamos estado enviándonos mensajes el uno al otro sobre la paleta de colores la noche anterior, y nos decidimos por el rosado chicle, el azul pálido y un tono lindísimo de lavanda. Dash tradujo eso en un motivo floral que se enroscaba alrededor de un escudo de armas que logró que pareciera a la vez regio —¿muy de duque?— y moderno.

—Llamativo y estético, ¿no? —preguntó Dash, dándome el iPad para que pudiera pasar todas las versiones.

—Como tu cara —respondí, ganándome una sonrisa y uno de esos gestos patentados que hacía con el pelo, que hicieron que algunas partes de mi cuerpo lo imitaran.

Es decir, el metro de la línea L estaba revolviéndome el estómago, también, pero de una manera ligeramente diferente.

Llegamos a la parada de la avenida Bedford sin ninguna acrobacia más, y desde allí fue una caminata rápida hasta la primera tienda de mi lista. Conseguí ver nuestros reflejos en los escaparates, yo con mi ropa rosada y roja, los rizos por todas partes, y Dash mucho más alto con su camiseta estampada y pantalones cortos negros que lo hacían parecer el modelo que era.

Y no era la única que lo pensaba. La gente no se paraba en seco o algo parecido, pero casi todas las personas con que nos cruzábamos lo miraban de arriba abajo. Debía estar acostumbrado a eso, porque apenas parecía darse cuenta de las miradas que le estaban lanzando, a pesar de que no fueran muy sutiles.

De alguna manera, llegamos a Thrifty sin nadie lanzándose a los pies de Dash ni proclamando su amor eterno o suplicando tener hijos con él. Aunque, si me preguntas, estuvo cerca.

Mientras la puerta sonaba detrás de nosotros, fui en línea recta hasta el final de la tienda, a la sección de ropa y accesorios. Él ya tenía los pantalones ajustados y habíamos encargado camisas, un abrigo y una corbata a alguien que habíamos encontrado en Etsy, pero todavía necesitaba botas altas de cuero. Y si encontrábamos una fusta, claramente no me iba a quejar.

O pedirle que la usara conmigo.

Por desgracia, no encontré ningún complemento ecuestre entre los vestidos de diseñador y las camisetas de bandas vintage. Lo que sí encontré en los estantes abarrotados fue una capa, fina y de pelo de camello, más para una pasarela que para la regencia. Aun así, no pude resistirme a deslizarla por mis hombros e ir a posar en el espejo. Dash se acercó con un par de gafas de sol grandes y redondas de Jackie O y una boina color crema.

Se miró a sí mismo e hizo una mueca, dejando caer la boina encima de mis rizos.

—Te queda mejor a ti.

Me eché un vistazo.

—Este conjunto me hace parecerme a una de esas chicas que tienen su vida tan organizada que no necesitan una rutina matutina que implique escuchar los mensajes de audios de novios ficticios.

Dash bajó la mirada hacia mí.

—¿Audios de novios ficticios?

—Son como audiolibros de corta duración donde un actor de doblaje explora diferentes situaciones hipotéticas como si estuviera hablando directamente con el oyente. En realidad, es algo parecido a lo que vamos a hacer. Puede que me haya quedado dormida todos los días con uno de esos canales desde hace, eh, por un tiempo indeterminado después de mi última ruptura. Abrazando una almohada. Mientras él iba a la cama con otra persona.

—Ay —dijo, e hizo una mueca.

—No es tan malo como suena —le dije, encogiéndome de hombros—. Todavía podría estar con Bruno.

—¿Bruno?

—El tipo del que no hablamos. —Le sonreí brevemente.

Resopló, y volvió a dejar las gafas en la bandeja en que estaban.

—Puedo ver como un novio ficticio sería mejor que muchos de los hombres de esta ciudad. Un novio ficticio no deja sus toallas mojadas en el suelo del baño.

—Ni deja la tapa levantada.

—Ni acapara todo el edredón.

De repente, se me encendió la bombilla.

—Dash, deberíamos grabar vídeos.

Dash parpadeó, apartando la mirada del espejo en el que se estaba mirando.

—¿Creí que ese era el plan?

—No, por así decirlo, vídeos no subidos de tono para las redes sociales habituales. —Moví los brazos emocionada—. Parecidos a los audios de novios ficticios, solo que como el duque de Harding. Los que solía escuchar eran solo audios, pero como tienes la apariencia y el disfraz y todo, creo que desperdiciarlo sería un pecado...

—Tu novio, el duque —dijo despacio—. El que te lee poesía y te abraza para dormir.

—Y te reconforta después de una pesadilla —añadí.

—Y se vuelve un poco travieso en el carruaje, de camino al baile.

—Y acaricia tu pelo en la cama un domingo por la mañana, haciendo una lista de todas las razones por las que quiere hacerte su duquesa.

Sin querer, nos habíamos acercado hasta quedar cara a cara. Yo lo miraba ensimismada mientras él decía:

—Y te convence de escabullirte a los establos para darte un beso de medianoche.

De todas las cosas, esa fue la que me provocó un escalofrío por todo el cuerpo.

—Un hombre afín a mí —confesé, golpeándome el pecho, en parte actuando, y en parte librándome de la incómoda sensación de hormigueo que sentía—. Sabes, esto me recuerda un poco a esos fanfictions escritos en segunda persona de Tumblr, que solían ser muy populares en su día.

—No me digas, ¿fánfics de X Reader? —Su característico gesto con el pelo no ocultó del todo el destello de la risa en sus ojos ante mi expresión sorprendida—. Tuve mucho tiempo libre en la secundaria, ¿okay? Y sentía muchas cosas por Sherlock Holmes y John Watson.

—¿Ah sí? ¿Quieres compartir alguna de ellas conmigo?

—Quizás sea mejor esperar a que nos conozcamos mejor antes de que desnude toda mi alma ante ti —dijo, riendo—. Y mis parejas favoritas. Todo lo que tienes que saber es que me he pasado los últimos doce años más o menos explorando los oscuros y sombríos rincones del fandom en línea, así que no hay mucho que digas que pueda sorprenderme por completo.

—Me di cuenta de eso.

—Y, aun así, parecías sorprendida.

Extendí las manos.

—Es solo que no te habría tomado por el típico chico artístico y sensible que lee Sherlock/Watson fánfics en Tumblr. Me das la impresión de ser el tipo de persona que era popular en la preparatoria y en la secundaria. —Lo miré de arriba a abajo—. Puede que incluso en la primaria.

Sus ojos titilaron, como si estuviera sorprendido de que lo hubiera calado tan fácilmente. Pero vamos. La sonrisa y el gesto con el pelo solo fueron una señal inequívoca.

—Bueno, lo era, creo —dijo lentamente—. Pero no siempre fue genial. Todo aquello vino con mucha presión, y ya tenía suficiente en casa. En ese entonces estaba trabajando de modelo, así que también estaba eso. Había algo realmente atrayente en la idea de desaparecer en el anonimato durante unas pocas horas cada día y eso fue el fandom para mí.

—Como alguien que ha vivido en el maravilloso anonimato la mayor parte de su vida, estoy de acuerdo. —Todavía con la capa y la boina, me di la vuelta para pasar por el estante de ropa masculina—. Entonces, ¿cómo es que acabaste casi literalmente desnudándote para ganarte la vida?

Dash extendió el brazo hacia el estante, agachando su cabeza lo suficiente para que lo mirara fijamente a los ojos cuando dijo:

—No me molesta que me miren. Solo quiero que a veces me vean.

Oh. Oh, no. Esa devastadora sinceridad en sus ojos. Era demasiado. Demasiado para mí.

¿Quién demonios va por ahí diciendo cosas como esa?

Si esto hubiera pasado en mi guion de cine, habría recibido la respuesta que se merecía: una mirada profunda a los ojos, seguida de un intenso «Te veo» y un beso épico. Incluso fuera de una comedia romántica, un buen amigo habría respondido con algo igual de considerado.

Al ser yo ese amigo, lo que obtuvo fue... un latigazo.

—No puedo imaginarme nada más aterrador que ser observado, excepto tal vez los jeans de cintura ultra baja —dije—. Espera, ¿ese taburete tiene forma de fresa? Lo necesito.

Mis pendientes en forma de cerezas se balancearon cuando me di la vuelta y me dirigí hacia la sección de artículos para el hogar y muebles. Dash me siguió, pareciendo ligeramente divertido cuando pasé por alto el taburete y en su lugar agarré un jarrón del estante, acunándolo en mis brazos como si fuera un bebé.

—Esto es perfecto para nuestro set —dije.

—Eh, ¿Mariel? No quiero ser maleducado ni nada, pero ese es el jarrón más jodidamente feo que he visto en mi vida.

—No te falta razón —admití—. Pero la forma es increíble. Imagino que podemos pintar por encima de... ay, Dios, ¿esos son pla...?

Dash se acercó tanto que mis rizos debieron rozar su mandíbula.

—Uvas —dijo tras revisarlo un instante.

—Qué alivio. —Todavía no era capaz de mirarlo.

—No creo que ninguna de estas sillas de aquí sean adecuadas para el salón del duque —dijo Dash, metiéndose las manos en los bolsillos. Si estaba molesto o irritado por haberle restado importancia a su intento de ser auténtico y vulnerable, no lo estaba demostrando.

—¿Quizás deberíamos pagar el jarrón e ir a la siguiente tienda?

—Está bien.

Empecé a caminar hacia la caja, y me detuve de repente cuando sentí que me halaban hacia atrás.

—¿Qu...?

—Quizás quieras dejar la capa y la boina, a menos que estés planeando hacer un poco de *cosplay* tú misma.

—¿De qué, de un cono de helado con una bola de vainilla? Nunca me he vestido de beige en mi vida.

Quitándome la capa, la doblé sobre mi brazo y volví a ponerla donde estaba. Cuando alcancé a ver a Dash en la caja, ya estaba pagando el jarrón.

Lo metí en mi bolsa y salimos a la calle mugrienta. Iba a necesitar algo de azúcar si quería sobrevivir.

—Hablando de helados... ¿quieres ir a tomar un cono al paseo marítimo?

—¿Un cono de helado? Ni siquiera son las once de la mañana.

—¿Y? ¿No has oído hablar del desayuno de banana split? ¿Hecho con tres bolas de helado de café?

Dash parecía escandalizado.

—¿Qué?

—Y crema batida, y unos cuántos cereales espolvoreados por encima para que cruja —añadí, riéndome del estremecimiento de Dash—. Oh, no seas tan formal. El desayuno es un invento social.

—La ropa interior también, pero no me ves paseando en ella.

—Sinceramente, dudo mucho que destacaras en esta ciudad. Aunque, a lo mejor —añadí, sin pensar—, con ese trasero podrías empezar una revuelta.

Afortunadamente para mí, Dash solo se rio.

—No sería la primera vez —dijo, guiñando un ojo.

Hubo una fuerte inhalación, y giré la cabeza justo a tiempo para ver como un hombre canoso casi se choca contra un poste, totalmente distraído por el guiño de Dash.

Me mordí el labio para esconder una sonrisa. Mientras un Dash ajeno a todo seguía caminando, anoté mentalmente hacer tarjetas de visita para entregarlas a cualquier otro transeúnte que se asombrara tanto con la cara de Dash que no lograra evitar chocar con los obstáculos que había en su camino.

◆ ◆ ◆

Nos conformamos con una panadería, donde Dash pidió un croissant y otro café con leche, y yo opté por un gofre con todo, para llevar, que parecía un desayuno si entrecerrabas los ojos. Desde la panadería, el camino hasta el largo paseo que bordeaba el río no estaba muy lejos. Bajo el brillante cielo azul, el horizonte de Manhattan resplandecía como una tiara de acero y cristal.

—Ven —dije—, aquí hay un banco.

—¿Ya estás cansada?

—Jamás. Pero tengo que anotar todas las cosas que hemos estado hablando antes de que se me olviden.

Incluso antes de haber llegado al banco, ya estaba buscando el cuaderno y el bolígrafo en la bolsa, tan absorta que me habría metido en un cubo de basura si Dash no me hubiera agarrado suavemente por los hombros y me hubiera alejado.

—Gracias —dije, desplomándome en el asiento de metal caliente—. Me convierto en una amenaza siempre que intento caminar y hacer literalmente cualquier otra cosa. Bien, entonces.

Me incliné sobre el cuaderno, garabateando rápidamente todas las cosas que habíamos dicho, además de un par de nuevas ideas. Debí haber entrado en una pequeña espiral de concentración, porque cuando volví en mí, encontré a Dash más o menos... mirándome fijamente. Como si le gustara lo que veía. Lo cual no podía ser cierto, porque estaba bastante segura de que tenía una mancha de sirope en la barbilla.

Y puede que fuera el sol brillando detrás de él, pero me sentí tan deslumbrada que tuve que parpadear varias veces. El paseo bajo el sol había dejado un brillo rosado sobre el puente de su nariz y la parte superior de sus pómulos, e incluso sus ojos parecían más dorados que marrón oscuro, su verdadero color.

Me llevó un largo y vergonzoso momento darme cuenta de que estaba hablando.

—¿Lo apuntaste todo?

Asentí abruptamente.

—Todo y más. Voy a tratar de convertir un par de estas ideas en guiones esta noche. Creo que deberíamos filmar vídeos de un minuto para empezar, y después podemos ajustar el tiempo, dependiendo de la respuesta de la audiencia. ¿Te parece bien?

—Sí, claro. —Dash se pasó los dedos por el pelo.

Le eché un vistazo.

—¿Estás bien?

—Claro —dijo de nuevo—. Yo solo... esto, solo... —La exhalación que soltó fue tan profunda, como si se estuviese riendo de él mismo bajo su respiración—. No había sentido tanto entusiasmo en un proyecto desde hace mucho, y eso es probablemente gracias a ti. Tu entusiasmo es...

—¿Inquietante? —aporté.

Dash me lanzó una mirada de soslayo.

—Iba a decir inspirador. Y contagioso. Sinceramente me muero de ganas por empezar a grabar y ver que más se te ocurre.

—Cuidado con lo que deseas. Las cosas se pueden poner muy moviditas aquí —dije, empujando con fuerza el bolígrafo en la espiral del cuaderno para poder golpearme la sien con la mano libre—. Te dije que tenía una imaginación peligrosa.

—Ah, ¿sí? —Se puso de pie y me tendió la mano—. Afortunadamente para ti, resulta que me gusta un poco de peligro de vez en cuando.

La segunda tienda de mi lista parecía mucho más prometedora que la primera, y no solo por todo el azúcar revoloteando en mi interior. Para empezar, el sitio estaba repleto de muebles. Literalmente. A través de las puertas abiertas de estilo industrial, podía ver montones de larguiruchas patas de mesas y sillas, y sofás que parecían respetables viudas envueltas en tela chintz con estampados florales.

—La encontramos... puedo sentirlo —informé mientras arrastraba a Dash dentro—. Aquí es donde vamos a encontrar la silla del duque. Y puede que una adorable mesita auxiliar para el jarrón.

Y cortinas y una tabaquera, y todavía no me había rendido con la fusta.

Me sumergí entre montones de muebles precariamente apilados como si fuera Indiana Jones buscando un tesoro legendario.

Había bastantes elegantes piezas modernas de mediados de siglo, algunos cacharros que solo podrían haber venido del estilo *shabby chic* de los noventa, la era de vamos a esconder las televisiones en viejos armarios, pero hasta ahora nada que se pareciera a la imagen que tenía en mente.

—Quiero una butaca —le dije a Dash por encima del hombro—. Con respaldo alto, para que enmarque tu cabeza y tu torso. Tapizada, aunque la tela no importa, ya que seguramente tengamos que retapizarla de todas formas.

—Anotado.

Buscar tesoros en medio de montones de trastos siempre es un trabajo duro. Divisé un candelabro dorado y lo dejé a un lado, ya que toda mi energía estaba centrada en encontrar la silla.

Pensaba que Dash estaba igual de concentrado, pero resultó que su silencio se debía a otra cosa.

—Entonces, eh —dijo, aclarándose la garganta—. Espero no haberte hecho sentir incómoda antes con toda esa...

Soltando la mecedora con la que había estado luchando, lo miré.

—¿Incontrolable honestidad y dolorosa franqueza? —Intenté ser graciosa, pero ante la expresión avergonzada de Dash, me apresuré a añadir—. No te preocupes. Soy yo quien debería disculparse básicamente por escabullirme cuando estabas intentado abrirte.

—No, no. Me refiero a que, no nos conocemos desde tanto. No debería haberte soltado todo eso.

Hice un gesto en el aire con la mano.

—Oh, no es culpa tuya que sea incapaz de afrontar emociones humanas genuinas sin sentir la necesidad de salir corriendo. Creo que podría ser mitad androide.

La sonrisa natural de Dash se crispó.

—Entonces lo siento por molestar tu sensibilidad de androide. Yo solo... quiero que sepas que es totalmente aceptable escabullirse o decirme simplemente cállate si me pongo demasiado sensible.

—Para ser sincera, seguramente haré ambas cosas a la vez. Y puede que suelte uno o dos gritos. —Me detuve repentinamente cuando mi errante mirada vislumbró a alguien familiar. Algo a medio camino entre un gimoteo y un quejido se escapó de mis labios—. Ohhh. Oh, no.

—¿Qué? —susurró Dash, siguiéndome mientras me lanzaba detrás de una enorme máquina de chicles—. No es Bruno, ¿no?

—¿Bru-Milo? No. No —añadí, respirando fuerte—. Solo es... alguien que conocía del trabajo.

—¿Y entiendo que no quieres saludar? —preguntó con indiferencia.

—Ni siquiera quiero existir en el mismo universo que ella. —Eché un vistazo alrededor de la esfera de cristal de la máquina, que por suerte estaba opacada por años de desuso—. Mierda, creo que viene hacia aquí.

Antes de que pudiera explicarle a Dash que tenía la madurez emocional de una papa y que haría casi cualquier cosa para evitar a mi antigua jefa y a su clienta, ya me estaba arrastrando por la muñeca.

—¿Qué estás haciendo? —le pregunté, mientras tropezaba y me agarraba de su pecho. O tal vez fue él quien me agarró a mí; su brazo de repente alrededor de mi cintura, provocando que el contacto me hiciera perder la cabeza.

Por un instante, Dash parecía que se había quedado sin aliento. Después me regaló una de sus sonrisas y bajó su rostro hacia el mío, como si estuviera a unos segundos de besarme.

—¿Qué hace cada uno de los héroes románticos cuando la protagonista necesita esconderse de los malos?

Era demasiado consciente de mi pecho subiendo y bajando con cada respiración, de los volantes de mi top plisado rozando su camiseta.

—Salir a rescatarla como todo un duque.

A excepción de la ligera curva de sus labios, Dash no se movió. Pero el rastro de su aliento cálido y con olor a café por encima de mis labios era casi tan bueno como una caricia. Inhalé, preparándome para, qué, no sabría decir, porque no era como si realmente fuéramos a besarnos o algo parecido. Aunque, intenta decirle eso a mi cuerpo. Su mano se sentía liviana en mi cintura, pero parecía que era lo único que me impedía flotar hasta el alto techo de la tienda.

Porque la sola idea, la posibilidad de que Dash me besara era suficiente para echar a volar.

Ni siquiera podía recordar cómo habíamos llegado a estar así en primer lugar. Todo lo que sabía era que se sentía tan bien que estaba lista para arriesgarlo *todo* solo por un pequeño roce de...

—¿Mariel?

Sabía que debía haberme alisado y teñido el pelo de morado.

Maldiciéndome mentalmente a mí misma por dejar que Yaz me convenciera de lo contrario, me separé de Dash y me giré para enfrentarme a mi antigua jefa.

—Elaine. Hola. Me alegro de verte. —Miré por detrás de ella, a la mujer del vestido gris nacarado que parecía que tampoco quería existir en el mismo universo que yo—. Y señora Greyson. Espero que esté bien.

Ambas mujeres me respondieron con amables sonrisas y mascullaron saludos, aunque estaba segura de que vi un brillo receloso en los ojos de Elaine. ¿Y quién podría culparla? La última vez que estuve cara a cara con la señora Greyson, le estaba gritando.

En el proceso de instalar un mueble empotrado que se había añadido a la sala de estar al último minuto, uno de los miembros más jóvenes del equipo del contratista arañó por accidente el carísimo papel pintado. En aras de ahorrar tanto tiempo como dinero, puesto que ya estábamos retrasados y sobrepasábamos el presupuesto, le pedí a nuestro empleado que se encargaba del papel pintado que remplazara el trozo dañado con un remanente. La señora Greyson observó todo el proceso, preocupada por si el patrón coincidía perfectamente y señalando manchas de pasta que se volverían invisibles cuando se secaran.

No debería haber sido un gran problema, especialmente porque había estado actuando de esa forma durante toda la renovación. Pero ese día, con mi tenso estado emocional tras de la ruptura, su comportamiento autoritario fue como si le echaran leña al fuego.

Y exploté.

—¿Qué cojones te pasa? —le grité—. ¿No ves que lo está haciendo lo mejor que puede? ¿No ves que todos lo estamos haciendo lo mejor que podemos?

No fue mi mejor momento. Ni tampoco el más profesional.

Sobre todo, si consideramos que ocurrió frente a todo el equipo... y la niñera de los Greyson... y sus dos niños de diez y ocho años... y un amigo suyo que había venido a jugar con ellos.

¿Fue justificada mi frustración? Bueno, tal vez. La señora Greyson había sido la clienta más exigente a la que me había tocado apaciguar, y la forma en la que criticaba todo lo que hacían los contratistas hizo que el ambiente de trabajo se volviera tenso y tóxico. Pero aun así no debería haber levantado la voz. Y a pesar de que me había disculpado, el hecho de que hubiera estallado ahora se cernía sobre nosotras tres.

—¿Cómo está yendo la renovación? —pregunté, solo para cortar el incómodo silencio.

—Ya casi hemos terminado —respondió Elaine—. Estamos trabajando en los últimos detalles.

Su mirada saltó a Dash, y la pausa que siguió me recordó que no se lo había presentado. Tonta de mí por no usarlo como intermediario.

—¡Oh! Este es mi amigo Dash. Estamos buscando una butaca.

Dash se inclinó ligeramente hacia delante, ofreciendo su mano primero a Elaine y después a la señora Greyson, que deslizó sus delgados dedos por su palma en el apretón de manos más breve que he visto jamás. Su sonrisa no vaciló mientras bajaba la mano y comenzaba a hablar con Elaine de temas triviales, desviando la atención de las mujeres de mí, como si se lo hubiera pedido directamente.

Ni siquiera la calidez de Dash podía derretir la insoportablemente fría y educada sonrisa de la señora Greyson. Una reina del hielo como ella nunca habría perdido el control de la forma en la que lo hice yo. Mientras Dash y Elaine conversaban... no sé, quizás sobre sillones, me hallé a mí misma observando a la señora Greyson —su elegante y recogido cabello, los discretos pendientes en sus orejas, la forma en la que su expresión era igual de delicada que vacía como la de un papel sin estrenar. Ni siquiera parpadeó mientras le gritaba, solo se quedó ahí de pie en un gélido silencio hasta que mi voz se hizo irregular. Solo entonces dijo: «¿Eso fue todo?». Se dio media vuelta y salió de la habitación en sus silenciosos flats de marca Chanel.

Siempre he sido ruidosa y siempre he ocupado más espacio del que me corresponde, pero nunca me había sentido tan mal por ello.

Afortunadamente para mí, Elaine y la señora Greyson parecían tan ansiosas como yo por poner un poco de distancia entre nosotras, y ante la oportuna intervención de un vendedor, Dash y yo logramos escapar.

—Bueno, eso fue un poco incómodo —dijo Dash una vez estábamos al otro lado de la tienda— ¿Qué pasó?

Mantuve mi mirada al frente, para ignorar mejor la simpatía en sus cálidos ojos marrones.

—La pelirroja, Elaine, fue mi jefa en la empresa de diseño de interiores en la que trabajaba hasta hace tres semanas. La otra señora era —y todavía es, creo— una clienta.

—Suena como si pasó algo grave.

—Si con eso quieres decir una catástrofe de proporciones apocalípticas, entonces sí. Pasó algo grave. —Movía los dedos sin parar, pero incluso con las emociones agitándose dentro de mi pecho como un velero en una tormenta, sabía que no debía pasar mi mano por mis rizos para no arruinar la definición de los mismos. Me conformé con cerrar la mano en un puño y metérmela en el bolsillo—. Sé que ahora mismo parece que tengo enemigos por toda la ciudad, pero te prometo que en realidad es bastante fácil llevarse bien conmigo. Es solo que me has conocido en un momento bastante peculiar de mi vida.

—Te creo —dijo, sin dudarlo, y andando a grandes zancadas con sus piernas largas—. No me pareces el tipo de persona que deja un rastro de enemigos dondequiera que vaya.

—Es decir, no me importaría llamar a Elaine y a la señora Greyson mis enemigas. Suena increíblemente mejor que la mujer que me despidió y la señora que hizo que me despidieran. —Me detuve al lado de una máquina de pinball—. Aunque eso no es justo para la señora Greyson. Yo hice que me despidieran. Ella solo fue... el catalizador. Y fui increíblemente poco profesional y merecía perder mi trabajo. Pero creo que fue lo mejor que pudo haber pasado —añadí suavemente—. Porque la gente con trabajo no merodea por Times Square en pleno día y es confundida con una estrella del pop y perseguida por una multitud armada con horquillas.

—Creo que estaba armada con móviles, no horquillas —comentó Dash—. Pero me alegro de que se alinearan las estrellas y acabáramos conociéndonos.

Me detuve, en parte para debatir conmigo misma si debía o no añadir algo más, y en parte para mirar una sección de la tienda que parecía estar llena principalmente de sillas. Resulta que tomarse el tiempo necesario para mirar las pilas de sillas significó que vi algo interesante oculto debajo de una silla lounge Eames que era claramente falsa.

Mirar; menudo concepto.

—Creo que veo algo. ¿Puedes ayudarme a quitar esas mesas? En realidad, espera.

Saqué mi móvil y puse una canción, y después le pedí a Dash que lo sostuviera, que fue lo que hizo, pareciendo ligeramente divertido. Me giré hacia la pila, y cuando los primeros acordes del tema de Indiana Jones llenaron el aire, saqué una silla curvilínea. Su respaldo curvado estaba coronado con rosas y enredaderas talladas en la madera, y sus patas y brazos ondulados destilaban una elegancia sinuosa y lánguida.

Era la silla más sexy que había visto en mi vida.

—Es esa, sin duda —comentó Dash.

Su tapizado estaba bastante harapiento, pero como le había dicho a Dash antes, planeaba rehacerlo encontráramos lo que encontráramos.

—Terciopelo rosado —dije, dando vueltas alrededor de mi tesoro—. Rosado chicle, resaltará frente a la cámara y se verá increíble en contraste con tu piel.

—Lo que significa que las cortinas tendrán que ser del tono azul pálido que elegimos, ¿verdad? Y mi abrigo es de ese profundo azul marino, por lo que tendremos tres valores de luminosidad para el primer plano, el fondo y el medio... —Dash parecía estar considerándolo todo.

Asentí, agradecida por la oportunidad de cambiar de tema volviendo a nuestro proyecto.

—Las cortinas deberían ser claras y lo suficientemente sencillas para crear atmósfera sin distraer demasiado. La silla enmarcará tu cuerpo y el abrigo y la camisa enmarcará tu... —Moví la mano hacia su pecho—. Torso.

—Suena como si hubieras estado pensado mucho en mi... torso —dijo de manera provocativa, el brillo de sus ojos suavizaba su sonrisa.

Mantuve el tono ligero.

—Chico, siento decírtelo, pero pensar en tu torso es literalmente mi nuevo trabajo.

—Eres una rompecorazones, Mariel, ¿lo sabías? —me guiñó un ojo mientras se acercaba lo suficiente para deslizar mi móvil dentro de mi bolsillo. Y aunque se dio la vuelta casi de inmediato para saludar al vendedor, tuve la impresión de que notó lo débiles que se habían vuelto mis rodillas a causa de ese guiño.

No era mi imaginación, ¿verdad? Había estado flirteando conmigo desde el momento en que nos conocimos. Pero ¿estaba flirteando o solo era una mezcla de su carisma natural y mi volátil imaginación?

En cualquier caso... no tenía intención de hacer nada al respecto.

5

Resultó que Dash vivía a menos de cuatro cuadras de mí. Pensarás que lo habría visto por el barrio antes, pero no hacía tanto desde que se había mudado al centro de la ciudad desde Brooklyn. Al menos, eso fue lo que me contó cuando me lo encontré en la lavandería varios días después.

Había pospuesto tanto lavar la ropa sucia que ni siquiera tenía sudaderas viejas que ponerme, y tuve que conformarme con uno de los vaporosos vestidos rosados colgados al fondo de mi armario. Lo volví casual poniéndome una camiseta verde por debajo y combinándolo todo con un par de zapatillas y una bolsa de Nueva York que había visto mejores días.

Ya sabes, y una bolsa de ropa sucia de unas ochocientas libras que apenas podía bajar por las escaleras de mi edificio sin ascensor.

Con una camiseta azul claro que resaltaba su bronceado, Dash parecía tener bajo su servicio pajaritos y ratoncitos de los dibujos animados que le alistaban la ropa todos los días.

Encontrármelo en la lavandería no me sorprendió, y no solo porque fuera a pasar más tarde o más temprano, con nosotros viviendo tan cerca el uno del otro.

Me había venido a la mente tan a menudo esos días después de nuestro viaje a Williamsburg que, como cualquiera buena dominicana, sentía como si lo hubiera llamado con el pensamiento.

—¡Hola! —dije, sintiendo una pequeña sacudida mientras arrastraba mi bolsa hacia una de las dos lavadoras disponibles.

—¡Mariel! —exclamó, pareciendo realmente contento de verme. Cerró la puerta de la lavadora y se acercó a darme un abrazo. Uno de verdad, de esos que te rodean completamente, y me encontré con la nariz enterrada en su clavícula.

Pensando en cómo describían siempre las escritoras de novelas románticas el aroma del héroe, lo olí de forma experimental e intenté determinar a qué olía. Sentí un poco de olor a detergente, pero eso era normal debido a donde nos encontrábamos, a piel bañada por el sol, con un leve olor a café, además de despedir un ligero toque a cítrico, seguramente de su gel o champú.

—¿Mariel, me estás... oliendo?

Su voz retumbó bajo mi piel de tal forma que me hizo que quisiera acercármele más.

A regañadientes, me alejé y le mostré una sonrisa radiante.

—¡Solo estaba investigando un poco!

Ignorando su expresión confusa, arrastré mi bolsa de la lavandería por el suelo sucio. Por supuesto, intenté meter toda la ropa de una vez en una de las brillantes lavadoras plateadas, para que no se diera cuenta de la gran diferencia entre la cantidad de ropa interior vieja y la más nueva, de encaje, y por supuesto el resultado fue que todo terminó sobre las baldosas sucias. Un —adorable y extremadamente femenino— gruñido de frustración se escapó de mis labios mientras me agachaba y empezaba a recoger pantalones cortos sudorosos y vestidos arrugados, y los lanzaba dentro de la lavadora.

—¿Tienes algo chévere planeado para hoy? —le pregunté, alzando el cuello para verlo descansando contra las lavadoras, con sus largos y elegantes dedos enroscados alrededor de su móvil.

La lavadora de Dash había señalado que ya estaba empezando el ciclo de lavado.

—La verdad es que no. Normalmente llamo a mis abuelas los sábados, así que estarán esperando junto a sus móviles y seguramente discutiendo por ello como de costumbre, pero eso es todo.

Le sonreí.

—Me parece adorable.

—Ellas lo son —dijo, con una sonrisa que le arrugaba las comisuras de los ojos—. Fue lo mejor que salió de la relación de «tris tras, ni lo ves ni lo verás» de mis padres—. Abu y yaya se enamoraron cuando todo entre mis padres estaba implosionando, justo cuando nací yo. Ahora viven juntas y, lo más importante, con las otras Zorras jugadoras se van a Atlantic City cada mes. Aunque ahora están en Las Vegas, y abu me dice que están dominando la mesa de blackjack.

Le echó un vistazo a su móvil.

—Debería llamarlas ahora, la verdad, si las quiero pillar antes de que se vayan al bufete del desayuno —dijo.

Dash salió de la lavandería, y me concentré en buscar mi detergente. Aunque, si me asomaba por la ventana, podía verlo pasando una mano por su abundante cabello mientras iba de acá para allá por la acera, deslumbrando a la gente que pasaba con sus sonrisas, al no ser consciente de que estaban destinadas a sus abuelas.

Para cuando regresó y se desplomó a mi lado, estaba leyendo una novela de Regencia deliberadamente... bueno, ojeándola, pero solo porque los asientos estaban cerca de la ventana y estaba distraída viendo como tantísima gente disminuía la velocidad para mirar a Dash.

—¿Qué lees? —preguntó, sus dedos curvados ligeramente alrededor de un vaso de papel, para llevar.

—Uno de Regencia de mi montón de libros pendientes. Estoy haciendo una lista de todos los temas y de todas las cosas subiditas que hacen los duques.

Dash sonrió.

—Yo empecé una hoja de cálculo. Hay una pequeña librería a varias cuadras de distancia que vende libros de segunda mano, sobre todo romance. Tipo Mills & Boon de los años setenta. Deberíamos ir a mirar.

—¿Ahora?

Revisó su móvil.

—A mi lavadora le quedan dieciocho minutos. Eso no nos deja mucho tiempo para echar un vistazo, ¿quizás mientras estemos secando?

Realmente no había necesidad de que mi corazón volviera a hacer acrobacias por la manera en que él hablaba de nosotros en conjunto con relación al tipo de tarea doméstica que veía realizando a las parejas en las perezosas mañanas de los fines de semana.

—Suena como una forma perfecta de pasar el sábado.

Yo también lo dije en serio. No solo porque pasaría un poco más de tiempo derritiéndome al ver a Dash mover el pelo, sino porque hacía tiempo que no tenía planes reales con una persona de carne y hueso en una mañana de fin de semana. Si por casualidad logré pasar de un par de citas con alguien sin que me hicieran *ghosting*, ninguno de esos chicos estaba dispuesto a comprometerse más allá de verse de vez en cuando después del trabajo y el momento previo a la diversión. Hice exactamente cero amigos en la ciudad fuera de mi trabajo, y la incomodidad por haber sido despedida significaba que realmente no había salido con nadie más que con Dash en semanas. La situación se había puesto tan mala que casi había considerado —casi como palabra clave— inscribirme al gimnasio o tomar algún tipo de clase solo para tener conversaciones esporádicas con alguien más que el chico de la bodega, quien estaba bastante segura de que se estaba hartando de escucharme hablar sobre mi guion de cine.

Una mujer con dos niños e incluso más ropa sucia que yo pasó a la fuerza, obligando a Dash a moverse unos centímetros más cerca de mí para evitar ser aplastado entre la ventana y las bolsas. Agarré mi libro con torpeza, y casi lo dejo caer cuando presionó su brazo contra el mío, y volví a familiarizarme con su fresco y nítido aroma.

Incluso después de que la mujer pasara, no retrocedió de inmediato. Permaneció cerca, casi contra mí, como si ahí estuviera cómodo. Y yo... tampoco me moví.

Quiero decir, no quería que pensara que estaba preocupada por un roce tan trivial. O que el roce de su brazo hizo que me estremeciera tanto que sentí como si me hubieran sumergido en una bañera llena de estrellas.

Dash ni siquiera parecía darse cuenta de que todavía estábamos pegados el uno contra el otro.

—A riesgo de sonar como si estuviéramos en una entrevista de trabajo o en una primera cita —dijo—, ¿quién serías si fueras un personaje en una novela de romance de Regencia?

Bueno, era injusto hacerle eso a mi pobre y agobiado corazón.

—Eh, ¿la excéntrica tía abuela que hace bromas inapropiadas y que no puede parar de meterse en la vida amorosa de los personajes principales? —Me encogí de hombros y señalé hacia mi vestido rosado y mi camiseta a rayas—. No creo que hayan inventado un tropo que incluya todo esto.

—¿Y qué hay de la joven rebelde? —sugirió, y me encontré inclinándome hacia delante cuando la traviesa curva en su sonrisa provocó que una oleada de calor me recorriera entera—. La obstinada, atrevida, escandalosa heredera que saca de quicio al héroe. Que hace que quiera arrancarse los pelos, y la ropa, cuando galopa, siendo descarada con los bandoleros y sorprendiendo a todos con su encantadora falta de decoro.

—Esa soy yo totalmente —dije, riéndome mientras pensaba en lo bien que sonaba que te llamaran rebelde en lugar de caótica—. Ojalá supiera dónde encontrar a un bandolero...

Dash hizo una pistola con su pulgar e índice y la presionó contra el pedacito de piel desnuda encima del cuello de mi camiseta.

—Tu dinero o tu vida.

Alcé una ceja.

—¿Hay una tercera opción?

—¿Para ti? —Dash inclinó la cabeza un centímetro más cerca de mí, bajando la voz y adoptando el acento británico del otro día—. Señorita, le daría todas las opciones que necesite. Tantas como sea necesario para satisfacerle. Tantas como sea necesario hasta que esté agotada y temblando entre mis brazos.

Esta vez, realmente dejé caer el libro.

—¿Recuérdame por qué necesitas un guionista de nuevo?

Dash se volvió a sentar en su silla, con engreimiento, y tomó un sorbo de su café tranquilamente.

—Te gustó, ¿eh?

Dije algo ininteligible.

Dash me guiñó un ojo.

—Por eso me llaman el talento.

Tenía una lista con otras cosas que podría llamarle, incluyendo *papi*, pero intentando ser profesional, o tan profesional como podía ser cuando casi había conseguido que perdiera el control, pero me abstuve.

—Sip —dije—. Está claro que eres talentoso.

No era un gran cumplido, pero consiguió que Dash estuviera absurdamente satisfecho. Me sonrió, todo luz y destellos y corazones de los que aparecen en los dibujos animados, y fue en busca de mi libro que se había deslizado debajo de un par de carros de lavandería.

Si no cambiaba el tema por algo neutro, iba a ser algo más que poco profesional.

—¿Cómo están tus abuelas? —le pregunté cuando volvió a sentarse junto a mí—. ¿Se están haciendo billonarias?

—O arruinándose, o haciendo trampas —dijo alegremente, entregándome el libro—. O recreando el argumento de las tres películas de *¡Qué pasó ayer?* No me extrañaría que esas dos robaran un tigre y lo escondieran en el baño del hotel.

—Es muy bonito lo unido que estás a ellas —le dije, metiendo *El trato de la doncella* en mi bolsa.

—Me cuidaron mucho mientras crecía, y viví con ellas un par de años antes de la universidad.

—¿Tus padres no estaban cerca? —pregunté.

—Eh, lo estaban. De hecho, demasiado. Era como si estuvieran en una competición de quién me ayudaba más con los deberes o me llevaba a más audiciones.

Hizo una pausa, como si estuviera esperando que me compadeciera.

—Padres, ¿eh? —dije después de un momento.

—Increíblemente irritantes —dijo, de acuerdo conmigo—. Mis abuelas no me dejaron salirme con la mía, pero fueron mucho más chéveres.

Nunca conocí a mi abuela, que falleció años antes de que naciera. Por primera vez se me ocurrió preguntarme por mis otros abuelos, por parte de padre. Un anhelo momentáneo por conocerlos floreció en mi pecho, pero murió rápidamente, ya me habían abandonado suficientes miembros de la familia.

Además, hasta donde sabía no habían hecho muchos esfuerzos por verme a lo largo de los años. Igual que su hijo.

Al darme cuenta de que había deambulado por otro camino peligroso, traté de volver a un tema seguro.

—Por cierto, ¿te dio tiempo a mirar la escena que te envié anoche?

Cuando me acomodé con mi portátil, realmente tenía la intención de trabajar en mi guion de cine. Pero, en cuanto abrí el documento, me encontré soñando despierta con el duque de Harding. Mientras escribía con una facilidad que hacía años que no sentía, un nudo que no me había dado cuenta de que tenía en el pecho empezó a soltarse.

A mi lado, Dash estaba asintiendo.

—Ese podría ser mi favorito. Estoy pensando que quizás lo grabe de primero. —Desbloqueó su móvil y abrió el documento que le había enviado por correo—. ¿Qué te parece si movemos este párrafo al vídeo sobre el dolor y el consuelo, y añadimos este aquí en su lugar?

Mi mirada siguió los movimientos de sus dedos mientras tecleaba algunas modificaciones. Incluso si no me hubiera dicho nada de su pasado en el fandom, lo habría adivinado por la manera en la que había comprendido los aspectos básicos del personaje del duque de Harding y se había basado en ellos.

Me di cuenta de algo mientras nos inclinábamos sobre la pequeña pantalla, una sugerencia seguida rápidamente de otra hasta que tuvimos la mayor parte de otra escena escrita —Dash y yo trabajábamos bien juntos. Quizás fuera el proyecto o la falta de presión o simplemente la forma en que él parecía estar en sintonía con mis pensamientos, como si estuviéramos compartiendo la misma mente y nos la pasáramos de un lado para otro. De cualquier manera, escribir con Dash era una jodida delicia.

—Deberíamos hacer esto juntos siempre —dije cuando la lavadora de Dash acabó su ciclo—. Escribir juntos, quiero decir.

Me miró por detrás de la puerta de la lavadora.

—¿Sí? —preguntó contento.

Por la forma en la que me estaba mirando, pensarías que propuse una tarde llena de dulces y sexo. Dios, ¿por qué tenía que ser tan adorable?

—Pues claro —dije, y me puse de pie para fingir que chequeaba mi ropa, que todavía estaba llena de espuma.

¿Y por qué tenía que estar tan fascinada por él?

◆ ◆ ◆

Con nuestra ropa cuidadosamente metida en las secadoras, nos aventuramos hacia la librería de segunda mano. El sol había aumentado en temperatura e intensidad. Les eché un vistazo a una fila de flores marchitándose en los cubos fuera de un supermercado, e instantáneamente me sentí como una de ellas.

Estaba recogiendo mis rizos en un moño para despejar mi cuello sudoroso cuando sentí una leve vibración a mi lado. Me lancé a buscar el móvil en mi bolsa, comprobando el nombre en la pantalla antes de rechazar la llamada sintiéndome culpable.

—No pasa nada si tienes que contestar —dijo Dash, reduciendo la velocidad.

—Nah, solo es mi prima, Yaz. —Tecleé un mensaje rápido diciendo que la llamaría más tarde—. Solo me está llamando para saber cómo estoy... o, más bien, para comprobar que estoy trabajando en mi guion de cine. Y ya que no lo hago, preferiría evitar otro sermón.

—¿Por qué tiene que sermonearte sobre eso tu prima?

Echando el móvil de nuevo en la bolsa, me encogí de hombros.

—Soy un poco desastrosa a la hora de terminar las cosas, incluso cosas que quiero hacer, y Yaz es muy buena manteniéndome enfocada. Nuestras madres, que son hermanas, vivieron juntas la mayor parte de nuestra niñez, así que Yaz es lo más parecido que he tenido a una hermana mayor. Y no deja que lo olvide ni por un segundo.

—Tienes suerte —dijo Dash—. Yo nunca he tenido una relación cercana con mis primos.

—Y también eres hijo único, ¿no? —le pregunté, recordando algo que había mencionado el otro día.

—Tengo dos medias hermanas más pequeñas, pero a efectos prácticos, sí, crecí como hijo único. Pero tengo dos increíbles abuelas, por lo que supongo que se iguala. Aunque ninguna de ellas es muy de sermones.

—Si lo que quieres es un sermón —dije, antes de que pudiera pensarlo mejor—, estaré más que encantada de ayudarte. Puede que sea más parecida a un mupet del caos que a un papá estricto, pero sé una cosilla o dos sobre mantener a la gente a raya.

Enarcó una ceja.

—¿Crees que me puedes mantener a raya?

—Oh, sé que puedo —repliqué mientras nos deteníamos, y Dash se giraba para mirarme—. ¿Crees que eres fuerte y duro? Siento desilusionarte, Dashwood, pero solo eres un rollito de canela.

—¿Eso significa que quieres darme un pequeño mordisco? —preguntó, bajando la voz en un tono sexy.

Le di un pequeño empujón antes de sentir el hormigueo de nuevo.

—Ya quisieras.

Bueno, está bien, definitivamente estábamos flirteando. Los dos. Pero eso no era un problema, porque ninguno iba a llevarlo más allá de eso. Había demasiado en juego, al menos para mí, como para poner nuestra relación laboral en riesgo por algo tan imprudente como una relación sexual casual.

Tampoco es que no estuviera acostumbrada a hacer seis cosas imprudentes antes del desayuno. Tampoco es que mi pulso no estuviera acelerado en previsión de la creciente oleada de calor que había empezado a recorrerme en el momento en el que pensé en una relación sexual casual con Dash.

Tampoco es que...

Con retraso, me di cuenta de que Dash estaba abriendo de un empujón la puerta de la tienda frente a la que nos habíamos detenido.

Tuve un breve instante para apreciar el toldo amarillo y las palabras *Segunda oportunidad* en una tipografía cursiva en la ventana, antes de que Dash me hiciera un gesto pidiéndome que entrara. Hizo eso que hacen los chicos altos, mantuvo la puerta abierta con una mano en lo alto mientras yo pasaba por debajo de su brazo.

—¡Vaya! —exhalé mientras me detenía frente a una pila de libros—. Esto es... —Me quedé sin palabras, pero Dash pareció entender el significado.

—¿Verdad?

Su cara se iluminó ante mi asombro, como si realmente no hubiera creído que pudiera estar tan fascinada con lo que básicamente era la cueva de Aladino llena de libros usados. Las cubiertas en tonos pastel y elegantemente adornadas se asomaban entre el beige moteado del papel antiguo, el cartón agrietado y a veces prácticamente deshaciéndose parecía brillar en las lámparas suspendidas del techo metálico decorativo.

Los estantes eran de madera lisa, y se inclinaban ligeramente bajo el peso de los libros, e incluso el mostrador estaba lleno de libros apilados, tan altos como para que solo pudiera ver un destello de piel morena y cabello oscuro rapado, perteneciente a la persona de pie detrás del mostrador que le devolvía el saludo a Dash. Esparcidos por la librería había algunos taburetes de madera maltratada, perfectos para llegar a algunas de las pilas de libros más altas. Lo único que faltaba era un sillón de felpa donde acurrucarme.

O un sofá pequeño para dos, añadió mi cerebro.

—Me siento como Bella en *La bella y la bestia* —confesé mientras me dirigía hacia una inestable pila de novelas de Harlequin—. Cuando la bestia le enseña su biblioteca. Pero esto es mejor porque dudo que tuvieran novelas románticas en el siglo que fuera en Francia.

Me detuve para pasar el dedo por las brillantes letras labradas en una cubierta morada y rosada e, impulsivamente, abrí el libro y me lo llevé a la nariz.

—Oh, Dios. Esto me recuerda a la señora Perez. Esa señora mayor cubana que vivía al final de nuestra calle mientras crecíamos —le expliqué a Dash, volviendo a oler el libro—. Falleció cuando yo tenía unos catorce años, y cuando su hija vino a limpiar la casa se encontró cientos de novelas románticas sobre todas las superficie. No quiso lidiar con todo eso, así que nos las dio a Yaz y a mí a cambio de que la ayudáramos a guardar las cosas de su madre. Yaz no tenía ningún interés en las novelas románticas, pero vio lo mucho que yo las quería y se esforzó durante un fin de semana entero.

Dash sonrió.

—No me extraña que dejes que te sermonee.

—Le debo mucho —dije, encogiéndome de hombros mientras dejaba el libro.

No lo había pensado hasta que mencioné lo que le debía a Yaz. Le debía tranquilidad. Por lo menos, necesitaba hacerla ver que no harían falta otros veintiséis años de su vida preocupándose por mí cada vez que me metiera en uno de mis líos.

Nos mantuvimos en un cómodo silencio mientras echábamos un vistazo. Me podría haber ido alegremente con la mitad de la tienda, pero incluso un par de dólares por libro habrían sido un esfuerzo para mis limitados ahorros. Los dos libros que compré fueron principalmente por las cubiertas, con preciosas ilustraciones de 1980 que representaban heroínas con grandes vestidos y peinados aún más grandes, y tipografías de trazos sinuosos.

Dash, me di cuenta, tenía un montón de novelas románticas de Candlelight.

—Soy un fanático de esto —dijo, dándole un billete de veinte dólares a la persona detrás del mostrador—. Hola, Shy. Mariel, te presento a Shiloh. La librería es suya.

—Encantada de conocerte, Shy. Tienes una tienda preciosa.

—Y no has visto ni la mitad —dijo Dash contento, antes de preguntarle a Shy—, ¿te importa si vamos por la parte de atrás?

Shy asintió. Sus pendientes en forma de pizza atrapaban la luz de la ventana que estaba detrás.

—Pues claro, Dash. Pero ten cuidado con Kitty Marlowe. No está de buen humor hoy.

—¿Kitty Marlowe?

—El gato de Shy —dijo Dash.

—Kitty Marlowe no le pertenece a nadie —dijo alegremente Shy, mientras metía en bolsas nuestros libros —¿Quieren que les guarde las bolsas hasta que estén listos para irse?

—Claro, gracias. Vamos, Mariel.

Dash me condujo a una puerta verde que no había visto antes, más que nada porque estaba escondida tras una mesa con una alta pila de novelas románticas de piratas.

Salimos afuera, y fue como estar en una novela de Frances Hodgson Burnett.

—¿Qué es este lugar? —pregunté, con la boca abierta mientras giraba para vivir el sueño más increíble de Mary Lennox. A diferencia de la mayoría de los espacios verdes de Manhattan, podados hasta parecer artificiales, este pedazo de terreno era extremadamente frondoso. Tenía más o menos el tamaño de mi apartamento, que no era enorme, pero había unos cuantos bancos colocados a lo largo de las paredes y un pequeño escenario ubicado debajo del balcón de un segundo piso adornado con pálidas flores moradas.

Con la misma expresión que cuando entramos por primera vez en la tienda, Dash se encaramó, no te estoy tomando el pelo, a un columpio de madera de verdad. Era lo bastante alto como para que sus pies rozaran el suelo mientras intentaba columpiarse.

—Pasé mucho tiempo aquí cuando me mudé por primera vez a Nueva York. No conocía a nadie, así que me ponía los audífonos y deambulaba por la ciudad durante horas y horas, observándolo todo. Cuando me topé de frente con la tienda, fue como volver a estar un poco como en casa. Me acostumbré a venir varias veces a la semana, lo bastante a menudo para conocer a Shy bastante bien. A veces leen libros aquí, y hacen actuaciones de burlesque una vez al mes. Ahí fue donde conocí a Chase.

—Es verdad, recuerdo que me dijiste que Chase era bailarín. ¿También hace burlesque?

Dash asintió.

—Deberíamos venir a verlo alguna vez, creo que está en el programa de este mes.

Por una vez, era mi mente la que estaba yendo a mil por hora, en lugar de mi boca.

—¿Crees que alguna vez quiera bailar como Lord Loving?

—Tendremos que preguntárselo, pero creo que sí, que le gustará la idea.

Dash se pasó una mano por el pelo, y esta vez no me sentí cautivada por el gesto. Principalmente porque mi mente estaba demasiado ocupada analizando lo que había dicho unos segundos antes.

Me puse detrás de él con el pretexto de darle un empujón, pero realmente fue para que no pudiera ver mi cara cuando le pregunté:

—¿Todavía te sientes solo?

—A veces. Ahora menos de lo que solía estar.

—Me he estado preguntando si debería quedarme en la ciudad —dije, intentando mantener un tono relajado—. Especialmente ahora que no tengo un trabajo que me retenga aquí.

O amigos. O...

O Milo, pero ni siquiera quería pensar en su nombre aquí.

Sin embargo, Dash parecía no tener problemas en seguir la dirección de mis pensamientos. Hundió la punta de sus zapatillas en los adoquines bordeados de musgo y se giró para mirarme, haciendo que las cadenas del columpio traquetearan ligeramente.

—¿Cuánto tiempo ha pasado desde tu ruptura?

Me encogí de hombros.

—El suficiente. Solo que... no creí que podría ser tan duro.

—¿Superarla?

—Volver a tener citas y todo eso. —Me apoyé contra el tronco del árbol en el que estaba colgado el columpio, sintiendo la áspera corteza halar la tela de mi vestido—. He empezado a pensar que nunca encontraré a alguien con quien conectar por completo, ni tan rápido como lo hice con él.

—Eso no tiene por qué ser algo malo —dijo, tomando otro rumbo—. No siempre ocurre una conexión instantánea, ya sabes. A veces lleva tiempo conocer a una persona con la que puedas conectar más profundamente.

Sonaba como si realmente creyera lo que decía, pero...

—Es solo que... nunca he conocido a nadie que me hiciera sentir lo mismo que él.

—Quizás hay alguien ahí fuera que te pueda hacer sentir incluso más.

—¿Solo una persona? —dije, con una ceja levantada y una mirada lasciva, pero sin mucho entusiasmo.

No me siguió el juego, sino que continuó mirándome con el ceño ligeramente fruncido.

Me podría haber vuelto a meter en un lío, creo. O cambiaba de tema o salía disparada del jardín secreto con alguna excusa sobre revisar la ropa que dejamos secando. Pero había algo en ese lugar, tan tranquilo y escondido y frondoso en medio de tanto ajetreo, que invitaba, no lo sé, a hacer confesiones que solo harías en la oscuridad de tu habitación.

O quizás solo era la expresión de Dash, expectante y de alguna forma preocupada, como si realmente estuviera molesto ante la idea de que no volviera a conocer a nadie jamás. Se me cortó la respiración antes de que llegara a los pulmones. ¿Era realmente un romántico empedernido? O...

Cruzándome de brazos, me recosté contra la corteza del tronco del árbol y rápidamente le dije lo más relevante de lo que ocurrió con Milo —también conocido como la razón por la que no tenía intención de creer en otro hombre en un futuro cercano.

—Creía que todo estaba yendo bien. Y entonces me dijo que recibió una oferta de trabajo en un yacimiento en Grecia. Lo que era una oportunidad increíble, que no podía dejar pasar. —Negué con la cabeza—. Era una mentira, por supuesto.

—¿Nunca fue?

—Oh, por supuesto que fue —dije amargamente—. Hizo todo el

camino hasta llegar a la jodida Jersey City. Al apartamento de su actual novia.

Puse los ojos en blanco.

—¿Esa no era la trama de *Friends*? ¿Dónde Chandler fingía mudarse a Yemen?

—Así es, mátame. Ni siquiera era original. Y no lo descubrí hasta un par de semanas después cuando fui a una exhibición en el Met que sabía que estaba deseando ir a ver, solo para enviarle fotos para que no sintiera que se lo había perdido, y ahí estaba. Con ella. —Me rodeé con los brazos—. Todo fue una broma. No puedo creer que confiara en él.

—Sé que no te culpas por un imbécil así —dijo Dash, desenredándose del columpio mientras se levantaba—. Y sé que no estás planeando abandonar esta nueva vida que has creado para ti misma solo porque no funcionó como tú querías. Lleva tiempo encontrar tu lugar y a tu gente en esta ciudad, pero cuando por fin lo haces, es mágico. Si quieres irte porque prefieres irte a otro lugar, hazlo. Pero si sirve de algo, me he sentido solo dondequiera que he vivido. Me he sentido solo con gente y junto a amigos.

Es difícil de imaginar. Dash se relacionaba fácilmente con otras personas. Había visto con mis propios ojos como completos desconocidos se esforzaban por llamar su atención.

Pero quizás eso lo hiciera sentirse aún más solo.

Abrí la boca para decir algo al respecto, pero Dash todavía no había terminado de hablar.

—Y también... te echaría de menos si te fueras.

En este lugar del país de las maravillas, la luz se filtraba a través de hojas y ramas por lo que fue menos molesto cuando le vi la cara. Sus ojos titilaban con los reflejos verdes y rosados de mi vestido.

Como si hubiera leído mis pensamientos, se acercó para sacudir una de las capas de gasa con el dedo.

—Pareces una princesa de un cuento de hadas con ese vestido. Y este jardín es tu reino.

—¿Eso significa que me llamarás Su Alteza? —pregunté, intentando retomar el tono de broma de antes, sin tener éxito del todo.

—Te llamaré como quieras, Mariel —dijo suavemente.

Quizás fuera la solemnidad de su sonrisa o la forma en que su respiración se enroscaba en las sílabas de mi nombre, pero sentí que me acercaba, sin poder evitar que mi mirada se deslizara hasta sus labios.

Podría haber estado conteniendo la respiración. Dash parecía que lo estaba haciendo, las largas pestañas negras alrededor de sus ojos tan quietas como las hojas suspendidas encima de nosotros. Nunca me había sentido tan presente en un momento, como si todo lo que existiese fuera ese instante, ese espacio entre una respiración y la siguiente, tan lleno de posibilidades y anhelos. Tan lleno de Dash y de mí.

Y entonces, en menos de un segundo, la quietud entre nosotros se rompió cuando una cosa enorme y peluda se desprendió de una rama y aterrizó en mi hombro, empujándome contra Dash y arrancándome un grito de sorpresa.

Dash me agarró, de nuevo, como el héroe romántico que claramente estaba destinado a ser. Me sujetó contra él con un brazo, mientras la criatura saltaba de mi hombro hacia los adoquines, maullando dramáticamente.

Dash se inclinó hacia atrás, pareciendo medio resignado y medio arrepentido.

—Mariel, te presento a Kitty Marlowe.

6

Tras horas de deliberación —o, bueno, ya sabes, una conversación que duró dos minutos— decidimos que, aunque Fling y OnlyFans fueran nuestras plataformas principales, también crearíamos nuevos perfiles del duque de Harding en las otras redes sociales, incluso si las únicas cosas que subiéramos fueran avances que dirigieran a la gente a nuestras otras cuentas.

Y, claro, no teníamos que estar estrictamente en la misma habitación para hacerlo. Gracias a las maravillas de la tecnología moderna, ni siquiera necesitábamos estar en el mismo continente. Pero cuando Dash sugirió hacerlo juntos, ¿quién era yo para decir que no?

Y cuando resultó que la sugerencia implicaba venir a su apartamento para que pudiéramos empezar a colocar el set, bueno...

Mira, yo estaba muy orgullosa de ser una chismosa, ¿okay? Quería ver el apartamento de Dash. Era mejor que quedarme sentada en casa pensando en el casi beso en el jardín de Segunda oportunidad. No había forma de ocultar el hecho de que me sentía incómodamente atraída por Dash y, en mi experiencia, no había nada como ver el asqueroso baño de un chico y el fregadero lleno de platos para calmar las llamas de un enamoramiento.

Cuando abrió la puerta, llevaba una camiseta que hizo más evidente su apariencia bronceada, su sonrisa más brillante y sus ojos... Bueno, cuanto menos se dijera de los ojos de Dash, mejor. Más que nada, porque en ese momento estaban brillando como si estuviera muy emocionado de que hubiera aceptado su invitación para venir a husmear en su apartamento —perdón, hacer algo de trabajo de nuestro proyecto— y hacía bastante tiempo que nadie me miraba como si se alegrara de verme y...

Y teníamos demasiadas cosas que hacer para quedarme parada de pie en la entrada, sonriéndole tontamente.

—Vamos, Dashwood —le dije mientras me abría paso dentro, empuñando mi móvil como si fuera una especie de escudo que pudiera protegerme de su encanto.

Dash no tenía muchos muebles aparte de una mesa de comedor, un sofá amarillo cubierto de cojines estampados y la cama —con edredón a rayas y fundas de almohada a juego—, que podía ver a través de la puerta entreabierta de su dormitorio. Sin embargo, tenía hecha una Gran Muralla china de libros de bolsillo apilada, lo que me hizo sospechar que estaba manteniendo la tienda de Shy con sus frecuentes compras.

Me fui hacia el sofá, aunque después lo pensé mejor y me senté en su mesa del comedor, todavía sosteniendo el móvil en lo que esperaba que fuera una postura profesional.

Deteniéndose primero en la nevera para agarrar un par de latas de algo rosado y naranja, volvió y se sentó frente a mí. Puso las latas en un par de posavasos que ya estaban en la mesa, no me parecía que el apartamento de Dash me iba a dar el suficiente asco como para que dejara de gustarme, y deslizó una de ellas hacia mí.

—Recordé que no te gusta el café, así que te serví agua con gas* en su lugar.

—¿Para que hiciera juego con mi personalidad? —dije, y pestañeé hacia él mientras tiraba de la anilla.

—¿Tienes algo en el ojo? —preguntó amablemente.

—Estoy resplandeciendo, Dashwood. Estoy muy decepcionada por tu incapacidad para reconocer el brillo.

—Intentaré hacerlo mejor la próxima vez —me aseguró, irradiando tanta honestidad que podía sentir que me volvía etérea.

---

*Juego de palabras con el término *agua con gas*, que en inglés es «sparkling water», literalmente agua resplandeciente, y la respuesta de la protagonista sobre hacer juego con su personalidad «resplandeciente» (N. de la T.)

Entonces recordé que no había felinos por aquí para interrumpir otro por poco.

—Como sea —dije en voz alta—, volviendo a los negocios. ¿Cuál debería ser nuestra contraseña?

Ya que todavía no había llegado el traje de duque de Harding que habíamos ordenado y no podíamos hacer fotos para nuestro perfil, decidimos usar el escudo de armas como sustituto. Todo llevó quizás unos diez minutos, lo que resaltó lo tonto que había sido reunirse.

Entonces recordé que todavía teníamos que tapizar la butaca. Tanto la butaca como la tela estaban en la segunda habitación del apartamento de Dash —como si necesitara algo que me convenciera de que entrar en OnlyFans era una buena idea, el hecho de que pudiera permitirse un apartamento de dos habitaciones en Manhattan sin necesidad de tener un compañero de apartamento, me hizo ver que lo habría hecho en un abrir y cerrar de ojos. La habitación era bonita y luminosa, con dos ventanas que complementaban las lámparas de aspecto profesional que había puesto detrás de su trípode.

—Guau, este es un setup muy bonito. Había imaginado un aro de luz y un soporte para el móvil.

—¿Me imaginaste a mí?

Solo había una respuesta posible a la sonrisa burlona de Dash, y era taparle la cara con la mano.

—No, a menos que el aro de luz sea un eufemismo de algo. ¿Conseguiste la pistola de grapas y los alicates?

La minifalda de mezclilla que llevaba era increíblemente linda, con pequeños dijes de ositos cosidos por todas partes, pero no resultó ser exactamente cómoda para arrodillarme en el suelo mientras cortábamos y arrancábamos la vieja tela. Además, era muy consciente de mis piernas por alguna razón, y la piel de gallina que se me ponía cada vez que Dash accidentalmente me rozaba las piernas.

Está bien, lo admito. Venir al apartamento de Dash no había sido la movida más inteligente.

Una vez que quitamos toda la tela vieja, hice que Dash revisara la silla con cuidado y quitara cualquier grapa que se hubiera quedado, mientras yo usaba los trozos de la vieja tela como patrón para empezar a cortar el alegre terciopelo rosado. Después le mostré a Dash cómo sostener tensada la tela, mientras la grapaba con la pistola de grapas. Dash, de manera insensata, no parecía nada preocupado por la proximidad de la pistola de grapas en relación con sus manos.

—¿Dónde aprendiste a hacer todo esto?

Me encogí de hombros.

—Mi madre y mi tía nunca tuvieron mucho dinero, pero jamás dejaron que eso las frenara para tener una casa a la moda mientras Yaz y yo crecíamos. Y los armarios, tendrías que haber visto los conjuntos que hicieron con cinco dólares, una visita a la tienda de segunda mano, y una aguja y un poco de hilo.

Al principio, solo confeccionaban ropa. Hasta que derramé jugo de uva en el sofá y descubrieron cómo tapizar bastante rápido después de eso.

—Hubo un par de años, cuando Yaz y yo estábamos en la escuela secundaria, en que al despertarnos descubríamos que habían pasado toda la noche pintando las sillas de la cocina o empapelando el techo con recortes de papel de pared. Pensarías que alguna de ellas habría acabado en diseño de interiores o algo parecido.

—Es verdad, mencionaste que vivían todas juntas.

Asentí, claramente sin mirar la forma en que los músculos de su antebrazo se tensaron cuando haló de un trozo de tela rosada sobre el respaldo de la silla.

—Mi madre y tía Nena descubrieron que sería más fácil, ya que ambas estaban solteras. Podrían dividir las facturas y compartir las tareas del cuidado de las niñas. Además, Yaz y yo nos volvimos inseparables casi desde el principio.

—Eso suena bien —dijo—, tener a tu familia junta bajo un mismo techo.

Doblé un trozo de tela y le pedí que lo sostuviera en su lugar mientras lo aseguraba al respaldo.

—¿Asumo que no ves tanto a tus padres como a tus abuelas?

Dash negó con la cabeza.

—La verdad es que no. Mi padre se casó hace como diez años y tiene dos hijas. Los visito tal vez una o dos veces al año. Mi madre y su marido siempre me invitan a su casa de la playa, pero no voy allí tan a menudo como me gustaría.

Titubeó, como si quisiera decir más, y entonces se lo pensó mejor, seguramente asustado de que la vuelva a liar. Posiblemente sea lo mejor, pero tengo que admitir que me desilusionó un poco. Solo por curiosidad, ¿sabes? Crecer en una familia no convencional significaba que siempre me animaba cuando conocía a alguien en una situación similar poco común.

—Aquí, déjame. —Se puso de rodillas, alisó la tela sobre los rollizos brazos de la silla y esperó a que la grapara. Sin embargo, no conseguí llegar al sitio, así que tuve que retorcerme como en el juego de Twister para meterme entre los brazos de Dash y... y sí. Apreté la pistola de grapas unas cuantas veces, intentado fingir por el bien de Dash y por el mío propio que no estaba poniendo más grapas de las estrictamente necesarias.

No lo estaba alargando para sentirme rodeada por un par de brazos musculosos que estaban haciendo que mi vientre se sintiera ligero y con un suave cosquilleo y, de verdad, eso no era exactamente lo que querrías sentir mientras sostienes una herramienta eléctrica.

—Menuda manera de grapar —dijo Dash después de un momento.

Había soltado la tela, pero no se había movido, así que nuestros cuerpos todavía se estaban tocando ligeramente desde los hombros hasta las rodillas. Podría haber muerto justo ahí y en ese momento por las chispas de electricidad que se abrían paso a través de mi cuerpo. Después sentí su respiración acariciando el lateral de mi cuello y se produjo un cortocircuito en mi cerebro. Despacio, de forma deliberada, me apoyé contra él para que no solo nos estuviéramos tocando, sino que nos estuviéramos presionando el uno contra el otro.

Su mano se posó sobre mi cadera, su pulgar rozando el medio centímetro de piel expuesta sobre la cintura de mi falda.

—Mariel...

¿Qué estábamos haciendo? Flirtear era una cosa. Esto que estábamos haciendo era menos inocente. Estabamos ignorando la realidad de nuestra situación. Que era que estábamos trabajando juntos. Y que no me podía permitir más errores. Y que Kitty Marlowe no estaba cerca para salvarme de mí misma.

Creo que debería sentirme afortunada de que su móvil sonara justo después. Definitivamente afortunada y no decepcionada. Mientras él metía la mano en el bolsillo, me alejé y empecé a jugar con el ribete rosado que habíamos comprado para usar de adorno.

—Hola, papá —dijo Dash. Había apoyado el móvil en el hombro, y se encontraba acariciando ociosamente el terciopelo con la punta de su dedo—. ¿Qué tal?

A través de la ventana de la lavandería, me había dado cuenta de que se animaba y se volvía más expresivo cuando hablaba con sus abuelas. Al hablar con su padre, la diferencia era sutil, pero notable —había cambiado la voz para proyectar más emoción y sus gestos se volvieron un poco más exagerados hasta convertir el hecho de tapizar una silla en todo un acontecimiento. Cómo si sintiera que tenía que actuar así para beneficio de su padre.

Eso hizo que sintiera un poco de pena por él. Prácticamente podía verlo como un niño pequeño, haciendo todo lo posible por distraer a sus padres de sus intentos de superarse el uno al otro.

—Perdona la interrupción —me dijo Dash cuando colgó un par de minutos después. Lo vi evaluando todo el espacio que había puesto entre nosotros al alejarme cuando recibió la llamada y, aunque no comentó nada al respecto, se mantuvo en su lado de la habitación.

—No solemos hablar muy a menudo, así que siempre intento contestar cuando llama.

—No le des más vueltas. Es bonito que tengas una relación con tu padre.

Yo misma tenía una foto borrosa y una nariz cuya procedencia no tenía explicación, así que una llamada, aunque fuera ocasional, sonaba como algo sacado de una comedia de los años cincuenta.

—¿Tú no la tienes?

Me encogí de hombros.

—Nunca lo conocí. Nunca quise, tampoco —dije, sacando una pistola de silicona de mi bolso. La sostuve en una de mis manos, el ribete rosado en la otra—. ¿Listo para colocar la moldura?

Me aseguré de mantener la distancia esta vez —al menos, tanta distancia como pude mantener cuando estábamos trabajando en la misma silla. Pero creo que no fue suficiente, porque el hormigueo que sentía, en todo caso, se intensificó. Y me estaba distrayendo lo suficiente como para que se me escapara la pistola de silicona y estuviera a punto de pegarme un dedo a la silla con la silicona caliente.

Lo siguiente que sentí fue un vivo y abrasador dolor.

Alejé la mano, gritando. Dash estaba a mi lado medio segundo después, colocando con cuidado la pistola de silicona en la mesa e inspeccionando la enrojecida yema de mi dedo.

—Ese es mi dedo de teclear. Es decir, todos lo son, pero ese es mi favorito.

—No te preocupes, creo que las probabilidades de que lo pierdas son muy pequeñas. —La ligera curva en las comisuras de sus labios tocó mis partes más sensibles—. Ven, vamos a conseguirte una bolsa de hielo.

También agarró un poco de crema para quemaduras, que aplicó con delicadeza mientras estábamos de pie en su cocina. El viejo cliché de cuidar a alguien hasta que se recupere después de un terrible accidente nunca ha sido uno de mis tropos favoritos de novela romántica, pero estaba empezando a ver el encanto.

—Estaba intentado deslumbrarte con mis habilidades de tapicería, pero todo lo que he hecho ha sido hacerte sacar el botiquín de primeros auxilios. —Solté un suspiro de exasperación, seguido de una verdadera mueca de dolor.

—Sinceramente, pensé que lo necesitaría desde el momento en que sacaste la pistola de grapas.

Lo empujé con mi mano buena.

—¿Por qué dudarías de mi capacidad con las herramientas eléctricas?

—Nunca dudaría de tu capacidad con nada —manifestó, alzando las manos—. Pero tienes que admitir, algunas de esas grapas estuvieron muy cerca de mis dedos. Ahora tengo un trauma.

—Oye, si el único daño que te he infligido es emocional, diría que saliste bien parado. —Le mostré el dedo para ejemplificarlo. El dolor agudo se había convertido en un dolor palpitante, pero el enrojecimiento ya estaba empezando a desvanecerse.

La risa de Dash me envolvió suavemente.

—No sé si podría sufrir más daño, emocional o de otro tipo. ¿Qué me dices de ir a cenar en su lugar?

—Que sea una hamburguesa y no te demandaré por la lesión laboral.

Ahí estaba otra vez, esa sonrisa llena de una felicidad desbordante.

—Bien, entonces será mejor que añada un poco de helado, también.

Y sabía que no había hecho nada para merecerme esa sonrisa, y seguramente no me la habría dirigido directamente a mí si supiera cómo me afectaba, pero todo lo que podía hacer era devolvérsela.

7

Llevó un par de días terminar el set. Por primera vez, mi larga lista de intereses fallidos se había vuelto útil, al menos cuando se trataba de teñir las cortinas y de pintar el jarrón. Las blancas cortinas de damasco ahora eran azul claro, lo que se veía genial detrás de la silla, y el feo jarrón se había transformado completamente gracias a un poco de pintura blanca y algunas flores azules y rosadas pintadas. E incluso me habían sobrado un par de velas de cuando pensaba que podía hacer y vender velas artesanales desde mi apartamento.

El set se veía casi tan bien como el propio Dash.

Lo admito, cuando me hizo entrar en su edificio y me abrió la puerta de su apartamento, casi me desmayo. Su pantalón marrón claro estaba ceñido a sus musculosos muslos, y su holgada camisa blanca mostraba lo suficiente de su pecho para que las primeras palabras que salieran de mi boca fueran:

—¿Estás seguro de que no vas a grabar nada provocativo hoy?

Pero ese era el plan realmente.

Me acurruqué en una vieja silla de oficina en la esquina de su habitación para invitados, con mi portátil listo en caso de que lo necesitásemos para hacer algún cambio de última hora en el guion. Después de nuestra pequeña sesión de trabajo en la lavandería, empezamos a coescribir los guiones: la hoja de cálculo de Dash con los tropos y su vasto conocimiento del género romántico habían sido una gran ayuda para descubrir qué podría ser lo que haría suspirar a cualquiera.

Había colocado su trípode en el alféizar de la ventana, lo que le permitió apoyarse contra la pared de una forma en que seguramente sus bíceps se abultaban bajo su camisa. Al ver como se reproducía en el monitor junto a mi silla, sentí tal agitación como si tuviera Peta Zetas en el estómago.

—Dejaste caer el abanico fuera de los establos —dijo Dash a la cámara con acento inglés. Tenía una tenue sonrisa en los labios, como si él, mejor dicho, el duque, supiera que se trataba de un mal pretexto—. Pensé que querrías que te lo devolviera.

Abrió el abanico, mostrando el paisaje que había sido pintado en la delicada seda.

—Con toda sinceridad, deseaba tener un momento a solas contigo. Sé que es terriblemente descortés de mi parte mencionar lo que aconteció entre nosotros en el baile de tu tía. Esa noche en los jardines de rosas. No obstante... cada vez que cierro los ojos te veo resplandeciendo a la luz de la luna. Veo las estrellas en tus ojos. Y por encima de todo, mi amor, si puedes perdonarme la impertinencia de llamarte por un apelativo cariñoso, por encima de todo veo la forma en que mi mundo se ha desplazado para colocarte en su centro. Eres mi sol, incandescente y brillante, y tan hermoso que me deslumbra.

Bajó el tono de voz, haciéndolo más grave.

—Mírame, mi amor. Dime que percibes la verdad con la misma fuerza que yo. Dime que quieres escabullirte conmigo y encontrar un rincón oscuro donde compartir un beso como ese último. ¿Sabías que tu boca parece un capullo de rosa? Y tu piel... tu piel es terciopelo y seda, tan suave que quiero enterrar mi rostro en tu cuello y seguir tus líneas con mis labios.

Sus labios se curvaron y un repentino brillo travieso apareció en sus ojos.

—¿Te sorprende? Hicimos eso y más en los jardines de rosas, y no recuerdo haberte visto sonrojar entonces. ¿Qué pensarías si te dijera que quiero hacer que te sonrojes? Y que suspires y jadees... y pierdas el aliento. Quiero destrozarte de la misma forma en la que me destrozaste a mí, y después quiero que nos reconstruyamos mutuamente.

Contuve la respiración cuando Dash estiró el brazo para tocar la parte inferior del lente de su cámara, tan suavemente como si fuera la barbilla de su amante imaginario.

—Adoro tu sonrisa —dijo en un tono más bajo—. Y, amor, te adoro a ti.

Se me puso la piel de gallina en los brazos y no fue solo porque parecía que Dash tenía ese efecto en mí. Por primera vez desde que empezamos esto supe con certeza que nuestros vídeos iban a hacerse virales. Y todo gracias a él.

Sí, tenía mucho carisma, y sí, era tan increíblemente guapo que casi costaba mirarlo. Pero lo verdaderamente cautivador de Dash era que comprendía la perspectiva femenina de una forma en que pocos hombres parecían hacerlo. Y no dependía ni de su cuerpo ni de sus atractivos y carnosos labios para llamar la atención del espectador, brotaba con sinceridad y deseo apenas contenido. Además, mostraba la vulnerabilidad justa para ganarse al corazón más curtido.

Mi coraza protectora debió haberse empezado a agrietar, porque cuando Dash acabó su discurso y apagó la cámara, no solo me sentí maravillada, sino que me sentí ansiosa por lo mucho que quería dejar a un lado el equipo de grabación y rogarle que me dijera todas esas cosas a mí.

—Creo que me da tiempo a grabar otra toma antes de que se nos vaya la luz —dijo, buscando su vaso y haciendo sonar los cubitos de hielo que se derretían rápidamente en su café antes de tomarse un trago—. ¿Tienes alguna observación?

—Ninguna, más que... mierda, eres increíble. —Me quité un mechón de pelo de la cara, sonriéndole desde el otro lado de la habitación—. Increíble ni siquiera es la palabra que sirve para describirte, pero no se me ocurre nada mejor.

—Y yo que pensé que tenías mejor vocabulario —dijo, sonriéndome de oreja a oreja. La felicidad irradiaba de él como rayos de luna. Y sí, eso se debía principalmente a que estaba bañado por la luz que entraba por la ventana, que prácticamente doraba su piel bronceada, pero también a que su entusiasmo brillaba con la misma intensidad.

Pero antes de que pudiera recomponerme lo suficiente como para decirlo en voz alta, a Dash le gotearon accidentalmente varias gotas de café helado en la camiseta.

—Oh, mierda —dijo, mientras su sonrisa se apagaba—. Déjame poner esto en agua fría antes de que se manche.

Si mi cerebro no hubiera estado en su mejor momento un instante antes, se habría fundido por completo en el momento en el que se quitó la camisa y se giró para dirigirse al baño.—¡Oh! —solté—. ¡Tienes un tatuaje!

Viró el cuello para mirar la parte superior de su espalda en el gran espejo en la pared detrás de mí, como si hubiera olvidado el arco de palabras oculto bajo su considerablemente definido omóplato.

—¿Qué dice? —pregunté, evitando el impulso de trazar las palabras con las yemas de mis dedos, además de la resplandeciente piel debajo de ellas.

—«Los finales felices todavía no me aburren». Es una estrofa de «Fuck Forever», una canción con la que solía estar obsesionado.

—¿Tiene algo que ver con tu amor por las novelas románticas?

—Algo así —dijo Dash. Todavía estaba mirando hacia atrás al espejo—. Es más un recordatorio, creo. Soy lo bastante mayor para saber que mis padres nunca van a tener el «felices para siempre» que siempre quise para ellos. Pero yo todavía tengo tiempo para encontrar el mío.

Me sonrió por encima del hombro, y esta vez no hizo el gesto coqueto del pelo, solo una pequeña mueca entre tímida y sincera en sus labios, que me dejó las rodillas como si fueran gelatina. Y no solo porque mis piernas estuvieran preparadas para salir corriendo.

—Sí —dije bajito, y después me aclaré la garganta.

No habíamos hablado del momento que habíamos tenido en el jardín de Segunda oportunidad y quizás eso fuera algo bueno, porque hubiera preferido lamer un asiento del metro que enfrentarme al hecho de que Dash y yo nos habíamos... ¿qué? ¿Casi besado?

¿Casi seguí compartiendo cosas muy personales sin que me saliera salpullido?

Había pasado de maldecir a Kitty Marlowe por la interrupción a estarle agradecida a la gruñona gata. Es decir, ¿quién sabe dónde podríamos haber acabado si ella no hubiera roto la tensión al saltar directamente a mi cabeza, como si yo fuera una pista de aterrizaje y ella un helicóptero estrellándose?

—Si alguien va a tener un «felices para siempre», ese eres tú —dije, intentando sonar objetiva.

Soltó una risita.

—Bueno, eso espero. Pero tampoco es que esté haciendo mucho al respecto en este momento. No estoy... no estoy metido realmente en el mundo de las citas ahora mismo.

—¿Qué, salir con otra persona es tan duro para ti como para nosotros, meros mortales?

Afortunadamente para mí, Dash no pareció ofendido por mi comentario sarcástico.

—En parte es porque algunas personas se comportan de forma extraña cuando les digo lo que hago para ganarme la vida. No siempre es por vergüenza, pero... no lo sé, solo de forma extraña. Y en parte... —dijo, y el monitor tembló cuando se apoyó en el escritorio y cruzó sus largas piernas, que estaban tan desnudas como sus pies bajo el dobladillo de sus pantalones—. Creo que me he estado presionando demasiado a mí mismo, y a todas mis relaciones. Durante un tiempo estuve tan obsesionado con encontrar mi final feliz que intenté forzarlo con todas aquellas personas con las que salía.

—Si hay una manera de no conseguir un final feliz, es forzando un final feliz —dije.

—Básicamente. Así que sí, ahora solo me estoy dando algo de tiempo y espacio para descubrir cómo salir con gente sin ser demasiado... intenso.

—No sé por qué eso es algo malo —dije antes de que pudiera pensarlo—. Ser intenso, quiero decir. Por lo menos, es un cambio positivo para todos los chicos que actúan como si tuvieran una alergia mortal a ser un poco considerados con las personas con las que están teniendo algo informal. ¡Olvídate del béisbol, el *ghosting* es el pasatiempo nacional!

Tenía la intención de hacerlo reír, pero, por supuesto, Dash me echó un vistazo y fue directo a los sentimientos.

—Te han hecho mucho daño, ¿eh?

—Más bien estoy bastante harta —dije, apartando la mirada—. Si dejara que me hirieran cada vez que alguien me deja plantada, ya estaría hecha polvo.

—¿Así que en su lugar escondes la cabeza en la arena y finges que no te molesta?

No iba mal encaminado, pero no estaba de humor para ser analizada.

—Ay, Dashwood. Me has clavado el cuchillo en el corazón —dije, descruzando las piernas. Me levanté de la silla y le quité la camisa de la mano—. Ven, vamos a lavar esto.

Dash me siguió.

—¿Vas a huir cada vez que intente hablar de tus sentimientos?

—Hasta ahora me ha funcionado —dije en voz alta desde el baño, que estaba impoluto como el resto de su apartamento, aunque tuviera más productos de cuidado facial que yo—. No hago introspección, Dash. Revoloteo por la vida tan ligera como una mariposa.

Por el rabillo del ojo vi cuando llegó a la puerta del baño.

—¿Y eso te hace feliz?

—No me hace infeliz —dije, sabiendo que, si alzaba la mirada del jabón con que estaba lavando la camisa, mis ojos se encontrarían con los suyos en el espejo y podrían ocurrir todo tipo de desastres—. Es suficiente por ahora.

—¿Por cuánto tiempo?

—Eres incesante, ¿lo sabías? —Me reí a medias—. Tú y Yaz, ambos.

Dash entró en el baño y se apoyó contra la pared de baldosas frente al lavabo.

—Mira, no quiero pasarme de la raya —dijo—. Sé que no nos co nocemos desde hace tanto y no tengo derecho a pedirte nada, mucho menos una intensa conversación sobre tu estado emocional. Yo solo... no soporto ver a nadie herido, y creo que tú podrías estarlo. —Capté un rápido destello de movimiento en el espejo mientras echaba su pelo hacia atrás—. Ya no te molesto más.

El agua fría goteando sobre mis nudillos me hizo querer salpicarme la cara.

—No, yo... aprecio tu preocupación. Es solo que prefiero no pensar en esas cosas —dije, y gesticulé con la mano para ilustrarlo, sacudiendo sin querer gotas de agua en su pecho desnudo— ahora mismo. Tengo que seguir adelante y centrarme en nuestros vídeos y... —Respiré profundo—. Solo quiero que signifique algo, ¿sabes? Mudarme hasta aquí.

Puede que eso no haya funcionado, pero al menos podía hacer un último esfuerzo antes de que tuviera que admitir mi derrota y dejar que Yaz me comprara un pasaje de vuelta a Miami.

—Sí —dijo Dash bajito—. Entiendo eso.

Me forcé a sonreír.

—Estoy a nada de hacer agujeros en esta camisa. ¿Tienes un secador de pelo? ¿O una plancha?

Nos las arreglamos para arreglar su vestuario de nuevo sin que ocurriesen más desvíos emocionales y sin perder los últimos rayos de sol. Al ver a Dash grabar de nuevo, más un par de vídeos de corta duración para las redes sociales, sentí que me hundía en el sonido de su voz y el pánico irascible de antes se desvaneció lentamente.

No era frecuente que sintiera que había hecho algo bien. De hecho, no podía recordar la última vez que eso había pasado. Lo que hizo que fuera aún más importante que no estropeara la única cosa buena de mi vida, no importaba la curiosidad que todavía sentía sobre cómo podría haber sido besar a Dash.

◆ ◆ ◆

Me sentía en las nubes cuando salí del apartamento de Dash. Algunos podrían decir que estaba drogada, porque en lugar de caminar a casa decidí inspirarme en lo que había dicho ese día en la librería y di un largo paseo crepuscular por la ciudad.

El olor a orina caliente y basura acumulada se mezclaban produciendo un —¿cómo llamarlo? ¿interesante?— aroma mientras salía de Hell's Kitchen e iba hacia el Upper West Side. Una cuadra al este me llevaría a Central Park, pero por el momento estaba contenta de pasear entre las mesas al aire libre que llenaban la acera y echar un vistazo a los escaparates de las tiendas que estaban empezando a iluminarse.

Ese día no llevaba un vestido, sino un conjunto de pantalones cortos y camiseta a juego que parecía un pijama, con flores de colores estampadas en la suave y satinada tela negra. Era ligero y fresco, y permitía moverse fácilmente, lo que me vino bien cuando tuve que esquivar a un mensajero en bicicleta que casi me atropella.

Le grité algo grosero a su espalda, sintiéndome como una verdadera neoyorquina.

Acorde a la ocasión, giré bruscamente a la derecha hacia Broadway, con la intención de darme un capricho y comerme unos perritos calientes en el Gray's Papaya. Y después quizás una porción de pizza por un dólar, porque lo único que había conseguido con caminar era abrirme el apetito.

Estaba a punto de sentirme como un personaje en una de las películas de Nora Ephron cuando mi móvil empezó a vibrar como un abejorro enloquecido. Lo levanté hasta el oído, sintiendo mis aros de plástico duro tintinear contra la pantalla.

—¿Qué me dirías si me tomara un par de días libres para ir a verte? —dijo Yaz, sin previo aviso.

—Seguramente me haría pis en los pantalones de la emoción —dije rápidamente—. O haría algo igual de asqueroso. ¿Estás planteándotelo de verdad?

—Más que planteándomelo, la verdad... Acabo de reservar un vuelo para finales de agosto. ¿Te viene bien?

—¡Pues claro! —exclamé, y después me mordí el labio. Estaba encantada con la visita, siempre y cuando solo fuera eso, una visita. Pero que ella reservara un vuelo en el último momento, cuando debería centrarse en la preparación de su boda... ¿Quería verme realmente o venía por compromiso, para estar segura de que no me había metido en problemas de nuevo? Es decir, sería entendible si lo hiciera por eso, dado mi historial. Es solo que... no me dio buena espina—. No tienes que venir a vigilarme, sabes. Lo estoy haciendo bien de verdad.

—Eso es cuestionable —dijo irónicamente—. Y depende mucho de tu definición de bien, que no creo que cuadre con la mía. .

—En ese caso, quiere decir que estoy viviendo mi vida como la gremlin que soy.

Yaz me ignoró.

—Pero no voy a vigilarte. Solo quiero verte. Echo de menos tu cara de bicho raro.

Me apoyé contra la brillante columna amarilla en la entrada de Gray's.

—Bueno, está bien, porque quiero verte. Tengo muchos sitios que quiero enseñarte y solo tres cuartas partes de ellos implican comida. Dash me llevó literalmente a un jardín secreto hace un par de días...

—¿Dash?

—El chico con el que estoy trabajando en los vídeos. Grabamos uno hoy y, Yaz, creo realmente que podría funcionar. Él es...

Magnético. Hipnótico.

—Realmente talentoso —dije al teléfono—. Quizás puedas conocerlo cuando vengas.

—Definitivamente tengo que hacerlo, si va a ser tu... ¿qué? ¿Tu compañero de trabajo? ¿Tu socio?

No me entusiasmaba que Yaz se comportara como si tuviese que aprobar a Dash, pero intenté no mostrar mi irritación.

—Llamémoslo mi compañero de fechorías por ahora —dije frívolamente—. Así que bueno, iba justo a cenar. ¿Me mandas un mensaje después con la información de tu vuelo?

—Ya lo envié todo a tu correo electrónico —dijo Yaz, y por supuesto que lo había hecho—. Espero que vayas a comer algo más que galletas y bebidas azucaradas.

—Para tu información —dije con mucha dignidad—, me voy a embarcar en una de las experiencias gastronómicas más emblemáticas de Manhattan.

—Pizza, ¿eh?

Sonreí.

—Perritos calientes. ¡Te llamo después!

Cuarenta minutos después, con el sabor del repollo todavía en la boca, salí de Gray's y me adentré en el crepúsculo azul cobalto. Hacía un poco más de fresco de lo que había hecho durante el día, la noche perfecta para darle la vuelta a la manzana con un cono de algo dulce y frío con forma de remolino.

No fui la única que pensó eso. Broadway estaba atestado de gente con helados. Me detuve para acariciar a un amigable labrador negro con un collar verde bosque que parecía decidido a entrar en acción.

—Lo siento, amigo —le dije—. Tengo una política estricta en contra de compartir comida.

—¡Kalam, para! —La mortificada dueña del perro se disculpó y lo alejó, aunque no antes de que su musculosa cola le diera un fuerte golpe de despedida a mi pantorrilla.

Debería haber estado trabajando en mi guion de cine. Lo sabía, y no solo porque había visto otro mensaje de Yaz diciéndome algo al respecto. La verdad era que cada vez que intentaba avanzar con la comedia romántica, lo único que hacía era revivir todo el desamor del último par de meses. Cada palabra ficticia que había intentado escribir se había convertido en recuerdos apenas disimulados.

Quizás por eso escribir las hazañas del duque de Harding había sido tan liberador. Poner palabras en su boca —el tipo de palabras que deseaba que alguien me dijera a mí— no había sido un ejercicio de memoria, sino de esperanza. Esperanza de que un día los dioses de las aplicaciones de citas me sonrieran y me mostraran a alguien a quien no le resultara complicado despertarse a mi lado dos mañanas seguidas. O hacer tareas domésticas conmigo una ajetreada mañana de sábado, o pasar el domingo vagueando en la cama con panqueques y un buen libro.

Esperaba que algún día alguien pensara que valía la pena quedarse conmigo.

8

EL DUQUE DE HARDING (con descaro)
—Ya te he besado, amor. ¿Qué otras
libertades vas a permitirme? ¿Quizás
podría seguir el borde de tu escote con
las yemas de mis dedos?

D: ¡El duque se está volviendo atrevido!

M: **Las chicas no quieren flores. Quieren duques que les
rocen el escote.**

D: Tendré eso en cuenta.

M: **Ah ¿sí? ¿Hay alguien a quien le quieras rozar el
escote?**

D: Tal vez el tuyo. Ya sabes, por la investigación.

M: **Estoy informando a recursos humanos.**

D: ¿Qué? ¿Cuánto deseas que te toque el jshasldh?

M: **Di una vez más escote y voy a acercarme solo para
darte un pescozón.**

D: Quizás deberías.

M: **¿Acercarme? ¿O darte un pequeño pescozón en una
zona sensible?**

D: Deja de intentar seducirme, Mariel.

M: **Entonces vuelve al trabajo, Dashwood.**

Ese viernes por la noche me encontraba en la cama con mi
portátil y una bolsa abierta de patatas fritas. Dash y yo habíamos
caído rápidamente en la rutina de abrir un documento de Google
al mismo tiempo y trabajar juntos en nuestros guiones, aunque a

veces nuestra productividad se convertía en conversaciones que eran mitad juego de rol —aunque no del tipo sexy— y mitad fan fiction de cosecha propia. También había algunos flirteos muy leves, pero sinceramente no creo que nadie contara escribirse notas el uno al otro en los documentos de Google como otra cosa que no fueran bromas entre amigos.

De todos modos, estaba tirada en la cama con un par de libros de bolsillo puestos debajo de mi portátil para evitar que mis muslos se quemaran, mientras Dash y yo le dábamos los retoques finales al guion del siguiente vídeo, cuando el cursor parpadeó y apareció un nuevo texto en la parte inferior de la página en blanco.

—*El guion número cinco está listo. Puedo afirmar que nos hemos ganado un descanso* —escribió Dash.

—*Estoy de acuerdo.* —Dudé durante dos segundos antes de añadir—, *¿Te apetece salir a tomar algo?*

Me arrepentí tan pronto como vi esas palabras, tan negras en la blancura de la pantalla. Era viernes por la noche, Dash seguramente tenía planes y eso era probablemente a lo que se refería con tomarse un descanso. Y, además, tenía mucho helado en la nevera y no tenía dinero para gastar en salir.

Su respuesta me llegó un segundo después. —*Pues claro. ¿Quedamos en 15 minutos?*

Los armarios de Manhattan no son exactamente espaciosos, así que guardaba la mayor parte de mi ropa en un caos cuidadosamente organizado en una de las esquinas de mi colchón. Me llevó unos minutos ordenar la pila, pero al final emergí con un elegante *crop top* lavanda y un par de pantalones cortos vintage con vuelo en el dobladillo, que se ceñía a mis caderas y hacía que mi trasero se viera aún más redondo de lo normal.

Hacía demasiado calor para algo más que un poco de brillo de labios y un poco de rímel. Y aunque no pude resistirme a aplicarme un poco de delineador azul eléctrico para hacer resaltar mis ojos, me maquillé en tiempo récord. Me colgué una carterita cruzada sobre el hombro, pequeña y con forma parecida a una fresa, que era lo suficientemente grande para meter el gloss y mi tarjeta de crédito, y bajé corriendo para reunirme con Dash.

Ya venía hacia mí, y sí, me dio un brinco el corazón cuando vi la tenue sonrisa que se deslizó por sus labios cuando me localizó, casi a mitad de la cuadra. Abrió sus brazos mientras caminaba hacia mí, como si tuviera ganas de verme a pesar de que acabáramos de pasar las últimas horas trabajando juntos. Caminé directamente hacia su abrazo, mi mejilla presionada contra su camisa abotonada mientras me abrazaba sin apretar, el tiempo suficiente para percibir el olor a detergente de ropa y loción cítrica para después de afeitar, y para que las mariposas invadieran mi estómago y mis piernas se aflojaran.

Estaba en serios problemas.

Aunque creo que no lo demostré. Seguí el ritmo de la conversación cuando fuimos hacia uno de los bares de la Novena Avenida. Todavía no estaba muy lleno, pero la música estaba tan alta que Dash tuvo que gritarle nuestro pedido al camarero. Arrebatándole el trago prácticamente antes de que lo dejara en la mesa, me lo bebí y golpeé el vaso contra la mesa.

—¡Es la temporada de Leo, cariño! —jadeé.

Dash se bebió su trago.

—Técnicamente aún no ha empezado, creo.

—Has hablado como un auténtico Virgo.

—... No soy Virgo.

—Y yo no tengo ni idea de lo que estoy hablando.

Le lancé una sonrisa mientras me subía a un taburete. Mi rodilla rozó sus jeans, y estaría mintiendo si no dijera que una chispa de electricidad atravesó mi pierna hasta arriba y llegó hasta la costura de mi ropa interior. Casi me caigo, pero Dash reaccionó rápido, al estabilizarme agarrándome los muslos, justo debajo del dobladillo de mis pantalones cortos.

Y escucha esto, se disculpó por sujetarme. Teniendo en cuenta que deseaba frotar mi pierna con la suya, realmente no tenía nada de qué preocuparse.

Así que ahí me quedé, sentada en un taburete mientras él estaba a mi lado alcanzando las cervezas que el camarero había puesto junto a nuestros tragos, con los muslos ardiendo. Y juro que mi cerebro debió haber dejado de funcionar durante un par de minutos, porque lo siguiente que supe fue que Dash me estaba contando por qué decidió mudarse a Hell's Kitchen.

—Pensé en quedarme en Brooklyn después de terminar con mi ex —dijo—. Pero quise poner la mayor distancia posible entre mí y... tal vez no la relación, sino la persona que fui en ella.

Asentí demostrando que lo entendía.

—Empezar de nuevo al mudarse.

—Correcto. Me quedé en esa relación mucho más de lo que debía. Y cuando al final vi que necesitaba romper, quise romper con ella de la forma más directa y clara posible.

—¿Funcionó? ¿Empezaste de nuevo?

—No estaría aquí si no lo hubiera hecho.

Me ofreció una leve sonrisa encantadora y, vamos. Era imposible que no supiera el efecto que tenía en la gente. O puede que en mí específicamente.

Para distraerme había empezado a contarle a Dash sobre el día que fui a Brooklyn a hacer un recado y acabé perdida. En el lapso de media hora había paseado a través de los altos edificios ultramodernos del centro de Brooklyn y las casas de ladrillo rojo de Park Slope, que parecen sacadas de una película, y terminé en Gowanus, que parecía una zona industrial.

—Es algo que siempre me sorprende de esta ciudad, que da la sensación de que contiene un montón de ciudades, o incluso países —añadí, pensando en Little Italy y Chinatown.

La tenue luz roja iluminó su perfil de película, moldeando sus labios mientras decía:

—Es verdad lo que dicen sobre que esta ciudad tiene un poco de todo lo que siempre has querido.

—No hay palmeras, que yo sepa, pero siento que es solo cuestión de tiempo antes de que conquisten una de las islas menores, como

Governors o Roosevelt, y la conviertan en una pequeña Miami. Entonces la ciudad de Nueva York lo tendrá realmente todo.

—Hablando de Roosevelt, ¿has estado?

Negué con la cabeza.

—Fui a Governors el mes pasado e intenté hacer un pícnic, pero empezó a llover y acabé marchándome a los diez minutos de haber llegado.

Dash revisó la hora en su móvil.

—Son solo las diez... podemos llegar allí y volver antes del último teleférico si nos damos prisa.

Me bebí lo que me quedaba de cerveza y golpeé el vaso contra la mesa.

—Vamos.

Dash le hizo un gesto al camarero, indicándole que queríamos pagar la cuenta, la cual pagó con su tarjeta de crédito. Después se giró hacia mí.

—Quizás la próxima vez lo planeemos con antelación —me dijo.

La próxima vez.

No voy a mentir. Los escalofríos de emoción que provocaron esas dos palabras me siguieron todo el camino hasta la estación de metro más cercana. Fuimos hasta el teleférico en la calle 60 y la Segunda Avenida, y la humedad nos acribilló en cuanto salimos del vagón de metro con aire acondicionado. Y después entramos en el teleférico, que se balanceaba sobre el East River, el cual brillaba a la luz de la luna.

Durante nuestro recorrido, otro pequeño teleférico rojo con las palabras *Roosevelt Island* escritas en letras blancas estaba haciendo el camino de vuelta a la estación. Lo vi pasar, con mi reflejo y el de Dash superpuesto en el cristal de nuestro carro, y me sentí extrañamente ligera, como si no estuviéramos suspendidos en una complicada red de cables de acero, sino flotando en el aire.

Como si el suelo hubiera desaparecido de debajo de mis pies, pero en el buen sentido.

Una vez llegamos a la isla, paseamos a lo largo de la calle principal, que desafortunadamente parecía igual que cualquier otra calle de la ciudad. Después Dash señaló hacia una zona de hierba.

—Por aquí.

Lo que ocurre con Nueva York es que durante el día es tan bonito como puede ser, pero por la noche es cuando verdaderamente resplandece.

Ahí estaba la silueta de la ciudad en el horizonte, casi más bonita en persona que en la pantalla. Los edificios parecían que estaban hechos de millones de pequeños cuadrados de luz, cada uno reflejado en el suave chapoteo del agua del East River. Identifiqué los edificios que reconocía, el Empire State, bañado en luz violeta; el Chrysler, brillante, nítido e imponente en el cielo oscuro.

Me crucé de brazos sobre la barandilla, dejando que la vista me envolviera.

—¿Alguna vez pierde su encanto?

—Para mí no —dijo Dash, inclinándose a mi lado. Un ligero toque del aroma de su loción para después de afeitar flotó en el aire, perceptible incluso sobre los diversos aromas de la ciudad y del río, y tan delicioso que hizo que mi cuerpo entero se inclinase hacia él.

—Espero que nunca lo haga. No importa cuánto tiempo vivamos aquí, nunca nos acostumbraremos tanto a estas vistas como para dejar de verlas, o de apreciarlas, o de sentir este... este...

—Asombro —aportó Dash en un tono grave cargado de veneración.

Lo miré solo para darme cuenta de que me estaba mirando a mí. Y era uno de esos momentos en los que todo permanece tranquilo y en silencio, y el mundo se desvanece a tu alrededor y apenas te atreves a respirar por miedo a volver a la realidad.

Podría haber dejado que me llevara lejos. Tal vez, en la versión de película de mi vida, lo habría hecho. La mirada de Dash era tierna, y estaba tan cerca, y ocultaba una tenue sonrisa en la comisura de sus labios que suplicaban que los besaran.

Mi corazón se aceleraba en total contradicción con mi pulso, que burbujeaba en mis venas. Me sentía como si estuviera hecha de luces, no las inalterables que brillaban desde los edificios, sino los reflejos brillantes que estas proyectaban en el agua ondulada.

Y tal vez me estaba tomando el pelo a mí misma, pero habría apostado cualquier cosa a que Dash se sentía de la misma manera.

Solo que él probablemente era lo bastante sensato para no actuar en consecuencia.

Tragué saliva y di un paso vacilante hacia atrás.

—Asombro —dije, sin siquiera saber si estaba de acuerdo con lo que había dicho o simplemente repetía sus palabras porque estaba demasiado llena de ese anhelo salvaje como para elaborar una frase apta por mí misma.

Me di la vuelta, poniendo la silueta de la ciudad a mi espalda y mirando en su lugar la frondosa oscuridad de Roosevelt Island.

—No me había dado cuenta de que la gente realmente vive aquí. ¿Te imaginas el viaje al trabajo? ¿Tomar el teleférico o el ferry?

Dash dijo algo en respuesta, pero sinceramente apenas lo escuché. Ya estaba caminando por el sendero, ansiosa por dejar atrás la decepción de no besarlo.

—Espera —dijo en voz alta detrás de mí—. El cordón de tu zapato está desatado.

Antes de que pudiera echar un vistazo y confirmar con mis propios ojos que el cordón de mi zapato revoloteaba en el suelo sucio, se había agachado y estaba poniendo mi pie en su muslo. Más por reflejo que por otra cosa, agarré su hombro para evitar tropezarme.

Me ató el cordón rápidamente y sin fanfarria, sin hacer nada extraño o demasiado coqueto como rozar mi tobillo desnudo o pasar sus dedos por mi pierna. La verdad es que no estaba del todo segura de si quería o no que lo hiciera. Es decir, claramente quería que lo hiciera, pero no necesitaba realmente nada que probara mi determinación. Ya había hecho una cosa responsable esa noche, no había manera de que tuviera la fuerza de voluntad para hacerlo de nuevo.

Solo soy humana, ¿sabes?

Cuando había apretado el nudo, Dash me miró y me ofreció una sonrisa. Ni siquiera fue uno de los gestos que hacía con el pelo o una de sus patentadas sonrisas, pero pude sentir mi estomago dando volteretas al ver la curva perfecta que hacía su labio superior mientras se curvaba hacia arriba.

Y, uf.

No tenía nada que ver con ser tan atractivo. Y dulce.

Si me preguntas, Dash no necesitaba a otra persona babeándose por él. Aunque, por lo que había visto, estaba tan acostumbrado a que la gente lo mirara fijamente que era un poco ajeno a ello. Eso no significaba, sin embargo, que quisiera hacerlo sentir incómodo con mi incapacidad para mantener mis ojos fuera de su suntuosa boca. A pesar de que él no se diera cuenta de mi mirada, todavía seguía sintiéndome una pervertida.

Así que me obligué a apartar la mirada. Y debí haber hecho lo correcto, porque el universo me recompensó haciendo que mi móvil vibrara con un mensaje de tía Nena. Ella no llamaba tan a menudo como Yaz, pero nunca dejaba pasar más de una semana sin al menos enviarme un mensaje.

Abrí WhatsApp para ver la foto de un bol lleno con mi plato favorito de pollo estofado con arroz.

Hice asopao y pensé en ti, chiquita.

—Mira lo que cocinó mi tía —dije cuando Dash se enderezó y volvió a caminar a mi lado. Le pasé el móvil y dejé escapar un suspiro—. A veces me pregunto exactamente por qué pensé que sería una buena idea vivir lejos de mi familia y sus magníficas habilidades culinarias.

—¿Chiquita? —dijo, y las sílabas bailaron en su boca—. ¿Qué significa eso?

—Significa pequeña. Un apodo muy original —añadí sarcásticamente—, debido a que siempre he sido más o menos unos treinta centímetros más bajita que Yaz. Y técnicamente también soy la más joven, por un poco más de cuatro meses.

—Chiquita, pero poderosa —señaló Dash, y tuve que reírme.

—Ese es mi nombre de súper heroína.

Aparté el móvil mientras seguíamos paseando por el sendero, sin hablar demasiado, solo disfrutando de la vista. Roosevelt Island era mucho más grande de lo que había pensado, y nos llevó un tiempo alcanzar a ver el pequeño faro de piedra en el extremo norte. Aún había bastante gente por aquí y por allá, aunque el parque en sí estaba cerrado a esa hora. Pasamos unos minutos mirando las gigantescas esculturas de latón, de cabezas sin cuerpo, y después Dash miró la hora.

—Mierda, el último teleférico sale en menos de diez minutos —dijo—. Vamos a tener que echar una carrera para alcanzarlo.

Salimos corriendo en lo que probablemente era un trote lento para Dash, pero que yo sentía como la categoría olímpica en la que compite Usain Bolt. El estilo y el carisma de una estrella está muy bien, excepto cuando de repente necesitas correr lo que equivale a veinte cuadras en el sofocante calor veraniego.

Pero entonces vimos el teleférico, y Dash aceleró bruscamente. Y juro que fue principalmente porque sus piernas eran mucho más largas que las mías que tenía miedo de que me dejara atrás, pero... deslicé mi mano en la suya. Como había hecho cuando huíamos de Times Square el día en que nos conocimos.

Cerró la mano alrededor de la mía y no solo me agarró la mano, sino que entrelazó sus dedos con los míos como para estar seguro de que no íbamos a separarnos. Y no la retiró ni siquiera cuando llegamos a la estación. De repente estábamos caminando de la mano, y yo estaba alternando entre intentar no hiperventilar y decirme a mí misma que eso no significaba nada. Simplemente era algo... práctico.

Por no mencionar que es mucho menos molesto que tener que acampar en Roosevelt Island.

Sin embargo, puedo decir una cosa. El tacto de la palma de Dash contra la mía, rozándose suavemente mientras caminábamos, con nuestros dedos entrelazados con firmeza, me hizo sentir en las nubes de nuevo.

◆ ◆ ◆

Escúchame. Tomarse de la mano puede ser un gesto platónico. Pero ¿lo que hacíamos Dash y yo mientras cambiábamos del teleférico al metro? No era eso.

Estábamos fingiendo no darnos cuenta de que todavía estábamos tomados de la mano, a pesar de que era más que obvio que éramos híper conscientes de ello, sobre todo porque tuvimos que rodear a la gente mientras la multitud dentro del vagón bajaba y pasaba y nos empujaba de un lado a otro.

Desearía tener la excusa de haber bebido demasiado, pero habían pasado un par de horas desde el bar y estaba lúcida y sobria como nunca en mi vida, lo que ahora era un poco inapropiado porque el metro es todo un tormento cuando estas sobrio.

—¿Tienes hambre?

Me aproveché de la distracción.

—Sí. ¿Qué tienes en mente?

—Tres palabras: Prince Street Pizza —lo dijo como si fuera un titular, en negrita y en una fuente más grande que el resto de sus palabras.

Con mi mano libre miré la hora en el móvil y después lo volví a deslizar en el bolsillo de los pantalones.

—¿Estará abierta tan tarde?

—Está abierta hasta las tres.

—¿Y tú por qué sabes eso? —le pregunté riendo—. ¿Con qué frecuencia andas por Manhattan después de medianoche solo para comer un trozo de pizza?

—Antes de nada, Prince Street no es solo pizza. Es una experiencia. Y es solo que, ya sabes, alguien que consuma tanta cafeína como yo necesita conocer los lugares que están abiertos hasta tarde en la noche. —Sus ojos brillaron cuando ladeó la cabeza para mirarme a los ojos y, eh, sí, sentí que me temblaban las rodillas—. ¿Eso es un sí?

—Nunca diría que no a la pizza de medianoche. Así que, sí, claro, tienes mi total consentimiento.

Estudió mi expresión.

—No tienes ni idea de lo que es Prince Street Pizza, ¿no?

—Asumo que implica masa de pan y queso y salsa de tomate —dije.

—Ese es el concepto general, sí. Pero... ¿sabes qué? solo espera a que estemos allí. No voy a desvelártelo.

Y eso fue prácticamente todo lo que obtuve de él. Realmente no entendí por qué mantenía tanto misterio sobre ello, pero luego llegamos allí —y por allí quiero decir todo el camino hasta Nolita, unos buenos cuatro kilómetros al sur de donde empezamos— y vi la fila que se extendía desde un escaparate bastante anodino hasta mitad de la cuadra.

—Esto no es una situación parecida a la del cronut, ¿verdad? —Arrugué la nariz mientras nos íbamos al final de la fila. Si no hubiera sido por el torniquete que tenías que pasar para salir del metro, tenía el presentimiento de que habríamos seguido tomados de la mano. El recuerdo de su tacto todavía se aferraba a mis dedos, incluso cuando me eché el cabello hacia atrás—. Me encantan las combinaciones raras tanto como a cualquiera, pero tienes que saber que soy una purista de la pizza.

—Vamos, Mariel. ¿Crees que te engañaría? ¿Sobre todo cuando se trata de pizza?

Un letrero de neón rosado anunciando cupcakes parpadeaba en nuestra dirección desde la panadería al otro lado de la calle mientras fingía mirar a Dash con desconfianza.

—No lo sé —dije con aire pensativo—. Si alguien podría llevarme por el mal camino seguramente serías tú.

Las comisuras de los ojos de Dash se arrugaron.

—No sé si sentirme halagado u ofendido.

—¿Tal vez un poco de ambos? —le insinué, moviéndome a medida que avanzaba la fila.

—Todo el mundo debería esforzarse por tener un poco de mala influencia, al menos a veces.

—Lo tendré en cuenta. Mientras tanto, déjame influir en la pizza que vas a pedir.

—Él tiene razón, ¿sabes? —Esto lo dijo una de las personas que estaban en la fila frente a nosotros, una mujer de piel morena con algunas pecas en la nariz, sombra verde claro en los párpados y hebillas peluditas clavadas en el pelo. Terminó de hacerse un selfi y se giró hacia nosotros. Mientras miraba a Dash, su rostro adquirió una expresión que estaba empezando a reconocer, como si no pudiera creer que el hombre frente a ella fuera real y no un príncipe de dibujos animados—. La pizza de Prince Street Pizza es indescriptible. Solo tienes que probarla.

—Por alguna razón, no estoy segura —respondí.

La morena que estaba de pie con ella enganchó su dedo en los pasadores de su cinturón y haló a su compañera hacia delante mientras la fila se acercaba unos centímetros a la puerta.

—¿Comes carne?

Asentí.

—Entonces espera a que pruebes la pizza de pepperoni. Es una experiencia religiosa.

Alguien detrás resopló.

—Ninguno de ustedes es de aquí, ¿verdad? Tienen que probar Joe's Pizza antes de ir por ahí diciendo esas cosas.

Antes de que pudiera entender lo que había pasado, la mitad de la fila se unió a la conversación amistosa sobre dónde encontrar la mejor pizza de la ciudad. Yo era demasiado nueva en Nueva York para aportar mucho a la conversación, así que simplemente retrocedí y disfruté del momento.

Tal vez estaba demasiado absorta en lo que todos estaban diciendo, y tomando apuntes mentales de todos los sitios a los que me gustaría ir, ya que la fila avanzó increíblemente rápido. Me pareció como si el tiempo no hubiera pasado antes de que Dash y yo saliéramos del restaurante con nuestros platos para llevar.

Las porciones eran rectangulares, la masa tan gruesa como un buen libro de bolsillo. Y el pepperoni, ay, Dios mío, el pepperoni. Tenía un corte grueso y estaba enrollado ligeramente en los bordes provocando que cada porción se convirtiera en un pequeño cuenco redondeado donde se acumulaba toda la grasa del queso. Y si no crees que eso suena como la cosa más deliciosa del mundo, nunca vuelvas a hablar conmigo ni con mi hijo de nuevo.

Me moría por comerme un bocado, pero no quería hacerlo delante de la gente que todavía estaba esperando, así que me resistí. Tan pronto como nos quitamos de la fila, sostuve una de las dos porciones cuadradas de mi plato. Con un aspecto divertido, Dash siguió mi ejemplo.

—Un brindis. Por el duque de Harding. Por ti, y por mí, y por la ciudad, y por esta noche.

—Ojalá haya muchas más —dijo Dash, haciendo chocar una esquina de su pizza con una esquina de la mía.

Bueno, no era un beso. Pero era algo. Puede que no nos hayamos besado apasionadamente, pero la forma en la que nuestras miradas se encontraron y las sostuvimos fue deliciosamente —o tal vez desconcertantemente— íntima.

En realidad, no estaba segura de lo que iba a pasar después. Ya habíamos establecido que no habría besos esa noche, al menos no entre Dash y yo. Así que no sabía por qué se me hizo un nudo en el estómago cuando separamos las porciones y rompimos el contacto visual para comer nuestros primeros bocados.

—Tengo que preguntar —dijo la chica de las hebillas en el pelo, haciéndole un gesto a su compañera para que dejase sus bebidas en el alféizar de una ventana cercana—. ¿Quién es el duque de Harding?

—Soy yo —contestó Dash.

La chica de la hebilla ladeó la cabeza, infundiéndole a su voz un ligero toque de escepticismo.

—¿Eres un duque?

—No de verdad, solo interpreto a uno en la televisión —dijo Dash, y le lanzó un pequeño guiño que la dejó con un aspecto ligeramente aturdido.

—Y con televisión, se refiere a las redes sociales —añadí.

Creo que ambos contuvimos un poco la respiración cuando Dash comenzó a dar una explicación de lo que estábamos haciendo. Pero ella no dijo nada extraordinario sobre nuestro ridículo, pero divertido proyecto, y lo que es más importante, sobre que Dash tuviera OnlyFans.

Permitiéndome exhalar, intervine diciendo:

—En realidad, aún no hemos empezado a publicar nuestros vídeos, pero estaremos listos para subir el primero en unos días.

—Estaré atenta —dijo, y dejó que su compañera la alejara agarrándola de la mano.

Con los platos para llevar en la mano, Dash y yo caminamos lentamente por las abarrotadas calles hasta que llegamos a Bowery. La zona sureste de Manhattan era un poco sórdida, sobre todo por la noche.

Sentía que era como una de esas noches en las que podía pasar cualquier cosa, cuando el mundo abría sus alas como si te dijera *soy tuyo*. Y tal vez lo era. El mundo era nuestro, y también lo era la noche, y también lo era Manhattan.

Para cuando terminamos nuestras porciones de pizza, habíamos caminado varias cuadras por la calle East Houston. Dash señaló un toldo verde con las palabras Punjabi Deli impresas, consiguiendo que volviera a sentir hambre de nuevo cuando describió lo que pedía normalmente. Justo al lado había un bar llamado The Library. Ninguno de nosotros estaba preparado para irse a casa, así que atravesamos la multitud que se había congregado en la acera y nos dirigimos dentro.

Si afuera hacía calor, dentro el ambiente del abarrotado bar era sofocante. La canción de Lady Cerulean que vibraba en el aire teñido de colores neón estaba muy alta, y tuvimos que acercarnos para poder escucharnos sin tener que gritar. Pensarías que después de que Dash y yo nos tomamos de las manos, además de todo el contacto físico que habíamos tenido antes, no me perturbarían los golpes o roces ocasionales, pero cada vez que accidentalmente nos rozábamos, me parecía que saltaban chispas en los lugares en los que nuestros cuerpos coincidían.

Mi mirada permanecía fija en su mano. Sus dedos ligeramente curvados alrededor del vaso, su pulgar acariciando levemente la condensación de la superficie lisa. Entendí por primera vez lo que significaba arder en deseos. Sentí un cosquilleo al darme cuenta de que me recorrió la piel, tan abrasador que casi me convencí de que Dash podía sentir el calor que irradiaba de mí.

De forma milagrosa, conseguí controlarme. Y para decepción mía, él también. Pero no fue *tan* decepcionante, porque nos pasamos el siguiente par de horas en conversaciones profundas, volviendo a la realidad del bar solo cuando la música paró y nos dimos cuenta de que estaba cerrando.

Salimos, y no sabía si Dash lo había sentido, pero yo sentía que había conseguido lo único que había estado anhelando desde que me mudé a Nueva York, una conexión real.

El cielo estaba empezando a ser translúcido, lo que significaba que estaba a punto de iluminarse, pero yo aún no tenía sueño. Así que cuando Dash propuso que fuéramos a ver la salida del sol en el puente de Brooklyn, saqué mi teléfono y pedí un Lyft para que nos llevara. Llegamos justo a tiempo para pillar al sol cuando empezaba a asomarse por detrás de los edificios, impregnando el cielo pálido con su brillo naranja.

Si hay algo típico de esta ciudad, es que siempre hay otras personas alrededor, incluso al amanecer de un sábado por la mañana. Dash y yo nos apretujamos en una esquina para alejarnos de los corredores y de la pareja que se hacía fotos de compromiso, y vimos como la noche se convertía en un nuevo día.

◆ ◆ ◆

INTERIOR. SALÓN DEL DUQUE — DÍA

En primer plano, el duque de Harding sentado
en su butaca rosada, leyendo un gran tomo de

cuero. Alza la cabeza al escuchar pasos, y el libro cae en el olvido en su regazo mientras espía a su amor.

> EL DUQUE DE HARDING (con una
> sonrisita traviesa en sus labios)
> ¿Esto? Sí, es el libro que estabas
> leyendo antes. Quería saber lo que te
> pareció tan cautivador en él. Por qué
> mantienes la mirada tan fija en sus
> páginas cuando te paso por delante. Por
> qué se te sonrojan tanto las mejillas.

El duque agarra el libro y le da vueltas en sus manos mientras lo estudia.

> EXT EL DUQUE DE HARDING
> (mirando a la cámara)
> Estoy empezando a pensar que no es el libro
> en absoluto. Es demasiado irónico para
> justificar tal respuesta. Creo que tal
> vez sea la visión de mi agradable trasero
> lo que hace que te acalores y agggh.

M: Dashwood, fuera del documento. Me estorbas.

D: Imposible. Estoy siendo de mucha ayuda y muy productivo.

M: ¿¿¿Igual que esta mañana cuando me preguntaste si deberíamos tomar el siguiente vuelo a Londres para que pudiéramos grabar nuestros vídeos en una localización más auténtica??? (No estoy diciendo que no, por cierto).

D: Eh, eso fue una propuesta seria.

M: Hoy tienes un humor raro. Creo que estás pasando demasiado tiempo conmigo.

D: Imposible. ¿Quieres ir a tomar un café (o una bebida azucarada de tu elección) y ayudarme a ensayar las líneas?

M: *No*, estoy demasiado ocupada y soy demasiado importante. (Te veo enfrente de la lavandería en cinco minutos).

9

Había escrito siete guiones y estaba trabajando en un octavo cuando mi móvil vibró con un mensaje de Dash. Nunca admitiré que me lancé a buscarlo, pero diré que lo agarré un poco agresivamente y me encontré leyendo el mensaje acostada bocarriba, a pesar de que la alfombra peluda me hiciera cosquillas en la nuca y de tener los restos de una galleta aplastada debajo del codo.

He terminado de editar y estaba a punto de subir el primer par de vídeos (uno subido de tono y otro sugerente). Pero entonces pensé… una ocasión tan memorable hay que celebrarla, ¿verdad? ¿O conmemorarla de alguna forma?

Tecleé mi respuesta un segundo después. Detén la subida unos diez minutos. Voy para allá.

Para sorpresa de absolutamente nadie que me haya conocido, tenía dos cajas de zapatos y una bolsa de compras llenas de artículos para fiestas en mi armario. Rebuscando en ellas, saqué una bolsa de confeti, una brillante tiara de plástico y un sombrero de fiesta en forma de piña. Me llevó aproximadamente dos minutos meterlos en mi bolsa de la compra y cambiarme de zapatos y el *top* corto por un vestido de tul azul que no habría desentonado en una princesa de Disney, y me dirigí a la bodega al final de la calle, donde compré un par de latas de LaCroix en lugar de champán y varios paquetes de donas azucaradas.

Unos minutos después estaba irrumpiendo en la puerta de Dash mientras me abría.

—No puedes culpar a nadie más que a ti —le dije, empuñando el agua saborizada como si le estuviera presentando el mejor vino añejo—. Podrías haberme dicho que me quedara en casa.

—No sabía que esa era una opción —dijo, pero estaba sonriendo cuando agarró un par de copas de vino del estante encima del fregadero.

—Es decir, seguramente no habría escuchado.

—Estás preciosa, por cierto —dijo Dash, todavía mirándo las copas, de una manera tan casual que por un segundo no lo percibí como un cumplido. Se dio la vuelta justo cuando me di cuenta, así que vio que de repente me quedé quieta, algo nada típico en mí, dando a entender un *quiero vivir en este momento para siempre* más que un *me he quedado de piedra*—. ¿Debería cambiarme?

Él llevaba unos pantalones cortos deportivos y una camiseta de un azul intenso que resaltaba sus ojos. ¿Sería el brillo ámbar de las lámparas colgantes de la cocina lo que hacía que sus pómulos parecieran ruborizados, o Dashwood se estaba sonrojando?

Sintiéndome acalorada, negué con la cabeza e intenté sonar igual de natural que él.

—Nah, estás bien. Solo quería vestirme para la celebración. —Puse mis compras del supermercado en su elegante encimera de cuarzo, tratando de no pensar en lo suave que parecía esa camiseta o preguntándome como se sentiría contra mi mejilla—. Siento que la comida no sea nada del otro mundo. Sé hornear, pero no tengo horno.

—Puedes usar mi horno siempre que quieras —dijo, mientras ponía las copas en la encimera.

Por muy bonita que fuera su cocina, no dejaba de ser un pequeño apartamento con muy poco espacio para moverse, por lo que estábamos demasiado cerca para estar cómodos. Tal vez por eso mi voz salió un poco entrecortada cuando repetí algo que solo había dicho por mensaje.

—Deja de intentar seducirme, Dashwood.

Sonrojándose aún más, fijó la mirada en las donas de azúcar, que se habían aplastado ligeramente —bueno, bastante— en mi bolsa.

—Creo que podríamos hacerlo mejor que eso.

Alcé las cejas.

—Disculpa, ¿estás criticando mis habilidades para comprar en la bodega?

—Solo digo que estoy marinando dos filetes de salmón, y tengo una ensalada de rúcula, queso de cabra y nectarinas a la parrilla para acompañarlo. ¿Ya has cenado?

—No, a menos que cuentes las dos donas que me comí de camino aquí —dije, enseñándole donde estaba abierto el paquete.

Destapó el cuenco de madera en la encimera. Si hubiera estado en mi apartamento, lo habría encontrado lleno de gomas del pelo y pendientes perdidos. Al ser Dash, la ensaladera contenía una ensalada de verdad, la rúcula brillaba con el aderezo y estaba espolvoreada con queso blanco desmenuzado.

No estaba espolvoreada de azúcar, pero tenía *buena pinta*.

—¿En serio preparaste eso en los diez minutos que tardé en llegar? —le pregunté mientras sacaba un recipiente de cristal de la nevera.

Se encogió de hombros.

—No es muy complicado, la verdad, sobre todo cuando preparas la comida con anterioridad. Siempre intento tener algo preparado para tirar en la estufa.

—Tus abuelas te enseñaron bien. —Agarré la mitad de una dona aplastada del paquete abierto, añadiendo, como explicación—. El aperitivo.

—Mis abuelas no cocinan —dijo Dash, moviendo el aceite en una sartén—. De ahí los bufés para gente de la tercera edad de los casinos a los que siempre van. Nunca tienen mucha comida casera a menos que vaya yo y las amenace para que coman verduras. Según la yaya, se está revelando contra la tiranía de la cocina y contra algo sobre las expectativas del patriarcado. Y a la abu simplemente no le interesa cocinar.

Me lamí el azúcar del dedo.

—Dios, adoro a tus abuelas —dije—. ¿Hay alguna oportunidad de que quieran adoptar a una fanática del azúcar medianamente talentosa que podría hacerle un daño considerable al bufé para personas mayores?

Cuando Dash encendió la campana extractora y puso los filetes de salmón en la chisporroteante sartén, me ocupé de sacar los artículos de fiesta. Puse el confeti junto a los platos blancos y los relucientes cubiertos en la mesa del comedor, y le tendí a Dash los dos sombreros para que pudiera elegir primero, porque otra cosa no seré, pero caballerosa lo soy un montón.

—¿Piña o princesa?

Dash agarró la tiara.

—Es decir, yo soy el noble.

—¿En qué me convierte eso a mí? —pregunté, ajustándome la goma elástica verde en la barbilla.

—En adorable. —Allí estaban de nuevos sus dedos, tocando su pelo, justo antes de inclinar ligeramente la cabeza para mostrar esa radiante sonrisa.

Otra pequeña parte de mi resistencia se derrumbó, como la arenisca en la pared de un acantilado al que me aferraba con las yemas de los dedos. Los cumplidos y el flirteo y los breves roces, lo suficientemente casuales como para poder negarlos de forma plausible, eran geniales, incluso increíbles, pero me estaban haciendo muy difícil seguir aguantando.

No me podía permitir caer —ni metafóricamente por el acantilado— ni por Dash.

—Oh, no, no hagas eso —dije, señalándole con el dedo mientras se miraba en el reflejo del microondas para estar seguro de que la tiara estaba recta.

Dash pareció no entender.

—¿No qué?

—No intentes encandilarme. Voy a instaurar una política firme sin cumplidos para esta asociación. —Intenté pensar en ello por un instante—. A menos que sea sobre mis pendientes o mis donas.

Alzó una ceja.

—¿Sueles recibir muchos cumplidos por las donas que compras en la bodega?

—Nope, y es hora de que eso cambie.

Me había quitado los zapatos en la puerta, según las instrucciones de Dash, y ahora deambulaba descalza en su limpísimo suelo de madera, bebiéndome el agua saborizada.

Desde mi última visita a su apartamento se había tomado su tiempo en colgar un montón de cosas en las paredes blancas. En marcos de verdad, además, todos cuidadosamente organizados y muy diferentes a la colección aleatoria de cosas pegadas con trozos de cinta adhesiva de colores y pegatinas que adornaban mi pared. Dash había enmarcado postales garabateadas con mensajes, grabados artísticos y páginas que parecían haber sido arrancadas de revistas de diseño vintage al igual que fotos de dos señoras mayores que asumí serían su yaya y su abu.

Estaba observando una de las fotografías cuando sentí a Dash acercarse por detrás.

—Tus abuelas son preciosas —le dije—. ¡Qué pómulos!

—La yaya fue reina de la belleza a finales de los sesenta —dijo, señalando una instantánea en blanco y negro que mostraba a una mujer joven con un peinado alto y un vestido satinado dividido por una faja—. Y mi abu fue la debutante más guapa de su año, al menos según mi tía.

—No es de extrañar que seas tan atractivo —solté—. Aparece en cada rama de tu árbol genealógico. Supongo que, en algún momento del pasado, uno de tus ancestros fue responsable de que miles de barcos fueran a la guerra.

Dash pareció divertido.

—¿Cómo es que se te permite hacerme un cumplido?

—No se me permite —repliqué—. Estoy elogiando a tus antepasados. Y tengo muchas ganas de elogiar tu salmón si en algún momento está listo.

—Ya está casi listo.

Dash vivía en un apartamento de antes de la guerra. Donde un edificio más moderno podría haber tenido ventanas desde el suelo hasta el techo, que ofrecieran vistas panorámicas de Manhattan, el suyo daba a un edificio de ladrillo rojo, escaleras de incendios de hierro negro y una exuberante hiedra. Una de las escaleras de incendios en el edificio al otro lado de la calle había sido decorada con luces de colores, y la música flotaba débilmente desde la persona sentada allí con las piernas cruzadas debajo de la brillante cuerda de luces, sosteniendo una guitarra como si fuera su amante mientras la punteaba suavemente. Reconocí la canción que estaba tocando, del más reciente álbum de Lady Cerulean, una balada que realmente era un manifiesto político en forma de poesía.

—Qué vista más romántica —comenté.

—¿Por qué crees que traigo aquí a todas mis citas? —bromeó de tal forma que me hizo sospechar que no había traído a nadie en absoluto.

Solo a mí.

—Cometería un crimen por una vista como esta, mi apartamento da al callejón trasero con los contenedores de basura. —Lo miré, sonriendo ligeramente para tratar de ocultar la vibrante sensación que me subía y me bajaba por la columna vertebral—. Solo espera a que los vídeos tengan éxito. Me iré lejos de aquí rápidamente, mi casero pensará que le ha estado alquilando el apartamento a un superhéroe de dibujos animados.

—Hablando de eso... —Un chisporroteo en la sartén interrumpió la frase de Dash—. Es la hora de pasar al plato principal.

Emplató el salmón y yo llevé la ensalada a la mesa, que ya había sido puesta con manteles azul cobalto individuales que combinaban con las copas de vino, así como las servilletas de lino enrolladas en anillas de madera.

—¿Todo esto y además eres un dios amo de casa? —le dije mientras me deslizaba en la silla.

Fingió reflexionar sobre ello.

—Un dios no, pero el duque amo de casa suena bien. ¿Crees que algo así podría funcionar? ¿Una cuenta paralela para compartir recetas y consejos para la limpieza de primavera en mi castillo?

—Tal vez, y también me has dado una idea sobre una trama que involucra a una criada que en realidad es una condesa disfrazada.

—Desprendí un trozo de salmón con el tenedor y sentí que mis ojos se agrandaban con el primer jugoso bocado. Sabía un poco a soja, jengibre y algo más que no lograba distinguir—. Santo cielo, si el resto de tus recetas son como esta, quizás podrías dejar OnlyFans y convertirte a tiempo completo en el duque amo de casa. Ganarías mucho dinero.

Las nectarinas estaban crujientes y jugosas, el queso de cabra, en su punto cremoso, y la rúcula... Bueno, hay muchas cosas que se pueden decir de las hojas comestibles, y no son demasiado halagadoras. Pero todo junto estaba increíble.

Dash no podía esconder lo satisfecho que estaba.

—¿Cuáles son las posibilidades de que convenzamos a la condesa descalza de colaborar con nosotros? ¿Con algo sobre la nobleza en la cocina?

—Envíale un plato de esto y te rogará para que la dejes cocinar tus recetas.

—Nos rogará —me corrigió Dash, y casi suelto otro santo Dios—. Estamos juntos en esto, ¿recuerdas?

—Si por juntos te refieres que tú desarrollarías las recetas, las cocinarías y emplatarías —dije, y me encogí de hombros, hundiendo mi tenedor en una firme rodaja de nectarina—. Puedo hacer bien la parte de comer. Sin embargo, todo lo demás...

Dash enarcó una ceja.

—No me digas que no sabes cocinar.

—Es mi gran vergüenza. Me acostumbré demasiado a tener a la madre de Yaz cerca. —Ante la ceja enarcada de Dash, desarrollé—: Ya sabes, tía Nena, la premiada chef. Mientras crecíamos, Yaz y yo fuimos parte conejillo de Indias y parte aspiradoras. Te sorprendería la cantidad de cosas que saben bien con un poco de azúcar moreno. Y beicon.

—Recuérdame comprarte el beicon caramelizado de Morgan's Barbecue la próxima vez que estemos en Brooklyn —dijo—. ¿Ella y tu madre todavía viven juntas?

—No desde hace un tiempo. Tía Nena se casó y se mudó a República Dominicana para abrir un restaurante.

Si Dash se dio cuenta de que no hablé sobre lo que estaba haciendo mi madre, no dijo nada al respecto. O quizás yo era muy buena creando distracciones. Me metí de lleno en la historia de la semana de apertura del restaurante, y después le pregunté a Dash sobre los vídeos que planeaba subir.

—Las miniaturas y los metadatos están listos para salir, simplemente tengo que pulsar el botón de subir. —Sosteniendo el tenedor entre sus labios, abrió su portátil, que apoyó en uno de los manteles individuales desocupados, y tocó el teclado para abrir su perfil de OnlyFans.

—¿Necesitas un redoble de tambor? —pregunté, golpeando mis palmas sobre la mesa hasta crear algo que, tal vez, si fueras sordo, podría denominarse ritmo.

Una de las manos de Dash se puso encima de la mía, presionándola firmemente, y ante el cálido contacto me tuve que recordar a mí misma de nuevo no desmayarme. O hiperventilar, o saltar a su regazo.

—Me gustaría no darles a mis vecinos una excusa para que protesten por el ruido que hacemos —me dijo, con las comisuras de los ojos arrugadas por la broma.

Sus dedos eran elegantes y fuertes, y me estaba costando mucho saber por qué los héroes de novelas románticas siempre tenían los dedos callosos, porque la suya se sentía como la seda contra mi mano, y eso era realmente lo más sexy del mundo.

Hasta que hizo una caricia con su dedo medio y casi estallo en llamas.

Con el pretexto de tomar un poco de agua, retiré la mano que descansaba debajo de la suya.

—¿Quieres hacer los honores? —dije, y me aseguré de poner mi dedo a una distancia respetable del suyo en el teclado—. ¡Uno... dos... y... allá vamooos!

Empezamos.

❖ ❖ ❖

Nos olvidamos de la cena cuando Dash rápidamente subió el segundo vídeo, el vídeo no subido de tono en Fling, además de los avances que hizo dirigiendo a la gente a nuestro perfil principal desde nuestras otras cuentas en las redes sociales.

—Yyy acabo de soltar una bocanada de aire que no me había dado cuenta de que estaba conteniendo —dije una vez que lo hice.

—Sé a lo que te refieres. No creo que nunca haya estado tan nervioso por subir un vídeo antes. Sé lo importante que es esto para ti. Y quiero decir, también lo es para mí, pero sé que te juegas mucho con esto. Si te sirve de consuelo, pienso que somos la mejor asociación desde Ben y Jerry, y que nuestros vídeos van a ser increíbles. —Dash empezó a mover su pelo, y después se acordó de la tiara y se conformó con sonreír.

Estaba completamente centrada en refrescar el práctico contador de estadísticas para ver cuántas visitas conseguiríamos, pero Dash cerró suavemente la portátil y volvimos a nuestra cena.

—Oh, Mariel. Hay algo que he estado queriendo decirte.

La forma en la que mi corazón se aceleró con esa simple frase hizo difícil que mantuviera mi cara de póquer.

—¿Sí?

—¿Has oído hablar de la nueva serie que están grabando basada en los libros de Georgie Hart?

Casi escupí de forma cómica.

—¿Qué? Eso es exactamente lo que me gusta. ¿Cómo es posible que no haya oído hablar de eso?

—Quizás porque has estado un poco ocupada con tu propio duque de la Regencia —dijo Dash, riéndose—. Creo que se basa principalmente en *El trato de la doncella*, pero creo que están tomando parejas y tramas de otros libros para de alguna forma mezclarlos todo. Solo han lanzado un par de imágenes, pero todo apunta a que una nueva novela de Regencia está a punto de cobrar vida.

—Qué dices, ¿de verdad? Es una coincidencia increíble. Si se vuelve popular, nuestros vídeos se van a hacer virales.

Dash asintió.

—Aunque, eso no es todo. Han invitado a un grupo de influencers al baile de disfraces que están organizando para celebrar el estreno de la serie. Alguna persona de relaciones públicas me confundió con uno de ellos y puso mi nombre en la lista de invitados.

Ninguno de los dos debería haberse sorprendido. Dash se había pasado toda la semana subiendo las fotos que se había tomado con la ropa del duque de Harding, y la respuesta que había recibido había sido asombrosa. La última vez que revisé, la cuenta del duque de Harding en Fling tenía al menos veinte mil suscriptores, casi la mitad que en su cuenta personal.

No salté de mi silla y chillé, pero quería hacerlo.

—Dash, eso es perfecto para ti. Tienes que ir. Es decir, ya tienes el disfraz.

—Bueno, sí. Estaba planeándolo. Pero de hecho me preguntaba si querrías venir conmigo.

—Pues, claro, ¿por qué no? Es decir, todo duque necesita un séquito. ¿Debería ir como tu criada personal o tu cochera?

Dash sonrió.

—Estaba pensando más en que fueras mi obstinada y rebelde heredera.

Podía sentirla en el aire, la creciente conciencia no solo de la corta distancia que nos separaba y de lo cerca que estaban nuestras rodillas por debajo de la mesa, sino también de la atracción entre nosotros, demasiado insistente y obvia para negarla.

Hice un último intento de romper la tensión con una broma.

—¿Y conformarme con un bonito vestido en lugar de un bigote falso?

—Lleva el bigote si quieres. Siempre y cuando haya también enaguas —susurró, y sí, definitivamente habría descrito su voz como ronca.

Me temblaron las rodillas. Me *temblaron* las *rodillas*. Desnudas bajo la falda de vuelos de mi vestido, a centímetros de distancia de las rodillas de Dash, que también se encontraban descubiertas a causa de sus pantalones cortos.

Luego se movió, y su pie golpeó el mío y...

No perdí el control. Pero en mi cuerpo estaba ocurriendo algún tipo de reacción química mientras echaba la silla hacia atrás, diciendo algo sobre que necesitaba un vaso de agua a pesar de que había uno medio lleno justo frente a mí.

Dash se levantó, seguramente deseoso de ser un buen anfitrión y traerme dicha agua. Aunque todo lo que consiguió fue atravesarse para que lo rozara de camino a la nevera. La vacilación hizo que me quedara quieta el tiempo suficiente para captar el tenue aroma a café y detergente de lavar que emanaba de su ropa.

Lo que quedaba de mi determinación se desvaneció mientras mi piel se llenaba de pequeños hormigueos que estallaban y burbujeaban como si mi sangre hubiera sido remplazada por champán.

Si todavía había una pequeña y racional parte de mí escuchando todas las razones por las que no debería rendirme a lo que claramente estaba a punto de pasar, era lo bastante pequeña como para que fuera capaz de silenciarla mientras me acercaba a Dash.

—Habrá enaguas —le aseguré—. Seguramente también habrá un corsé.

Soltó una risa baja, y esta se cernió sobre mis labios como una promesa, mientras él acunaba mi rostro entre sus manos. La tiara de plástico clavada en sus rizos captó la luz y resplandeció.

—Más vale que haya un corsé.

No lo estaba tocando. El único punto de contacto entre nosotros eran sus manos en mi rostro. Y, sin embargo, cuando bajó la mirada hacia mí con un gran deseo en sus ojos y una enorme ternura en la boca, bien podría haber estado sosteniendo todo mi ser.

—Quieres esto tanto como yo —dijo, un poco sorprendido, como si se acabara de dar cuenta de lo que debería haber sido obvio cinco segundos después de nuestro primer encuentro.

—Sí, lo quiero. —No estaba segura de si por esto se refería solo al beso o a algo más, y tampoco me importaba. Lo quería, lo quería todo. Quería todo lo que pudiera tener de Dash. Todo cuando estuviera dispuesto a darme.

No me había quitado los ojos de encima. Empujé ligeramente sus manos, deseosa de sentir por fin sus labios en los míos. Tal vez solo fuera mi impaciencia normal, pero parecía como si el momento se estuviera extendiendo una y otra vez, y seguramente iba a estropearlo al hacer algún tipo de comentario inapropiado y...

Sus labios rozaron los míos.

Eran tan suaves como sus dedos, y sabían a verano. Hasta ahí llegué.

No fue que mi cerebro dejara de funcionar, sino que la sensación de los labios de Dash contra los míos tomó el control y abrumó cada pensamiento potencial antes de que tuviera la oportunidad de concretarse.

Lo que estaba bien. La última cosa que querías cuando estabas besando a un hombre que podía hacer que tu corazón revoloteara con una simple sonrisa era reflexionar seriamente al respecto. Especialmente desde que acariciaba mi labio inferior con la punta de su lengua. Si mis rodillas temblaban antes, ahora se aflojaban al más mínimo roce. Por suerte para mí y para mis débiles piernas, pude apoyarme contra su pecho.

La tensión fue acumulándose, enredándose a nuestro alrededor como lenguas de humo o los destellos que rodeaban a Cenicienta cuando el hada madrina le dio un vestido con su magia.

Fui yo la que profundizó el beso, aferrándome a su camiseta mientras me ponía de puntillas para alcanzar mejor el tentador calor de su boca. Se alejó ligeramente, pero solo para saborearme, depositando un suave beso en la comisura de mi boca, que hizo que mi corazón revoloteara, antes de dejarme reclamar sus labios.

Había una dulzura en la forma en que me besaba, moderada por la aspereza creciente de su respiración entrecortada. Era como si estuviera volcando toda su alegría en este beso, y cada dulce sueño que había tenido.

La grande y cálida mano de Dash descendió hacia mi cuello, su pulgar haciendo pequeños círculos justo debajo de mi oreja. Y yo... Estaba perdiendo el control.

Había tenido más primeros besos de los que correspondía, suficientes para saber sin un ápice de duda que lo que se estaba forjando entre Dash y yo no era como nada que hubiera sentido antes. Era más que una simple atracción, más brillante que el resplandor del sol de verano y más inevitable que el destino.

Esta cosa con Dash... parecía real.

O como si tuviera el potencial para serlo. Lo que solo significaba que me dolería más cuando inevitablemente me dejara.

El pensamiento me golpeó con la misma fuerza que el asteroide que mató a los dinosaurios. Interrumpí el beso, jadeando tan fuerte como si hubiera cruzado el puente de Brooklyn a mediodía, en el día más caluroso del año.

—¿Estás bien? —susurró Dash, tomando uno de mis rizos rebeldes y colocándolo por detrás de mi oreja. Por debajo de sus cejas fruncidas, sus ojos marrones aterciopelados estaban llenos de preocupación y sorpresa.

Lo miré fijamente durante un largo instante, dispuesta a elaborar una explicación coherente de por qué de repente me sentía envuelta en una neblina de pánico.

La cosa era que, fuera la razón que fuera, la habría entendido. Habría asentido con la cabeza y habría dado un paso atrás y se habría comportado como un caballero, incluso si eso significaba volver a sentarse de nuevo frente al salmón, que ya empezaba a enfriarse, y fingir que los últimos minutos no habían ocurrido.

No quería eso. Pero tampoco quería volver a sus brazos como si los destellos y la magia que vibraban a través de mis venas no hubieran sido reemplazados por un ardiente y amargo pánico. Así que, en su lugar, yo solo...

Salí corriendo.

Literalmente. Sin pararme a dar algún tipo de excusa y ni siquiera agarrar mi bolsa, salí corriendo del apartamento de Dash, irrumpiendo en la calle y apenas consiguiendo doblar la esquina antes de encorvarme, jadeando.

Yaz estaba equivocada.

Milo no solo me había roto el corazón y deshecho mi vida. Había bastantes posibilidades de que me hubiera destrozado a mí también.

10

Fue una retirada calculada, no una huida cobarde. Al menos, eso fue lo que me dije a mí misma mientras desafiaba la atmósfera pantanosa y caminaba rápidamente hacia... ¿adónde demonios iba? ¿Tenía un destino en mente o simplemente intentaba poner tanta distancia como fuera humanamente posible entre el apartamento de Dash y yo?

No podía llamar a Yaz. Quiero decir, siempre me hacía un hueco, y si estuviera realmente mal jamás se le pasaría por la cabeza decirme «te lo dije», sin importar lo mucho que lo mereciera. Pero me había prometido a mí misma que dejaría de recurrir a ella cada vez que cometiera un error, en especial si era del tipo romántico.

Era lo bastante tarde como para que, cuando vacilé justo en medio de la acera, no fuera acosada de inmediato por media docena de neoyorquinos quejándose sobre algo que consideraban una ofensa imperdonable. Me paró una dulce chica muy borracha que me preguntaba si estaba bien, instantes antes de que me dijera que era adorable y le preguntara a su pareja si podía llevarme a casa con ellos. De alguna forma, conseguí sonreír y agradecérselo porque, hola, no estaba tan mal como para no darme cuenta de que eso me hacía sentir bien conmigo misma porque alimentaba mi vanidad.

Después volvieron al bar del que habían salido tropezando, y me quedé tirada en el autocine como John Travolta en ese musical que Yaz me hizo ver una y otra vez, aunque este abandono era consecuencia de mis propias decisiones.

El pánico era, en todo caso, más fuerte. Se había convertido en un rugido en mi oído, lo bastante alto como para ahogar el fuerte latido de mi corazón. Y junto con él había llegado esta enfermiza ola de... familiaridad.

Sabía que ibas a reaccionar exageradamente. Eso era lo que Milo me había dicho la primera vez que lo confronté sobre su mentira. Que la razón por la que nunca me había dicho que estaba con otra mujer y que estaba esperando a que rompiéramos era porque era demasiado chillona, demasiado dramática... demasiado.

Y lo *sé*. Soy una mujer del siglo XXI con acceso a internet y el equivalente a décadas de experiencias tipo «¿Soy el imbécil?» en Reddit. No era tan ingenua como para creer que el intento de Milo de culparme no fue más que una excusa barata para justificar su mal comportamiento, por no mencionar su cobardía. Y se lo había dicho.

Aún así. Ese era el tipo de acciones que te dejan una marca. Lo sabía muy bien, claro que lo sabía, pero una pequeña parte de mí no podía evitar creerlo. La verdad es que a veces soy demasiado. Puedo ser abrumadora, incluso. Y si hubiera la más mínima posibilidad de que esa fuera la razón por la que seguían ghosteándome... ¿Por la que incluso mi propia madre había salido de mi vida en el momento en que fui legalmente una adulta...?

Me temblaban las manos mientras me frotaba las palmas en la falda de mi vestido. El cual tenía un bolsillo. Dentro del cual estaba mi móvil. Me salté la parte en la que pensaba un momento en lo que estaba a punto de hacer y en su lugar fui inmediatamente a buscar el móvil.

Un instante después, me había desplazado más allá de las conversaciones guardadas de contactos nombrados Yazzified, Tía Nena y duque Dashwood, y encontré un hilo de mensajes que no había abierto en unas semanas. El nombre del contacto había sido remplazado del todo por una cadena de emojis, un bol de sopa, un avión, un sombrerito con un lazo verde y una manzana. Elegidos al azar, un conjunto de emojis impersonales que hacían un buen trabajo describiendo mi relación con ella.

Mi madre.

Dejé sonar el teléfono tres veces antes de entrar en pánico y terminar la llamada.

Seguramente encontraría más consuelo y mejor consejo yendo a alguno de los bares esparcidos por la Novena Avenida y abriéndome completamente a un camarero cualquiera que llamándola a ella.

Seguramente ni siquiera tenía su número, de todos modos. Cambiaba de número tan a menudo como cambiaba de localización, y en los ocho años desde que empezó a viajar por el mundo, el promedio era una vez cada dos meses. A veces menos.

Así que, sí, daba igual. Mantuve el móvil en la mano, porque cuando eres una chica soltera deambulando por las calles de cualquier ciudad después de medianoche, siempre es bueno tener algo que puedas lanzar a la cabeza de un potencial asesino antes de gritar y salir corriendo. Y saqué a mi madre de mi mente.

No fue hasta que capté un reflejo de mí misma en el escaparate de cristal situado en el sótano de un edificio de ladrillos que me di cuenta de que todavía llevaba el sombrero de piña. Y ni siquiera combinaba con mi vestido de fiesta. Los dioses debían haber cuidado de mí esa noche, porque la fina goma elástica del sombrero milagrosamente no se había enredado en mis rizos, y fui capaz de quitármela sin halarme ningún mechón.

Mientras tiraba el sombrero en el cubo de la basura fuera de la tienda, vi el letrero de neón parpadeándome desde una esquina de la ventana: *Lectura de cartas las veinticuatro horas, $10*.

Y, mira, no te voy a decir que no tuviera dudas sobre los psíquicos del centro de Manhattan, y de si era o no algún tipo de estafa turística o de fraude perpetrado contra personas que están pasando un mal momento, haciéndoles creer que estaban en las garras de alguna maldición que podría romperse por el bajo, bajísimo precio de todos sus ahorros. Pero no iba a mover mi culo por la ciudad en busca de una bruja de verdad a esas horas de la noche.

De todas formas, no era que esperara ninguna revelación estremecedora sobre como mi línea de la vida y mi ascendente indicaban que estaba condenada al eterno desamor. Todo lo que quería, de verdad, era alguien con quien hablar durante un rato. Y tal vez matar un poco el tiempo antes de volver a mi apartamento y enfrentarme al hecho de que acababa de hacer exactamente lo que me había prometido a mí misma que no haría, y que ahora trabajar con Dash iba a ser incómodo, y que estaba tan cerca de romperme completamente y tener que mudarme de vuelta a Miami y convertirme en un troll de sofá en el lujoso condominio de Yaz y Amal, mientras ellas se casaban y tenían hijos y trabajos y una vida.

Había perdido el control, ¿yo? Nunca.

Mira, por eso era más seguro que mantuviera mis emociones reprimidas. Bien guardadas, había menos peligro de que me estallara una vena en medio de Hell's Kitchen.

De todas formas, daba igual. Iba a entrar.

Puede que yo fuera un continuo desastre, pero al menos fui lo bastante inteligente como para guardar unos cuantos billetes de veinte y una tarjeta de metro en el pequeño bolsillo en la parte posterior de la funda de mi móvil. Ya sabes, para emergencias. Y si esto no contaba como una, no estaba segura de qué lo haría.

Los escalones que bajaban a la tienda estaban llenos de macetas, el riel de hierro lleno de luces navideñas multicolores. Empujé la puerta para abrirla, y se escuchó el sonido de campanas de viento, reales, no electrónicas. El lugar parecía sacado de esa vieja serie de televisión *Embrujadas*, con largos estantes llenos de cristales, mazos de cartas del tarot, atados de salvia blanca y plantas en macetas hechas a mano. Le eché un visitado a una pegatina de precio, y las palabras salieron antes de que pudiera contenerlas:

—Que tienda esotérica tan pretenciosa.

Una fuerte risa proveniente de un lado de la habitación llamó mi atención hacia la pálida mujer detrás de la caja registradora. Su cabello tenía mechas azules y estaba sujeto en un moño casual, mejor que mejor para mostrar sus pendientes, que tenían forma de espadas colgantes.

Normalmente soy bastante inmune a la vergüenza, pero tuve la cortesía de sentirme un poco avergonzada.

—Disculpa. Al decir pretenciosa, realmente quería decir increíble.

—Pues claro —dijo la mujer secamente, subiéndose las mangas de su top de malla negra—. Mi nombre es Aria y me siento cómoda con los pronombres femeninos.

Fui hacia la caja registradora y apoyé los brazos en el mostrador mientras le decía mi nombre y mis pronombres.

—Sé que es un poco tarde, pero ¿aún sigue aquí la adivina? Necesito desesperadamente una consulta espiritual y posiblemente que purifiquen mi alma con salvia.

—Esa sería yo, y estoy segura de que tu alma está bien. ¿Por qué no vienes conmigo a la parte de atrás?

Señalando al otro vendedor que se encargó de la caja, me llevó por un pasillo corto. Hacía un poco de ruido al andar, como si le gustara el ruido sordo que producían sus Dr. Martens al hacer contacto con la madera.

Al final del pasillo había una sala privada que estaba encendida principalmente por una luz azul neón que combinaba con el letrero neón de la entrada. La única otra luz era una pequeña lámpara redonda que parecía una bola de cristal, que permanecía en la mesa en la que se había dispuesto un mazo de cartas de tarot.

—¿Por qué están abiertos las veinticuatros horas? —pregunté mientras me deslizaba en una de las sillas—. ¿Tienen muchas emergencias de tarot?

—Te sorprendería la cantidad de gente que necesita consultas espirituales a las tres de la mañana —dijo Aria, y luego arqueó una ceja—, y cuántos de ellos vienen del bar de al lado. —Se encogió de hombros—. Vivo arriba, y me han despertado tantas veces borrachos desconocidos al llamar a la puerta, que es más sencillo quedarse aquí abajo hasta que la cosa se calme. Y comparto el espacio con un par de personas más, así que siempre hay alguien cerca para cubrir los turnos diurnos. Es algo así como una cooperativa esotérica. ¿Va a ser una lectura de amor, de trabajo o de aspectos generales de la vida?

—¿Tengo que elegir? —pregunté irónicamente. Y después recordé el dolor, la confusión y la vergüenza que apareció en la cara de Dash en la fracción de segundo que pasó entre que me alejé de él y salí corriendo—. Creo que podemos empezar con el amor.

Casi quería reírme, no obstante, era seguramente histeria, porque todo eso era muy poco divertido. Porque cuando la tarde había empezado, mi vida amorosa era la única cosa que tenía bajo control, aunque solo fuera porque la había estado ignorando con ganas. Besar a Dash era la única cosa que podía estropear todavía más lo que ya estaba estropeado.

Aria comenzó a barajar el mazo, y noté un ligero alivio en sus hombros mientras sujetaba las desgastadas cartas, como si se sintiera más en su elemento que afuera.

—Voy a hacer tres tiradas de cartas para ti esta noche. Grosso modo, la primera representa el pasado, la segunda el presente y la tercera, el futuro.

Las cartas que extendió sobre la mesa fueron menos dramáticas de lo que había esperado. Me había imaginado algo así como un diablo con cuernos coronado con pentagramas, y una torre en ruinas a punto de ser alcanzada por un rayo, o tal vez una calavera de aspecto siniestro llena de rosas rojas o perforada por espadas. En cambio, las tres cartas, cada una extendida al lado de las otras en una línea recta, parecían elegantes figuras en un fondo dorado metálico, todas vertidas en suntuosos trajes medievales.

—De acuerdo, aquí tenemos al cuatro de espadas, el carro y el as de copas. —Aria estudió las cartas un momento, y yo también bajé la mirada hacia ellas, como si pudiera deducir algún significado de los intensos y cálidos amarillos y de los brillantes escarlatas—. Por el cuarto de espadas, parece que has estado intentado tomarte un respiro después de pasar por momentos difíciles. Tal vez no has estado saliendo tanto con diferentes personas como solías hacer, o tal vez solo estás indecisa de meterte de nuevo en ese asunto después de una ruptura posiblemente complicada. Aunque con el carro en tu presente, está claro que estás empezando a avanzar.

Tal vez fueran las vibras de amiga sobreprotectora que estaba dando Aria, o tal vez solo fuera que la barrera que le había puesto a mis emociones ya no era suficiente para contenerlas todas, pero antes de que pudiera leer la siguiente carta, me encontré a mí misma soltando:

—Llevaba un anillo de bodas. Mi ex, con el que me encontré hace un par de semanas. Un anillo de bodas. —La sala estaba tan tranquila y silenciosa que podía escuchar el leve ruido sordo proveniente del bar de al lado, y como el dolor y la rabia hacían que mi voz sonara irregular—. Y yo, yo...

Aria se tomó mi arrebato con calma, mirándome fijamente desde el otro lado de la pequeña mesa mientas me preguntaba:

—¿Cuánto tiempo hace desde que rompistes?

—No hace tanto. O lo suficiente, supongo... para él, al menos.

—¿No para ti?

Me encogí de hombros.

—Tampoco es que lo anhelara profundamente o algo parecido. La ruptura fue un poco dura para mí, pero me recuperé y seguí adelante. Y luego esta noche besé a alguien y yo... —Recordé como me había vuelto loca y había salido corriendo sin decir una palabra. Cerré los ojos—. No quiero regresar con mi ex. Eso lo sé. Pero está en mi mente, y ahora siento que necesito un exorcismo de amor. ¿Eso existe?

—Si no existe, está claro que debería —dijo Aria, elevando sus labios en una breve sonrisa que no borró la preocupación en sus ojos perfectamente delineados—. ¿Fue tu primer amor?

—No —dije—. Solo... la primera relación que pensé que podría durar. Había hecho un buen trabajo manteniendo las cosas informales y superficiales con todos los que vinieron antes que él. Pero él logró meterse bajo mi piel, llevándome a esas citas de maratón y haciendo planes a futuro sin comportarse como alguien que tenía otra novia en secreto.

—Eso suena muy cruel —dijo Aria, con los ojos brillantes—. Prometer demasiado cuando él tenía tan poco que ofrecer.

—Creo que lo fue. Y después, cuando me enteré de la verdad, él solo... me sacó de su vida. Fingiendo que nunca formé parte de ella. Y tampoco es que piense que Dash, el chico que besé esta noche, hará lo mismo. Creo que sobre todo tengo miedo de no poder confiar en mí misma para no estropearlo todo. Uf, tal vez ya lo hice. —Oculté la cara entre las manos, gimiendo—. No puedo creer que haya huido de él.

—¿Por qué huiste? —Aria acercó la carta del medio hacia mí. Bajé la mirada hacia la mujer envuelta en ropa amarilla y roja, con el cabello ondeando detrás de ella mientras el carro ganaba velocidad—. ¿Fue para evitar ser lastimada o para evitar sentir?

—Mierda —dije bajito—. Realmente eres adivina.

El problema de reprimir tus emociones es que hay un inevitable momento en el que la presión llega a ser demasiada y el tapón estalla, y por muy hondo que reprimieras lo que sientes, todo sale disparado de manera caótica.

Ya sabes, como el champán. Pero menos divertido.

Debí haber pasado una media hora abriéndole mi corazón a Aria, diciendo cosas que nunca había pensado que supiera cómo expresar. Y tuve que reconocerle el mérito, porque no parecía del todo incómoda al respecto, me escuchó, me interrumpió aquí y allí con comentarios que encontré sorprendentemente perspicaces para alguien que me acababa de conocer, pero que seguramente no fuera del todo sorprendente viniendo de una adivina profesional.

Para cuando volví a salir por fin a la calle, me sentía mucho mejor que antes. Aria no había intentado venderme nada, y cuando por fin me calmé lo suficiente para que terminara la lectura de las cartas, todo lo que tenía que decirme era agradable y reconfortante.

No obstante, lo más importante fue que me había ayudado a ver que lo que había sentido en un momento como instinto de supervivencia era probablemente más parecido al autosabotaje.

—Por lo que me has dicho —dijo, dando golpecitos a la carta del carro con una uña pintada de negro—, creo que te debes a ti misma superar el miedo y contemplar qué nuevos comienzos hay reservados para ti. Es más fácil decirlo que hacerlo, ¿verdad? Tienes que confiar en ti misma, y ese tipo de confianza no llega fácilmente para todos. Pero, Mariel... creo que eres capaz de ello.

Sin siquiera dudarlo, separó la carta del futuro de las otras dos de la tirada y me la tendió.

—Quiero que la guardes como un recordatorio.

Intenté protestar.

—Pero... ¿no se quedará tu mazo incompleto?

—Tengo otros mazos —respondió seria, sosteniendo la carta hasta que la agarré.

El as de copas, la carta que representaba mi futuro y el nuevo comienzo que se suponía iba a llegar con ella, era una representación visual de mi rebosante copa. El cáliz dorado en su centro estaba rebosante de agua azul metalizada, y había un rayo de sol dorado y amarillo detrás de él.

—¿Y si me hace daño? —susurré.

—¿Y si no te lo hace? —replicó Aria.

Era consciente, en algún lugar no demasiado profundo de mi conciencia, de que no podía echarle toda la culpa a Milo. Lo que hizo fue una bajeza, sí, pero solo fue la última persona en tener ese honor. Si estaba tan destrozada que me encontraba al borde del desmayo solo porque había compartido un beso con alguien, y eso acababa significando más para mí de lo que había esperado, bueno...

Eso era error mío.

Lo que hacía más difícil enfrentar la situación. Porque entonces iba a verme forzada a enfrentarme al hecho de que quizás todos los que me habían *ghosteado* no lo habían hecho porque eran unos bastardos desalmados, sino porque yo los llevé a ello.

Ves, por eso intentaba limitar lo consciente que era de mí misma. Era sofocante.

Y el problema era que seguía pensando que tal vez si Milo no me hubiera destrozado, entonces seguramente lo habría hecho yo misma al no darle una oportunidad a Dash. Todo esto daba igual. Después de haber huido como lo hice, era poco probable que quisiera darme otra oportunidad a mí.

Y si ese fuera el caso, e incluso si terminaba fastidiando mi última oportunidad, sabía que al menos tenía que dejar de huir.

◆ ◆ ◆

Era muy tarde, y estaba tan emocionalmente agotada por mi improvisada sesión de terapia con Aria que me sentí tentada de ir a mi apartamento y esperar hasta el día siguiente para enfrentarme a Dash. Pero con el as de copas en mi bolsillo y las palabras *tengo que dejar de huir* resonando en mi cabeza, tomé la decisión consciente de volver al apartamento de Dash para disculparme y explicarme.

Cuando doblé hacia la todavía llena Novena Avenida, mi mirada se quedó fija en las joyas que un vendedor había desplegado sobre una manta. O, para ser más específica, en la H plateada que colgaba de los pesados eslabones de plata de una cadena.

Escucha esto, resulta que el vendedor tenía collares con cada letra, pero había vendido todos menos los que tenían la D y la H. Llámalo señal, o el universo recompensándome por dejar que Aria me cantara las cuarenta. Fuera lo que fuera, puse mi móvil tan rápido en el lector de tarjeta del vendedor, que las chispas deberían haber salido disparadas de la pantalla.

Ahora, armada con una disculpa y un regalo, le envié un mensaje a Dash diciendo que estaba de camino y empecé a caminar sin esperar una respuesta.

Lo que resultó ser un error, me di cuenta la segunda vez que presioné el timbre y no obtuve respuesta.

Bien, así que Dash no quería hablarme. Me parecía justo. Fingir no estar en casa era un poco exagerado, pero no podía culparlo por estar harto de mis excentricidades. O tal vez había salido y había encontrado a alguien con menos problemas con quien liarse. Entendible, la verdad.

Tragándome de forma desafiante el nudo que me subió por la garganta, metí el collar en el bolsillo y me marché. No quedaba de otra. La había cagado, de nuevo, y había estropeado todo, de nuevo.

Sinceramente, quizás fuera mejor seguir siendo *ghosteada* antes de que tuviera la oportunidad de llevar eso más lejos.

Encontraría una manera de suavizar las cosas por la mañana para que nuestra relación no fuera demasiado incómoda de aquí en adelante. Con mi historial, pensarías que tendría mucha práctica en este tipo de cosas, pero la verdad era que Yaz a menudo me suavizaba las cosas. Ese pensamiento me hizo sentir vergüenza, había dependido demasiado de ella en el pasado.

Recorrí todo el camino de regreso a mi calle antes de darme cuenta de que mis llaves estaban en el bolso que había dejado donde Dash.

—Genial, genial —dije en voz alta, intentado no ponerme histérica. Un cerrajero de emergencia seguramente fuera más caro de lo que me podía permitir. ¿Tal vez Aria me dejaría quedarme en la tienda hasta por la mañana?

Empecé a dar la vuelta, luego giré hacia atrás cuando vi a alguien apoyado en la fachada de mi edificio. Su rostro estaba a la sombra, pero al retirarse de la pared y entrar en el círculo de luz proyectado por la farola de la calle, vi una camiseta del color del cielo en verano, un par de pantalones deportivos grises y una bolsa brillante y naranja adornada con letras rosadas que decían, «Más libros que no necesito».

Se me cortó la respiración de golpe, lo que hizo que me doliera el pecho y que solo consiguiera que saliera una palabra:

—Dash.

11

Era posible que hubiera exhalado su nombre, como una tímida flor protegida del mundo que se encuentra con el apuesto duque mientras este surge de un estanque con su camisa blanca pegada al abdomen. Estaba demasiado sorprendida de verlo como para apuntar mentalmente que debía empujar a Dash al estanque de las tortugas de Central Park, ya sabes, para ver que tal se vería su camisa pegada a su definido abdomen.

—Vi tu mensaje —dijo, jugueteando con su móvil—. Creí que sería mejor hablar en persona.

No voy a mentir. Sentí como se me caía el alma a los pies ante la seriedad de su tono. Al menos Dash tenía la gentileza de poner fin a las cosas en persona, a diferencia de muchas personas con las que había salido.

—No te importaría subir, ¿no? —le pregunté, cuadrando los hombros. Si había algo a lo que no aspiraba, era a armar un grandísimo y dramático escándalo en la acera.

—Pues claro que no. —Dash me extendió la bolsa—. Me imaginé que seguramente tendrías algo importante aquí.

La alcancé, metiendo mi mano dentro y sacando el llavero, que tenía forma de un trozo de tarta adornado con glaseado y cerezas.

—Mis llaves estaban ahí, así que gracias —dije mientras entrábamos.

Mi corazón latía un poco más rápido y fuerte de lo que se merecían las escaleras cuando cerré la puerta de mi apartamento detrás de Dash. Era la primera vez que venía a mi casa, y no pude evitar entrar al estudio y verlo con nuevos ojos, el revoltijo de libros de bolsillo en la mesita de noche, el edredón color naranja, casi enterrado entre la ropa limpia y en una esquina de la cama sin hacer, la desordenada bandeja de pendientes encima de la estufa, la colección de sostenes colgando de la lámpara de pie y de cada pomo de la puerta...

Su apartamento era cálido y confortable; el mío era el caos personificado. Pero en el fondo yo también lo era. Era un desastre. E, incluso sin nadie haciendo todo lo posible para hacerme sentir mal por ello, sabía que no era exactamente la persona más llevadera. Tampoco me importaba, a menos en lo que respectaba a Dash.

—Bueno —empecé, intentando no rendirme ante la necesidad de cruzarme de brazos. Eso fue lo más lejos que llegué.

En caso de que no fuera obvia la forma en la que evité decirle a mi familia la verdad sobre cómo había perdido mi trabajo, nunca había sido realmente buena con las conversaciones complicadas. Con Dash de pie delante de mí, con el ceño fruncido y las comisuras de su boca ligeramente hacia abajo, no sabía cómo iba a conseguir hablar.

No debería haberme sorprendido de que Dash hablara primero.

—Espero que esté bien que haya venido. Parecías bastante molesta cuando te fuiste, y quería asegurarme de que habías llegado a casa bien. Y devolverte tu bolsa y tus cosas, por supuesto.

Le hice un ligero, extraño y ansioso asentimiento con la cabeza.

—Estoy bien.

—Y también me quería disculpar...

Abrí la boca de par en par.

—¿Disculparte? ¿Tú?

Bajó la mirada.

—He estado flirteando contigo de forma muy directa. No lo habría hecho si hubiera pensado que te estaba haciendo sentir incómoda, pero me he dado cuenta ahora de que no debería haberlo hecho en absoluto, no cuando estamos intentado trabajar juntos.

—¿Crees que hui porque no quise que me besaras? Por el amor de Dios, Dash, lo deseaba desde el momento en el que nos conocimos. He estado flirteando de la misma forma, lo sabes.

Dash se pasó los dedos por el pelo.

—Entonces, ¿qué pasó? —Sus labios esbozaron una tenue sonrisa, pero podía ver la incertidumbre acechando en sus ojos, y saber que yo era la causante de esta me resultaba devastador—. ¿Tan malo soy besando?

Resoplé. No pude evitarlo.

—No es eso y lo sabes. Yo solo... me sentí un poco abrumada, creo. Por lo mucho que me gustas.

Asintió lentamente.

—Mariel, tú también me gustas. Mucho. ¿Hay algo que debería haber hecho de otra forma? ¿O que pueda hacer, en caso de una posible segunda vez?

—¿Tú... querrías que hubiera una segunda vez?

—Y una tercera y una cuarta y todos los números hasta el infinito. —Extendió las manos—. Si eso es lo que quieres.

—Lo quiero —dije, y di un paso hacia él—. Y, Dash, soy yo la que te debe una disculpa.

Negó con la cabeza.

—¿Qué, por sentirte abrumada? No deberías disculparte por eso. Yo solo... te agradecería mucho que intentaras hablar conmigo antes de salir corriendo. Y si todavía tienes ganas de esfumarte después de que hayamos tenido una conversación, entonces está bien.

—Quizás no te hayas dado cuenta, pero me cuesta mostrarme vulnerable ante los demás.

—Primera noticia —dijo Dash, con una sonrisa en los labios.

No pude evitar devolverle la sonrisa, sobre todo por la gran sensación de alivio que sentía.

—¿Verdad? Lo escondo muy bien. El problema es que no estabas muy equivocado cuando te diste cuenta de que acostumbro a huir cada vez que las cosas se vuelven demasiado emocionales. No siempre lo hago a propósito, la mayoría de las veces actúo por puro instinto. —Me esforcé por mantener la mirada fija en él—. Cuando me besaste, Dash, fue... abrumador. Como si no fuera solo un beso, sino algo más grande. Fue como un comienzo.

Su mirada era tierna.

—También lo fue para mí.

Continué.

—Y el problema es que no he sido muy buena con los comienzos últimamente, porque ya he vivido muchos de ellos. Y el problema con los comienzos es que siempre tienen un final.

Asintió.

—Y después viene el «felices para siempre».

—No todo el mundo tiene un «felices para siempre», Dash.

—Aunque tal vez él lo tuviera, con esos ojos que resplandecían como polvo de estrellas bañado por el sol.

Necesitando un respiro, fui a colgar mi bolsa en su gancho junto a la puerta. Cuando volví, Dash se veía muy serio.

—Sería demasiado pronto para que te prometiera todo eso —dijo, apoyando una mano en la encimera de melanina, como si quisiera acercarse a mí, pero no quisiera arriesgarse a asustarme de nuevo—. Todo lo que sé es que me gustas. Y mira, sé que tengo la mala costumbre de volverme un poco demasiado intenso cuando realmente me gusta alguien. Por lo que, si sientes que me paso de intenso, o voy demasiado rápido, solo dímelo y me frenaré.

—Y si mantenemos esto como algo casual —sugerí, sin dejar de notar el leve parpadeo detrás de sus ojos, aunque no estaba segura de cómo interpretarlo—, sin comienzos ni finales, y sin expectativas. Amigos que se besan... y hacen otras cosas, quizás. Si quieres.

Un poco de la tensión de mis hombros se desvaneció cuando rompió a reír de repente.

—¿Estás intentando distraerme para que no hable de mis sentimientos? —A pesar del ataque de risa, o tal vez debido al mismo, su voz sonaba cortante. No estaba segura de lo que eso significaba, pero no podía representar demasiado cuando continuó diciendo—: Porque si lo estás haciendo, es mejor estrategia que salir corriendo, pero al final nunca lo conseguirás.

—Mi malvado plan ha fallado —susurré, dando otro paso hacia delante que me puso lo bastante cerca de Dash para sentir el toque de canela que le gustaba en su café. Ahora me sentía más segura, como si estuviera en un terreno más firme. Como si los dos lo estuviéramos—. Recordatorio: no beses a personas que son emocionalmente más maduras que tú.

—O —sugirió Dash, tendiendo una mano y enlazando sus dedos con los míos—, podrías seguir besándome a pesar de mi vergonzosa falta de trauma emocional.

Fingí suspirar.

—Si tengo que hacerlo.

—¿Te gustaría hacerlo de nuevo ahora mismo?

Recorrí sus labios con los dedos que tenía libres.

—No me puedo creer que todavía quieras besarme.

—Dudo que pudiera encontrar la forma de parar. —Cerró los ojos, y acercó su frente a la mía.

Pensé en decirle que muchas otras personas lo habían conseguido, pero decidí olvidarme de las palabras. Era hora de que se fueran al carajo. ¿Qué sentido tenían cuando los labios de Dash se deslizaban sobre los míos, de manera tan tierna y hábil, tan fugazmente, que tuve que agarrarlo por la camiseta y atraerlo hacia mí para que entendiera lo que necesitaba?

Debí halarlo lo bastante fuerte como para que se tambaleara, porque caímos hacia atrás sobre el único mueble de mi apartamento, mi cama. La ropa apilada en un rincón hacía las cosas un poco incómodas, y terminé de espaldas con las piernas en medio de una pila de vestidos de verano doblados, y Dash medio extendido sobre mi pecho con una rodilla en el colchón y la otra pierna bien apoyada en el suelo.

—Impaciente. —Esa fue su entusiasta observación.

—Como si no supieras eso de mí —repliqué, metiendo mis dedos en su cabello y acercándolo de nuevo.

Esta vez, Dash me dio exactamente lo que estaba anhelando. Me besó con un ímpetu que no solo reflejó lo que yo sentía, sino que se fusionó con mis propios sentimientos, amplificándolos en un solo e indiscutible rugido que se precipitó sobre los dos. El suave, indefenso y hambriento sonido que hizo cuando la punta de mi lengua tocó su labio inferior se hundió en algún profundo lugar dentro de mi pecho y se quedó ahí.

Apoyado contra el colchón, se enderezó, mientras yo deslizaba la palma de mi mano sobre su tenso bíceps hasta que mi brazo le rodeó el cuello y tiró de él hacia abajo para darle un beso tras otro.

—Entonces —dijo, cuando emergió de ese beso para respirar un par de veces—, ¿cómo estuvo eso?

—Sigue pareciéndome abrumador, pero de la mejor manera posible.

—¿Te apetece ir más allá o preferirías tomártelo con calma? Sabes que me parecerá bien, decidas lo que decidas.

Me tomé un momento para considerar realmente mi respuesta, aunque una gran parte de mí quería halar a Dash de nuevo para volver a perderme en sus besos. En ese momento no me sentía destrozada. No me engañaba a mí misma pensando que la media hora que había pasado con la adivina me había curado de la traumática relación o que incluso me ayudara tanto como la terapia, a la que definitivamente iba a ir tan pronto como tuviera un seguro médico de nuevo, pero toda la mierda de Milo que había aparecido después de marcharme del apartamento de Dash, igual que las lombrices después de una tormenta, se había reducido lo suficiente como para que pudiera volver a ver una vez más el hilo brillante de mi atracción por Dash.

Quería agarrarlo y no dejarlo ir nunca. Quería agarrarlo a él y no dejarlo escapar jamás.

—Quiero estar contigo —le dije a Dash, quitando un mechón de pelo de sus ojos—. Y estoy medianamente segura de que no volveré a huir de nuevo. Creo. Pero ¿tú estás seguro de esto?

—Sigo dándole vueltas —admitió—. Sé que la opción inteligente sería ignorar mis sentimientos y no hacer nada que pudiera poner en riesgo nuestro trabajo. Pero sinceramente... Creo que podemos dar por hecho que cualquier esperanza que tuviéramos de mantener esto como algo platónico se fue prácticamente por la borda. Por lo que, si crees estar preparada para ver a dónde nos lleva esto, entonces yo también lo estoy. No creo que estuviésemos destinados a tener una relación a fuego lento.

Me retorcí un poco, deseando que sus bíceps cedieran para que cayera encima de mí.

—¿Y si a donde espero que nos lleve esto es a mi cama?

Inclinó la cabeza, pero todavía podía ver su sonrisa.

—Entonces me alegro de que ya estemos en ella.

—¿Acabas de hacer ese gesto que siempre haces con el pelo?

—¿Qué hice qué? —Volvió a levantar la cabeza, tan sorprendido como avergonzado.

No me pude resistir. Me acerqué y acaricié los rizos sobre su sien.

—No intentes negarlo. Sabes perfectamente bien lo que haces cuando mueves el pelo de esa forma. ¿A cuántas personas has hecho caer de rodillas solo por hacer eso?

—A un par —admitió, riendo—. Aunque creí que eras más dura que eso.

—No cuando se trata de ti —le dije, trazando la curva de su oreja con el dedo.

Y entonces nos estábamos besando de nuevo, su cálida y necesitada boca en la mía. Esta vez, solo nos separamos el tiempo suficiente para retirar su camiseta. Dash se enderezó para quitársela por la cabeza, y desde la almohada pude apreciar su definido abdomen, ligeramente brillante por el sudor y resplandeciendo bajo la luz rosada proyectada por mi lámpara en forma de palmera. Cuando se movió, su rodilla rozó ligeramente mis piernas abiertas, y no me pude resistir a frotarme contra su muslo.

—Tienes los muslos duros.

—Eso no es lo único que tengo duro —dijo, moviendo rápidamente sus cejas, y dejamos escapar una risa entrecortada.

Se inclinó sobre mí de nuevo, y le eché un vistazo a su pecho hasta llegar a la cintura de sus pantalones cortos.

—¿Quieres que...?

—No —dijo, el hambre en su mirada oscurecía el color miel de sus ojos—. Continúa. Quiero ver como te excitas frotándote contra mí.

Liberé la falda de mi vestido de verano de donde se había quedado atrapada debajo de su rodilla y estiré mis piernas un poco más, agradecida de que mi ropa interior actuara como una suave barrera entre su piel y mi palpitante entrepierna.

Sin embargo, por muy bien que se sintiera, mi mirada se seguía deslizando hacia el considerable bulto en sus pantalones cortos. Estaba bastante segura de lo que había dentro de la tela gris clarito, y lo quería.

Dash captó mi mirada.

—Todavía no —dijo, alzando una ceja, y empezó a alejarse de mí, deslizándose hasta quedar de rodillas frente a mi cama. Podría haber protestado, si no hubiera sentido su aliento entre mis muslos un instante después. Cada roce de su boca contra mi sobrexcitada piel dejaba escalofríos a su paso. Me levanté un poco el vestido para darle acceso, y luego dejé que mi mano cayera sobre su pelo, que estaba tan despeinado que no me sentí mal por pasar mis dedos por él.

—No me digas que ya has olvidado lo impaciente que puedo ser.

Dash miró hacia arriba brevemente.

—Sé lo que quieres, y sin duda voy a dártelo. Pero primero... quiero hacer que te sonrojes. Y que suspires. Y que jadees.

—¿Acabas de citar al duque de Harding?

Me guiñó un ojo, y menos mal que estaba tumbada porque casi me desmayo.

—Es decir, si funcionó con la doncella...

—Si las doncellas tímidas son las que te dan placer, voy a tener que comprarme un par de gafas —dije, sintiendo como se me cortaba la respiración cuando su lengua se hundió entre mis muslos.

Hizo un sonido entusiasta ante la idea de las gafas, pero todo lo que dijo fue:

—¿Puedo quitarte la ropa interior?

—Tienes mi permiso para hacer lo que quieras con ella, Dash-wood —respondí, y dejé caer mi cabeza hacia atrás, y mientras me quitaba la ropa interior y empezaba a trabajar con destreza, me tomé un momento para ver como me sentía. Hasta ahora, no parecía que fuera a huir de repente. La diferencia entre este momento y el que precedía mi descontrol era algo casi tangible. Tampoco es que me gustara menos o que estuviera menos aterrorizada de perderlo, o de destruir lo que estábamos empezando a construir. Simplemente sabía que no podía escapar del miedo.

Dash estaba lamiéndome como si estuviera intentando saborearme. ¿De verdad había pensado antes que podría perderme en Dash? No podría haber estado más equivocada. Esto se sentía como encontrarme a mí misma. El calor suave y pegajoso se extendió por mis extremidades como el sirope en un plato de panqueques, así que era extremadamente consciente de cada centímetro de mi cuerpo. Todos los lugares en los que el placer se unía, en los que me hormigueaba la piel. Todas las terminaciones nerviosas de la palma de mi mano mientras tocaba la cabeza de Dash y la cálida zona inferior de su cuello.

Se tomó su tiempo, aunque debía haber estado incómodo con las rodillas presionadas contra el suelo de madera. Hasta que un orgasmo me recorrió entera no se puso de pie.

Con sus firmes manos en mi trasero, me levantó de la cama y se sentó en el lugar en el que yo acababa de estar, poniéndome en su regazo.

—Buena jugada —dije, dando mi aprobación y desenroscando mis brazos de su cuello para poder explorar sus hombros y bíceps.

—Una puramente egoísta. De esta manera tengo mejor vista —susurró, y movió lo bastante su cadera para que pudiera entender lo que quería decir.

Me moví entre sus muslos hasta que me puse directamente encima de la firmeza entre sus piernas, mis propios muslos rodeaban sus caderas como un paréntesis que encerraban un signo de exclamación. Luego me bajé, lentamente, hasta que mi piel desnuda entró en contacto con la costura de sus pantalones cortos, y ambos soltamos una respiración que rápidamente se convirtió en gemidos cuando empecé a moverme contra él.

Me recompensó con un descarado «Qué chica tan buena», que casi me hace perder el control justo ahí en ese momento.

Y pensar que estuve a punto de no reponer los condones de reserva en mi mesita de noche.

Suavemente, deslizó los tirantes de mi vestido de mis hombros, moviendo hacia abajo la tela hasta que mi sostén quedó expuesto. Me lo quitó con la misma destreza con la que me había quitado los pantis, y cuando la suave brisa que entraba a través de la ventana entreabierta rozó mis pezones, no pude evitar arquear la espalda directamente hacia su boca.

Sus labios se cerraron alrededor de un pezón, sacándome otro gemido, seguido por un «Dashwood» estrangulado y casi sin aliento.

—Me encanta la forma en la que dices mi nombre —dijo contra mi piel—. Y como sabes. Tu piel es tan dulce.

Había demasiado que quería decirle. Sentí como si estuviera llena de palabras que intentaban salir. Las contuve, incluso cuando mi boca se separó para dejar entrar a la inquisidora lengua de Dash.

Quizás, si no la cagara como siempre lo hacía, llegaría un día en el que las palabras brotarían sin miedo a decir algo que lo alejara. Hasta entonces, dejé que el aire se espesara entre nosotros y le devolví el beso, y cedí al placer de su piel.

◆ ◆ ◆

—¿Qué estás haciendo? —me preguntó Dash unas horas después, dándose la vuelta en la cama.

—Comprobando nuestras estadísticas —dije, de manera muy impertinente mientras revisaba los perfiles del duque de Harding—. Dash. Dash. —Me incorporé rápidamente hasta quedar sentada, quitándome la manta de algodón de los hombros—. ¿Cómo es que mi móvil no está ardiendo en llamas ahora mismo?

Se apoyó en un codo, aparentemente más interesado en pasar un dedo por mi columna de arriba abajo que en lo que acababa de decir.

—Hemos recibido unos cuantos «me gusta», ¿eh?

—¿Unos cuantos? Nos hemos hecho virales. Ochocientos mil «me gusta» en Tik Tok, y se trata del vídeo corto. Tenemos muchísimos seguidores, y los comentarios, ay, Dios mío, los comentarios. —Me reí mientras leía los primeros—. Quizás imprima algunos de estos y los pegue en la pared. Podría cubrir mi apartamento entero con comentarios.

Podría haberme deleitado en la dulce, dulce gloria de todas esas visitas, de todos los «me gusta», de los comentarios y de las veces que el vídeo había sido compartido, pero me hubiera perdido la mejor parte de todo el proyecto. Aparté la mirada de la pantalla para sonreírle a Dash, y lo encontré acostado de espaldas, con un brazo colocado detrás de la cabeza y esa vergonzosa y tenue sonrisa estirando las comisuras de sus labios.

—Me siento como Eliza Doolittle en el baile de la embajada —dijo—. O como Barbra después de que Kris Kristofferson la convirtiera en estrella.

Le lancé mi mejor mirada de desaprobación, inspirada en la de Yaz.

—Eso me convertiría a mí en el misógino de Henry Higgins o el imprudente John Norman Howard. Me siento realmente ofendida.

Lanzando mi móvil en el montón de ropa limpia que habíamos empujado al suelo, me di la vuelta para apoyar la barbilla en su pecho.

Al instante, Dash puso su brazo a mi alrededor, sujetándome contra la suave piel de su pecho.

—¿Sabías que la primera vez que me hablaste de la idea del duque de Harding creí que podía ser una táctica para ligar conmigo?

—¿Y aun así me escribiste?

—Sentía curiosidad. Por la idea, pero también por tu pasión. La manera en que te entregas por completo a todo... No tengo ninguna duda de que esa es en gran parte de la razón por la que los vídeos están funcionando bien.

—Se me ocurre otra gran parte —dije, haciendo que se retorciera mientras metía la mano por debajo de las sábanas.

Tomó mi mano y enlazó nuestros dedos.

—No intentes escapar de esto. Si esto funciona, vas a tener que aceptar que va a haber un montón de cumplidos y muchos momentos empalagosos. Voy a mirarte fijamente a los ojos. Voy a besar tu mano —añadió, e ilustró sus palabras rozando sus labios contra mis nudillos—, y lo más importante de todo, te voy a decir, cada día que pasemos juntos, lo increíble que eres.

—Eres tan dulce como un rollito de canela —dije, sonriendo.

Dash dobló uno de sus brazos detrás de su cabeza, manteniendo el otro alrededor de mi cintura.

—No veo nada malo en eso, considerando tu gusto por los dulces.

—No es malo. Es algo muy, pero que muy bueno —dije, y con la simple finalidad de ilustrar mi argumento, tracé una delicada línea sobre su cuello con mi lengua. Su piel estaba salada por el sudor, pero sentía una dulzura latente que era completamente suya.

—Mmm —susurré, dándole un suave mordisco en el cuello—. Igual de rico que una dona.

La risa de Dash fue plena y madura como una fruta de verano.

—¿De qué sabor?

—De limón y arándano —dije, sin tener que pensarlo—. Con alguna hierba inesperada como el romero o algo parecido. Suave, azucarada, con un toque de acidez.

Me miró a través de sus largas pestañas.

—Seré un pastel para ti, si eso es lo que te gusta.

Quizás mi corazón no se haya parado, pero definitivamente se saltó uno o varios latidos.

—No me había dado cuenta hasta ahora, pero sí. Por favor. Pero espera, ponte esto primero.

Balanceando mis piernas por un lado de la cama, revolví a través de un montón de tela azul brillante, hasta que encontré el collar en el bolsillo de mi vestido, felicitándome todo el tiempo por mi previsión.

Cuando me di la vuelta, Dash me estaba mirando con un destello en los ojos, como si estuvieran reflejando una noche estrellada. Al mirarlos, una constelación completa floreció dentro de mí, estallando como fuegos artificiales.

—No te acostumbres a esto —le advertí mientras subía de nuevo a su lado con el collar aferrado en mi puño—. Estoy demasiado arruinada y meto la pata demasiado a menudo para que esto se deba a una buena decisión económica. Pero, yo, eh, te escogí un regalo de disculpa.

Puse el collar en la palma de su mano, intentando disimular que estaba escudriñando su reacción mientras le daba vueltas entre sus manos.

—¿H por Harding? —preguntó.

—Y por hermoso. —Me encogí de hombros—. Vi que llevabas un collar en uno de tus antiguos vídeos y te quedaba increíble.

Culpo a la gravedad y otras fuerzas de atracción por la forma en la que me derretí en la curva de su brazo, en la posición perfecta para que arrastrase los fríos eslabones plateados sobre el contorno de mis pechos y mis de pronto duros pezones.

—¿Me lo pones? —preguntó—. Necesito que me arreglen, como el rock and roll.

Jadeé.

—¿Acabas de hacer una referencia a *Velvet Goldmine*? Menos mal que no estoy usando ropa interior, o eso me las habría fastidiado.

—¿Me tomas el pelo? *Velvet Goldmine* fue mi despertar sexual.

—Me pasó lo mismo.

El cierre era bastante fácil incluso para mis dedos ligeramente temblorosos. Cuando se cerró, deslicé la punta de mi dedo sobre las cuentas, justo donde besaban la piel de Dash. La H apoyada entre sus clavículas, resaltando la palidez de su piel y los músculos bien definidos de sus hombros y su cuello.

No necesitaba verbalizar lo atractivo que estaba, pero tal vez no tuviera que hacerlo, porque era más que probable que estuviera escrito en mi cara. Delicadamente, toqué con el pulgar las comisuras de su boca donde escondía una sonrisa.

—Gracias por el regalo —dijo, dándome un beso por un lado del dedo.

—Es una disculpa —dije—. Por salir corriendo. Y la promesa de que voy a hacer todo lo posible para que no vuelva a pasar. A menos que me persiga un oso o algo parecido, en cuyo caso estaría justificada.

No fue una evasiva, no realmente, y Dash debió haberlo entendido porque se lanzó hacia mí con un gruñido.

—Yo te perseguiré.

Mi risa se perdió entre gemidos mientras devoraba uno de los lados de mi cuello, y sus manos trazaban un camino abrasador por el interior de mis muslos.

—Te perseguiría hasta el otro lado del mundo si quisieras que lo hiciera —susurró contra mi piel.

Gemí de nuevo y arqueé el cuello. Las palabras, y la habilidad de hacer algo con ellas, se fueron desvaneciendo de mi mente, pero me las arreglé para jadear:

—No creo que tengas que ir muy lejos.

Más tarde, cuando sentí que me vencía el sueño, busqué a tientas su mano debajo de las colchas. Estaba caliente y se entrelazó con la mía como por instinto.

Debí de haber estado soñando borracha, porque si hubiera estado en mis cabales me hubiera resultado imposible susurrar en la oscuridad:

—¿Seguirás estando aquí mañana cuando me despierte?

Se giró y presionó su rostro contra mi cuello.

—No me voy a ir a ninguna parte.

12

En algún momento de la noche me había envuelto en mi habitual y poco sexy capullo de mantas, así que no fue hasta que la luz del sol empezó a deslizarse a través de ese molesto espacio entre las borlas de mis cortinas, dándome directamente en los ojos, que recordé que tenía a Dash desnudo a mi lado en la cama.

Alejándome del resplandor, abrí los ojos y miré la almohada de al lado.

Los ojos de Dash todavía estaban cerrados, y un rayo de luz dorada iluminaba su cincelado perfil como si estuviera en una puñetera película independiente llena de voces dulces y cámaras de mano que capturaban motas de polvo bailando en los ejes de luz.

Todavía estaba aquí. Todavía estaba aquí. Las palabras marcaban un alegre compás en mi pecho, como el golpeteo de las gotas en la ventana.

—¿Podrías parar? —gemí, dándole un empujón en el hombro.

Por lo rápido que volteó los ojos hacia mí, supe que no estaba dormido.

—¿Parar qué?

—De ser tan jodidamente guapo. Es ofensivo para los ojos siendo tan temprano por la mañana.

Si su cabeza hubiera estado tumbada en algo más bonito que las fundas descoloridas de Urban Outfitters que compré en rebajas, habría tenido que empujarlo completamente fuera de la cama.

Riéndose, me dio la vuelta para abrazarme por detrás, sus muslos desnudos envolviendo los míos. La barba de su mandíbula raspó mi hombro desnudo de forma agradable.

—No me digas que estabas observándome mientras dormía.

—No soy ese tipo de pervertida —dije—. Pero como eres tan asquerosamente atractivo, me podría encontrar a mí misma haciendo algo...

—¿Romántico? —susurró en mi oído.

—Inquietante.

Una risa baja se metió en el sensible hueco detrás de mi oreja, y tuve que luchar contra el impulso de retorcerme.

—Tienes que admitir que observar a alguien mientras duerme es objetivamente espeluznante.

—Que quede claro que estoy de acuerdo —dijo él.

Me moví de su lado para enfrentarlo, a pesar de que eso significara perder la sensación rasposa de su barba contra mi hombro.

—¿Qué estás haciendo? —preguntó, ligeramente divertido.

—Quiero recostarme en tu pecho mientras haces ese sonido ronco con la voz.

—¿Qué sonido ronco? —preguntó, proyectando su voz para que sintiera su reverberación recorrer mi pecho y mis muslos.

Me empujé ligeramente hacia arriba para que pudiera ver lo duros que se habían puesto mis pezones.

—¿Ves? Por esto te llaman talentoso.

—¿Sí? Creía que era porque podía hacer esto... —Arrastró las yemas de sus dedos por mi columna, haciéndome temblar—. Y esto... —Su cálida boca se cerró poco a poco alrededor de mi lóbulo—. Por no mencionar... esto... —Empezó a tararear, convirtiendo el murmullo en algo más profundo, como un temblor que me hacía vibrar por dentro.

Su mano bajó lentamente, siguiendo la curva de mis caderas hasta que las yemas de sus dedos se introdujeron entre mis muslos realizando caricias firmes y seguras.

Me moví contra su mano, susurrando algo en voz baja, sin saber del todo lo que estaba diciendo, pero sabiendo que eran cosas que necesitaba desesperadamente que él supiera. Mi boca encontró la suya justo cuando mis dedos se cerraban a su alrededor.

Estaba llena de placer, y solo quería disfrutar de él y dejar que me llenara.

Tenía la luz metida en los ojos, pero apenas me importaba porque también la tenía a mi alrededor, y yo no era más que una mota de polvo flotando bajo el sol.

Me dormí una siesta a media mañana con el sonido de la ducha corriendo de fondo. Cuando me desperté de nuevo, el reflejo de la luz se había movido en la pared y creí que Dash se había ido. Pero ahí estaba, cruzado de piernas en la cama, en bóxer y con una bandeja de pasteles y fresas y dos vasos sobre el colchón, frente a él.

Volviéndome hacia él, me apoyé sobre el codo y lo miré en silencio.

Dejó el móvil, sonriéndome incluso antes de que la pantalla se oscureciera. No bajó la cabeza para besarme ni dijo nada, solo me dio uno de los vasos con tapa reutilizable que mantenía junto a la puerta.

—Chocolate caliente —dije, gratamente sorprendida cuando capté el dulce y sencillo aroma.

—Frapé de chocolate caliente —me corrigió—. Con crema batida, remolinos de caramelo y pequeños malvaviscos. También tengo una selección de pasteles, algunos salados, pero la mayoría dulces.

Alcé una ceja.

—Menudo derrochador.

—También soy atractivo y muy culto —respondió, sonriendo.

El primer sorbo bañó mi boca con un dulce calor. Cerré los ojos y fue como si dentro de mi cabeza explotaran fuegos artificiales.

—Creo que el frapé de chocolate caliente podría ser mi lenguaje del amor —dije distraídamente; luego me quedé congelada cuando me di cuenta de que la palabra con «a» flotaba entre nosotros.

Pero Dash no parecía asustado ni estar tratando de ignorarla deliberadamente. Se inclinó y pasó su lengua por mi labio inferior, chupándolo despacio como si estuviera tratando de saborear la dulzura.

—Intentaré recordar eso.

Más que nada quise creer que Dash no era como el resto de los hombres con los que había salido, que eran tan insustanciales y efímeros como fantasmas. El hombre frente a mí era real, sólido, cálido y estaba aquí.

Para lo que sirvió. Apreté el vaso, deseando que mi corazón dejara de martillear en mi pecho. Es decir, Milo parecía tan sólido como una pared de ladrillos y su *ghosting* me había golpeado muy fuerte. Si sabía algo sobre los hombres y las relaciones, era que nunca había ninguna garantía.

No tenía la madurez emocional para lidiar con eso.

—Vamos, es demasiado esfuerzo cuando solo somos amigos con derecho a roce —solté.

Las cejas de Dash se elevaron, haciendo que pareciera... bueno, realmente decepcionado. Como si hubiera estado esperando algo más. Como si quisiera...

Nope, no iba a prestarles demasiada atención a un par de cejas levantadas. Solo porque no me hubiera *ghosteado* no significaba que quisiera algo serio. Ambos estuvimos de acuerdo anoche en que iba a ser algo estrictamente casual. Sexo y flirteo, sin sentimientos, esa era la forma de conseguir divertirse.

Y de mantenerse a salvo.

Tendiéndole el frapé a él, gateé por la cama, sin entrar en pánico. Definitivamente sin entrar en pánico.

—¿Qué estamos haciendo tumbados? ¡Tenemos que comprobar estadísticas! ¡Responder comentarios! ¡Animar a otros creadores! ¡Y lavarme el pelo!

Dash se quedó en la cama, mirándome mientras corría hacia el baño, logrando apenas cerrar la puerta de golpe detrás de mí antes de desaparecer en un mar de vergüenza ajena.

Lo sé, lo sé. No fue mi mejor momento. Fui una cobarde y eso contaba definitivamente como una huida. Sobre todo tras mi larga conversación con Aria sobre las cartas la noche anterior. Para ser justos, era mucho más fácil ser valiente cuando miras un cáliz pintado que cuando miras los ojos del color de la miel y el azúcar moreno de

Dash. Giré la llave y cerré los ojos mientras me sumergía en la cálida corriente de agua caliente de la ducha. Estaba claro que Dash se merecía más que mis latigazos.

Aunque, si la alternativa era tener otra conversación sobre nuestros sentimientos, estaba contenta de seguir fallando. A pesar de que eso se pareciera un poco al autosabotaje. A la luz del día, lejos de los letreros de neón y de la mirada penetrante de Aria y, sí, de la mirada estrellada de Dash y del deseo burbujeando dentro de mí, era difícil de creer que pudiera haber dicho tantas cosas.

Una cosa era contárselo a un extraño al que seguramente no volviera a ver. Pero ¿haber dejado que Dash supiera tantas cosas de mí? ¿Haber dejado que atravesara la barrera de defensa que siempre mantenía a mi alrededor?

La ansiedad me golpeó en el pecho y tuve que morderme el labio con fuerza para ahogar un gemido mientras me ponía un poco de champú en la palma de la mano.

No es que fuera menos inmadura emocionalmente cuando salí por fin de la ducha, era solo que había empleado mi tiempo allí sabiamente. Es decir, había desenredado y lavado mi pelo, además de echarle acondicionador. Pero también se me había ocurrido un plan para ese día.

—Sé que tenemos un par de vídeos guardados —dije sin preámbulo mientras abría la puerta del baño—. Pero realmente necesitamos empezar a grabar más contenido. ¿Tienes algún plan hoy?

Dash estaba en la cama donde lo dejé, mirando su móvil. Al alzar la mirada, negó con la cabeza. Para mi sorpresa, no mencionó mi error.

—La verdad es que no. ¿Quieres ir a mi casa y empezar?

Apenas le di el tiempo suficiente para ponerse los pantalones, aunque no debería haber privado a los ciudadanos de la vista de Dashwood con un bóxer ajustado.

Cuando bajamos las escaleras, la acera estaba tan caliente que se podía freír un huevo en ella, la humedad era tan alta que podía sentir mis rizos convirtiéndose en tirabuzones. Mientras pasábamos junto a mis amigos de la bodega, que estaban pasando el rato en la entrada del establecimiento, y a la pareja de ancianos que se dirigía a la lavandería calle abajo, me puse un par de gafas de sol con pétalos de flores en la montura, para evitar que mis ojos se quemaran por la brillante luz del sol que se reflejaba en las ventanas y en los carros.

Dash me dio un golpecito interrogativo en los dedos con los suyos, esperando que le respondiera de la misma manera antes de enlazar nuestros dedos juntos. Gran error de mi parte: mis dedos hormiguearon con su contacto, tanto que rápidamente desenlacé mi mano de la suya y fingí que necesitaba rascarme la nariz. Los amigos con derechos no se tomaban de la mano.

Estábamos casi a la mitad del camino entre el edificio de Dash y el mío cuando lo vi de nuevo, el edificio de ventanas con cortinas moradas y el letrero de neón que anunciaba las lecturas de la palma de la mano a diez dólares. La noche anterior había estado demasiado confundida como para pensar de forma consciente, pero creo que una parte de mí esperaba que no estuviera ahí la próxima vez que pasara. Pero ahí estaba, con las cortinas moradas brillando tenuemente a la luz del día.

Estaba tomando nota mentalmente para pasar más tarde ese día con pasteles o algo así para darle las gracias a Aria por soportar mi pequeña crisis, cuando la puerta encima de los escalones se abrió y una mujer con pantalones cortos negros y anchos y una camiseta de The Love Witch bajó por los escalones. Mi mirada fue directa a sus zapatos, esos botines dorados con una zona en la que los dedos de los pies se separan en dos compartimentos que hacían que sus pies parecieran pezuñas.

—¡Tus botines son increíbles! —solté un segundo antes de que mi mirada aterrizara en su cara—. ¡Aria! ¡Hola!

Y aquí estaba la extraña a la que no iba a volver a ver. El universo se estaba riendo de mí otra vez. Aun así, estaba realmente contenta de verla.

Se paró al pie de los escalones, parpadeando un poco ante la luz del sol. Llevaba puestos los mismos pendientes de espadas que la noche anterior, y su delineador con forma de alas estaba tan perfecto como lo había estado entonces.

—Mariel, ¿verdad?

Su astuta mirada pasó a Dash.

—Dash, esta es Aria, nuestra simpática vecina adivina —dije, presentándolo.

Dash le estaba estrechando la mano a Aria cuando la puerta se abrió de nuevo y salió Shy, sosteniendo a Kitty Marlowe contra su pecho en lo que parecía un cargador de bebé hecho con una bufanda de seda estampada con conos de helado.

Aria ladeó la cara de tal manera que me recordó a los girasoles siguiendo la luz del sol.

—Esta es mi pareja, Shy —dijo.

—Oh, somos viejos amigos —dije, sonriéndole a Shy mientras le daba a Kitty Marlowe una prudente palmadita con la punta de mi dedo índice.

Dash y Shy intercambiaron saludos y le explicaron a Aria que se conocían de la tienda, comentando y riendo sobre lo pequeña que a veces podía ser la ciudad de Nueva York.

—Yo le llamo a eso la magia de Manhattan —dijo Shy—. A veces puedes pasar un día entero yendo de un barrio a otro y no cruzarte con nadie que conozcas, y a veces todo lo que necesitas es caminar dos cuadras para encontrarte con todo aquel que conoces.

—Sé a lo que te refieres. —Dash alcanzó mis dedos y los apretó—. Es como si la ciudad supiera lo que necesitas en cualquier momento.

El encuentro me pareció más que una simple casualidad. Todos vivíamos en el mismo vecindario, así que a lo mejor no se trataba de un encuentro tan extraño, pero ¿con qué frecuencia habíamos pasado cada uno por la calle o pasado un rato en la misma cafetería sin saber cómo se entrelazaban nuestras vidas?

—¿Qué van a hacer hoy? —les pregunté a Aria y a Shy, en parte para posponer el momento en que Dash y yo tuviéramos que estar solos de nuevo.

Shy hizo una mueca.

—Es hora de volver a renovar los escaparates de la tienda.

—Así que estoy arrastrando a Shy a comer, para obligarnos a pensar en ideas nuevas —añadió Aria, con un aspecto algo sombrío—. Incluso si no sobrevivimos.

—¿Soy el único que piensa que diseñar escaparates es divertido? —preguntó Dash con una inclinación de cejas que me recordó la vez que estaba desesperado por otra taza de café, pero ya se había tomado tres.

Le eché un vistazo a la transparente expresión de su cara.

—Dash fue a la escuela de arte. Podría ayudar.

La mortificación me atravesó cuando mi cerebro pilló a mi boca medio segundo más tarde, y le eché un vistazo a Dash para disculparme por ofrecer sus servicios sin preguntarle antes. Pero ya estaba asintiendo, con las comisuras de sus labios ligeramente curvadas hacia arriba.

—Sí, me gustaría —le dijo a Shy—. Podría hacer algunos bocetos esta noche si quisieras.

La cara de Shy se iluminó como la de un niño al que le acaban de decir que no tiene que hacer sus tareas de matemáticas.

—¡Eso sería fantástico!

Aria se colocó un mechón de su brillante pelo azul detrás de la oreja.

—Sin exagerar, puede que acaban de salvar nuestro matrimonio. ¿Por qué no nos dejan invitarlos a cenar mañana por la noche? Si aún no tienen ningún plan.

—Nos encantaría —solté de nuevo, y Dash confirmó estar de acuerdo con un asentimiento de cabeza y una sonrisa.

Cuando él y Aria intercambiaron los teléfonos y acordaron hablar de los detalles por mensaje de texto, sentí que los dedos de Dash se rozaban de forma cuestionable contra los míos de nuevo. No quise ignorarlo de nuevo, así que enganché mi meñique alrededor del suyo y le di un tironcito amistoso.

Los cuatro charlamos durante unos cuantos minutos, y después Shy dijo:

—¿Van a venir a la noche de burlesque?

El corazón me dio un vuelco por la aprensión de tener que hacer planes con anticipación y desenlacé mis dedos de los de Dash. Pero Dash simplemente asintió, como si eso no fuera un gran problema. Tal vez no lo fuera para alguien como él.

—Le dije a Chase que estaría allí. —Se giró hacia mí—. Creo que no hemos hablado sobre ello, pero claramente esperaba que vinieras conmigo.

—Pues, claro —dije alegremente, evitando su mirada y la de Aria—. ¡Suena divertido! —La rapidez con la que solté esas palabras disminuyó lo suficiente para que mis pensamientos se pusieran al día—. De hecho... ya sabes, mi prima Yaz va a venir a visitarme esa semana. Estoy segura de que querrá venir también.

—Cuántos más, mejor —dijo Shy.

Shy y Aria iban en dirección contraria a la nuestra, así que nos despedimos y seguimos nuestro camino. Por alguna razón, no podía quitarme de la cabeza a Yaz, y cuando miré mi móvil me di cuenta de por qué.

—Qué raro —dije con el ceño fruncido—. Yaz no me ha mandado mensajes desde ayer y siempre se pone en contacto tan pronto como se levanta por la mañana—. ¿Te importa que le haga una llamada rápida?

Dash negó con la cabeza.

—¿Necesitas privacidad?

—No, está bien. Seré breve. —Busqué mis últimas llamadas y toqué su nombre, esperando solo unos pocos segundos antes de que Yaz contestara.

—Hola, prima. No he sabido nada de ti hoy.

—Mariel, ¿te puedo llamar después? —dijo Yaz, sonando agobiada.

—¿Todo bien?

—Sí, es solo que... es un día caótico en el trabajo. Hasta luego.

Colgó antes de que tuviera la oportunidad de decir algo más. Le fruncí el ceño al móvil durante el tiempo suficiente para que Dash me preguntara qué pasaba.

—No estoy segura —dije lentamente.

Es decir, mi prima estaba exasperada porque me había negado a seguir su consejo, y en cambio me había desviado hacia otra dirección. Pero eso no me parecía razón suficiente para que dejara de llamarme como hacía diariamente.

Es decir, no la habría culpado si hubiera decidido que estaba harta de intentar llevarme por el buen camino. Después de veintiséis años, incluso la persona más dedicada estaba destinada a cansarse de vigilar a alguien de su edad. ¿Aunque tal vez estaba dándole demasiada importancia al asunto y Yaz solo estaba ocupada?

Llegamos al edificio de Dash, y cuando subimos las escaleras me dije a mí misma que debía calmarme. Yaz seguramente estaba bien, solo muy saturada de trabajo. Y seguramente enfadada por estar perdiendo otro sábado en la oficina. Pasaba mucho tiempo al teléfono conmigo mientras trabajaba durante la semana, a veces se me olvidaba de que se encontraba en su primer año como abogada asociada, además de tener una prometida esperándola en casa. Fue una buena idea que decidiera tomarse unos días para lidiar con sus propios asuntos.

Y, de todas formas, iba a verla en poco más de una semana. Sin importar lo que estuviera pasando —si es que estaba pasando por algo— podíamos hablarlo en persona muy pronto.

◆ ◆ ◆

Dash había estado tan callado el resto del camino de vuelta a su apartamento que estaba preocupada de que solo hubiera aceptado ayudar a Shy con los escaparates por educación. Sin embargo, tan pronto como la puerta se cerró detrás de nosotros, se acercó a mí y me estrechó entre sus brazos, dándome un beso en la frente.

—Eh, ¿qué pasa? —pregunté, con la voz apagada por la presión de su pecho.

—No mucho, solo que he estado reuniendo el valor para decirle algo a Shy durante semanas. La tienda puede que sea increíble, pero los escaparates son un desastre, y no estaba realmente seguro de cómo decírselo sin ofender. —Dash retrocedió lo suficiente como para que su risa me rodeara—. Gracias.

—Esta es la primera vez que alguien me da las gracias por ser una metiche impulsiva —observé.

—Entonces deberías seguir pasando tiempo conmigo, porque resulta que me gustan mucho las metiches impulsivas.

—¿De verdad no estás enojado?

—¿Enojado? Estoy emocionado. Me gusta crear cosas para que la gente las mire. ¿Sabes cuántas ideas tengo para los escaparates de una librería de novelas románticas? —Lanzó una mirada anhelante hacia su mesa del comedor. Había limpiado los restos de la cena interrumpida de la noche anterior, y la tableta y el lápiz yacían donde había estado su plato, como si hubiera tratado de distraerse antes de ir detrás de mí—. Empezaría a dibujar ahora mismo, si no tuviéramos que filmar contenido.

Arreglé el set improvisado mientras Dash se transformaba en el duque de Harding con su traje. Tuvo que quitarse el bóxer para ponerse los pantalones ajustados, y no pude evitar echarle un vistazo para admirar los tersos y pálidos músculos de sus muslos absorbiendo la luz como si su cuerpo hubiera sido hecho para estar bajo ella.

Dash me pilló mirándolo y se tensó.

—Creído —dije, dándole la camisa.

Me sonrió mientras la agarraba. Poniéndosela sobre los hombros de camino al espejo, donde dejó de abotonársela para mirar su reflejo.

—¿Con o sin camisa?

Ladeé la cabeza.

—Depende de lo que grabes primero.

—Estaba pensado que quizás debíamos grabar la escena en la que estábamos trabajando ayer por la mañana. Terminé de memorizarla cuando estabas en la ducha.

En esa escena, el duque y la apasionada doncella concertaban una cita, y él le daba a ella —y al espectador— instrucciones sobre cómo acariciar su cuerpo. Era una de las escenas más explícitas que había escrito, y me había ayudado que él hubiera estado en el documento de Google conmigo mientras la escribía, aportando sugerencias.

Consideré la pregunta por un momento.

—Con camisa —dije—. ¿Qué te parece si te quitas el chaleco y la corbata mientras dices las líneas?

Asintió lentamente con la cabeza.

—¿Un estriptis del siglo XIX? Me tienes intrigado.

Rápidamente configuró la iluminación y ajustó la cámara en su trípode, mientras yo quitaba el jarrón de la mesa, ya que habíamos olvidado parar para comprar flores frescas. Después se sentó, y yo me quedé de pie detrás de la cámara mientras lo veía transformarse en el duque.

—Ahí estás —dijo, alcanzando exactamente la mezcla correcta de calidez y lujuria mientras miraba a la cámara. Estaba sentado en la butaca rosada con sus manos descansando libremente sobre los brazos tapizados, con una apariencia increíblemente regia y sexy—. Estaba preocupado de que cambiaras de opinión sobre reunirte conmigo, eso hubiera sido demasiado escandaloso para alguien tan respetable como tú.

Pasó una mano por su pelo, inclinando la cabeza hacia un lado para echarle a la cámara una mirada tímida y seductora.

—No he sido capaz de dejar de pensar en todas las cosas que quiero hacer contigo. ¿Quieres que te las diga?

Esperó un momento, como si alguien respondiera, y curvó sus labios en una sonrisilla.

—Sabía que lo harías. No eres tan tímida como le has hecho creer a todo el mundo.

Empezó quitándose la corbata, todo mientras hablaba con una voz sedosa y grave como un trago de un whisky muy caro.

—Toca tu cuerpo. Desliza tus dedos suavemente por tu cuello y muéstrame dónde te gustaría que te besara. —Esperó unos pocos segundos, dejando que el deseo en sus ojos se transformara en lujuria. De pie frente a la cámara, casi podía creer que me estaba mirando a mí—. Te gusta eso, ¿verdad? Te gusta que te digan qué hacer. Así me gusta, muy obediente...

En algún momento de la noche anterior se había dado cuenta de cuánto me excitaban los elogios. Desde entonces, había aprovechado cualquier momento por pequeño que fuera para susurrarme al oído cosas alentadoras incluso cuando estaba bromeando.

Eso rápidamente se convirtió en una broma entre nosotros, excepto cuando no lo era, y escuchar las palabras salir de sus labios relajaba algo dentro de mí.

A pesar de que cientos de personas fueran a ver ese vídeo y se pusieran en la piel de la doncella, yo sabía la verdad —sus palabras estaban dirigidas solo a mí.

El calor se estaba acumulando entre mis muslos, y no pude evitar pasar una mano por el corpiño de mi vestido de verano cuando Dash instó a su amante ficticia tocar su cuerpo. Quitándome los tirantes, deslicé el vestido sobre mi sostén transparente. Rodeé mis duros pezones con los dedos, haciendo coincidir cada una de las palabras de Dash con un movimiento mío.

Continuó, imitando mi traviesa sonrisa mientras arrastraba mi dobladillo por el piso y acariciaba la parte interna de mis muslos. Me detuve cuando llegué a mi ropa interior, pasando un dedo por la fina banda de encaje que rodeaba mis muslos. Después de una pausa cargada y anticipada, enganché mis dedos en la cinturilla y dejé que mi ropa interior cayera a mis pies, luego me la quité y me acerqué a Dash.

La cámara estaba inclinada para que captara su rostro y la mayor parte de su pecho mientras estaba sentado en la butaca, pero no me mostraba a mí mientras me arrodillaba frente a él. La sorpresa titilaba en sus ojos, pero Dash era un profesional consumado, a pesar de que no hubiera manera de que subiéramos esto. Haciendo apenas una pausa, empezó a improvisar para incorporar al diálogo que habíamos escrito, este nuevo giro en el guion, hasta teniendo en cuenta lo que habíamos hablado sobre mantener la inclusividad sin referirse directamente al género de la doncella.

Agarré el dobladillo de su camisa con una mano, levantándolo sobre su abdomen, y después le eché un vistazo al bulto que sobresalía de sus pantalones ajustados. Inclinó la cabeza hacia atrás, dejándola descansar en el espaldar de la silla, sus pestañas rozando la parte superior de sus altos pómulos mientras sus ojos se agitaban cerrados.

Con ansia, seguí la línea de su garganta con la mirada, pensando en cómo iba a besarlo cuando dejara de estar de rodillas.

Dash todavía estaba hablando, improvisando con sorprendente facilidad, pero escuché como se le cortó la respiración cuando presioné un poco más fuerte la costura de sus pantalones camino hacia los botones propios de esa época que cerraban la parte delantera.

Me tomé mi tiempo desabotonando cada botón, dándole tiempo para decirme si prefería que no lo hiciera.

En cambio, dio una embestida suave y alentadora con sus caderas, y me ayudó a bajar las capas de tela para que pudiera tocar su cálida y desnuda piel.

Lo sentía duro en mi mano, y suave, y ligeramente resbaladizo, pero no lo suficientemente resbaladizo.

Sin perder la ecuanimidad, alcanzó el aceite de coco que usaba para hacer que su abdomen se viera más brillante ante la cámara. Esperé hasta que se echó unas gotas sobre sí mismo, y después envolví mi mano a su alrededor y empecé a moverla hacia arriba y hacia abajo con ganas, girando mi muñeca al bajar, siguiendo su ritmo cuando empezó a embestir contra la firme presión de mi agarre. Puso su mano sobre la mía, y por un largo instante fuimos Demi Moore y Patrick Swayze en *Ghost*.

Y yo... no podía recuperar el aliento. Todo dentro de mí me dolía. Por la lujuria, claro, pero también por esa hambre profunda y devoradora que era casi un anhelo. Por qué, no sabría decirte. Dash estaba justo delante de mí, con los muslos separados y los ojos semicerrados. Podía tomar todo lo que quisiera de él. Estaba tomando todo de él.

Aún estaba viendo su cara, y me di cuenta del momento exacto

en el que perdió el control. Y fue una buena idea que estuviera de
rodillas, porque si hubiera estado de pie, seguramente me habrían
fallado las piernas. Porque Dash, que podía irradiar belleza con su
sola presencia, era tan deslumbrante como el propio sol mientras se
entregaba a su clímax.

Y sabiendo que había sido yo quien había puesto esa expresión
en su cara...

Mi respiración se aceleró, incluso cuando la suya se ralentizó. Sus
labios se curvaron cuando abrió los ojos y miró hacia abajo, a nuestras pringosas manos, todavía unidas.

Me dio un ligero beso en los nudillos, e incluso con el suave frescor de su aire acondicionado mi piel se sentía como si me estuviera
quemando lentamente.

—Tienes unas manos preciosas. Tan elegantes.

Dándole la vuelta a mi mano, me dio otro beso en la base de la
palma. Se quedó así durante un largo instante, antes de alcanzar
el control remoto que había escondido en el cojín de la butaca y
apagar la cámara.

Y entonces se levantó, llevándome de espaldas hasta que mi trasero golpeó su escritorio.

—Eres jodidamente increíble —jadeó contra mi cuello, mientras
llegaba entre mis piernas y metía la punta de su dedo en la humedad
entre mis muslos.

—¿Quieres que baje?

—No —dije, manteniendo su mano ahí—. Los dedos están bien.
Quiero besarte.

—Dime como lo quieres.

Era mi turno de darle instrucciones, que le dije a su boca entre
suaves movimientos de mi lengua sobre su labio inferior. Por primera vez entendí lo que significaba cuando las novelas románticas
describían como sus personajes se derretían en deseos: su tacto me
hacía estar caliente y húmeda, como el metal fundido en la forja.
Nunca había deseado a nadie tanto como deseaba a Dash en ese
momento.

Su pulgar me acarició, suavemente, pero sin piedad.

—¿Esto te gusta? —susurró.

Mi aprobación salió en un tarareo que se convirtió en un gemido cuando la yema de su pulgar me rozó justo en el lugar indicado.

—Quiero hacerte sentir tan bien como me hiciste sentir a mí antes.

Me moví contra su mano, sin dejar que parara, deseando liberarme y probar la dulzura de su boca. Lo deseaba dentro de mí y a mi lado, y lo quería para algo más que solo un comienzo. Lo quería para siempre. De verdad.

Mi puño agarró una parte de su camisa. La tela que rozaba mi palma era lisa y suave, el músculo debajo de ella era tan duro como el borde del escritorio clavándose en mi trasero. Creo que solté un quejido. O tal vez solo intentaba decir su nombre a través de las olas de placer que me hacían estremecer.

Me vine tan fuerte que pude sentir mis oídos zumbar. Mis rodillas chocaron contra las de Dash mientras me deslizaba contra él, completamente deshecha.

—Eso fue...

Me estrechó contra su pecho, con su suave risa a mi alrededor.

—Bueno, espero.

—Mejor que bueno. ¿Qué fue lo que dijiste antes? Jodidamente increíble.

Todavía en modo héroe, me agarró sin esfuerzo y me llevó a su habitación, donde me tendió en la cama mientras iba al baño. Podría haberme sumergido en su increíble colchón y mirar al techo y contemplar la vida, el universo y todo lo demás, pero en cambio me di la vuelta de lado para estudiar lo que había en su mesita de noche.

Había una ordenada pila de libros. Una lámpara, un cuaderno de bocetos con bolígrafos y lápices al lado, un soporte de madera para su tableta. Estaba mucho más limpia que mi mesita de noche, que normalmente estaba llena de envoltorios de comida arrugados, tazas vacías y pendientes tirados.

Dash volvió un par de minutos después con una toalla humedecida, que usó para limpiarme las manos y luego extendió sobre una silla para que se secase antes de acostarse a mi lado. Se había quitado el traje y solo llevaba un par de calzoncillos ajustados de tiro bajo en sus delgadas caderas.

Toqué la cinturilla, sin estar del todo lista para una segunda ronda, pero con algo de miedo por lo que diría si le diera varios segundos para pensar en lo que había sucedido en mi apartamento. Efectivamente, se apoyó contra su almohada y me miró fijamente a través de sus pestañas.

—Bueno, seguramente tendríamos que hablar sobre...

—Hablar no cuesta nada —dije rápidamente, decidí distraerlo moviéndome encima de él y poniendo mi mano sobre su boca—. Estaba pensando. Nuestro set es espectacular, modestia aparte, pero siento que deberíamos cambiar el fondo de los vídeos, al menos para los que no son para OnlyFans. ¿Qué te parece si grabamos algunos vídeos en otro lugar?

Alzó una ceja e intentó hablar a pesar de la mano que todavía tenía encima de la boca.

Ladeé la cabeza, sin soltarlo.

—Lo siento, no entendí eso.

—Mmmpphhm.

—Vas a tener que hablar más alto, Dashwood.

Me lamió la palma, un movimiento avanzado para alguien que no creció con hermanos o primos como Yaz, y aparté mi mano, riendo.

—Decía —dijo Dash, pronunciando cada sílaba con énfasis—, que eso suena divertido. ¿Dónde te gustaría grabar?

—En Central Park —dije rápidamente—. Ahí están los carruajes y los establos, y tengo el presentimiento de que las fangirls se volverán locas al verte a caballo.

—Por fangirls te refieres a ti, ¿verdad?

Si había algo que me gustaba de Dash, era que no podía mostrar una sonrisilla sin parecer más dulce que travieso. Rozó sus dedos contra mi brazo y agarró la mano que había estado presionando contra su boca.

—Tus manos son realmente preciosas, ¿lo sabías? —Lo observé

divertida mientras mordisqueaba mis dedos. En la pantalla, Dash estaba concentrado, y era romántico y seductor. Pero este, este era Dash en su forma más genuina, una pequeña parte de su personalidad que parecía que fuera solo para nosotros.

—Me hacen querer ser mejor como artista, para poder dibujarlas y hacerles justicia realmente. —Al notar mi expresión, añadió—: Te lo advertí sobre los cumplidos.

—Ciertamente lo hiciste, Dashwood. Es solo que no me di cuenta de que serían tan... caballerosos.

En un único y fluido movimiento, me dio la vuelta para que fuera yo la que estuviera acostada de espaldas. Me sonrió, con arrugas en las comisuras de sus ojos y rizos cayendo por su frente.

—¿Por qué si no me habrías elegido para ser tu duque?

—Oh, eso fue sobre todo porque eres muy lindo —dije alegremente.

—¿Crees que soy lindo?

Eso podría haber sido bastante malo si tan solo hubiera hecho ese gesto que siempre hacía con el pelo, pero continuó y añadió una de sus patentadas sonrisas brillantes. La continuación casi fue demasiado para mí.

—Sacando la artillería pesada, ¿eh?

Le eché el pelo hacia atrás y le di un besito en la curvada comisura de su boca.

—Eres mucho más que lindo. Eres...

Mi as de copas.

Jaja, ¿qué?

Una mirada de intensa cautela apareció en la cara de Dash mientras me sentaba, pero lo único que hice fue agarrar un puñado de mantas, respirar profundamente y obligarme a sonreír.

—Eres jodidamente increíble.

13

Fui totalmente culpable del hecho de que Dash y yo llegáramos casi cuarenta minutos antes a la cena con Shy y Aria al día siguiente.

El restaurante que Aria había elegido había resultado ser ese acogedor sitio italiano que, como su tienda, estaba ubicado debajo del nivel de la acera en un edificio a poca distancia de mi apartamento. Guirnaldas de luces habían sido colgadas alrededor de la minúscula sala principal, bañando la barra de madera de calidez y haciendo que las copas relucieran. Era el tipo de sitio en el que un cóctel de frutas habría estado completamente fuera de lugar, por lo que fui muy valiente y pedí un martini clásico a pesar de que odiara las aceitunas. Sosteniendo su propio martini, Dash nos encontró un par de taburetes vacíos debajo de un gran ventanal que miraba hacia la calle de arriba.

Puse mi bebida en una repisa de madera antes de intentar subirme en el taburete de cuero rojo. No había una forma elegante de subirme ahí, y me resigné a trepar como un niño de prescolar en un parque infantil.

Pero ahí estaba Dash, tendiéndome su mano, con los ojos centelleando mientras observaba mis cortas piernas.

—¿Necesitas mi ayuda?

Con su mano firmemente sujetando mi cintura, fui capaz de subir al taburete en un único y fluido movimiento. Pareció que volaba, aunque ese podía haber sido simplemente el efecto que todavía tenía en mí el tacto de Dash.

—Has estado brillando tu armadura, ¿eh? —dije, alcanzando mi bebida—. Tal vez deberíamos empezar un canal paralelo y aventurarnos en el romance medieval.

Las largas piernas de Dash le facilitaron envidiablemente subirse a su taburete. Se tomó un trago del martini justo cuando alguien pasó por delante del alto ventanal, oscureciendo momentáneamente la vista.

Levanté la mirada hacia el cristal. Arriba, en la acera, alguien con una larga falda estampada y unas bailarinas rosadas atadas a los tobillos se había detenido cuando su bolso de mano se rompió, diseminando pintalabios y delineadores de colores en la acera. Todo el mundo seguía pasando, excepto alguien en pantalones cortos y botas militares. La persona se quedó quieta, su camiseta de manga corta y su pelo lavanda empezaron a verse cuando se arrodilló y empezó a ayudar a la otra persona a recoger sus cosas dispersas por la acera.

Botas Militares agarró una pequeña caja y se la tendió a Bailarinas, todavía arrodillada, dando la impresión de que acababa de proponerle matrimonio. Sus dedos se tocaron brevemente cuando Bailarinas tomó la caja, y después se arrodilló al lado de Botas Militares, que sacó de su bolsillo una bolsa reutilizable doblada.

No podía escuchar qué se estaban diciendo a través del grueso cristal, pero su lenguaje corporal era suficiente. Bailarinas se colocó un mechón de pelo detrás de la oreja mientras se reía, y Botas Militares le tendió de nuevo la mano para ayudarla a levantarse. Unos segundos después, ambas estaban de pie y con las manos agarradas.

Cuando me giré de nuevo hacia Dash, todavía estaba mirando el tierno encuentro.

—¿Sabes lo que las personas no entienden de Manhattan? —dijo. Su pelo, todavía húmedo por la ducha que tomó después de hacer ejercicio, atrapó la luz e hizo que pareciera como si estuviera debajo de un foco—. Creen que tienen que subir a los rascacielos para ver las mejores vistas de la ciudad. Todos quieren contemplar las azoteas. Pero se puede ver un bonito atardecer en cualquier parte. Esto que acaba de pasar, sin embargo, fue algo inolvidable.

—Si tienes un fetiche con los pies —dije, solo para verlo sonreír—. Aunque sé a lo que te refieres. Sinceramente, creo que eso es lo que he estado echando de menos en mi guion de cine.

Lo sé, lo sé. Me sorprendió escuchar las palabras que salieron de mi boca. ¿Acaso el sexo con Dash me había vuelto introspectiva?

—¿Un conocimiento más íntimo de la ciudad? —preguntó.

—Una perspectiva diferente de ella. Cuando me mudé aquí por primera vez, me propuse visitar todos los lugares que había visto en las películas. Aprendí a desplazarme de un lugar a otro, e incluso descifré el metro, con el tiempo. Pero siento que aún no he llegado a conocer el alma de la ciudad. Si hay algo especial al respecto, es que eso no es una sola cosa. Es algo diferente para cada uno de los millones de personas que viven aquí. —Hice un gesto con las manos—. No he descubierto qué es Nueva York para mí. Pero creo que estoy empezando. En parte, gracias a... —Había estado a punto de decir «ti»—. Al duque de Harding y a todo lo que estamos haciendo.

Dash se chocó contra mí, y no pude evitar acordarme de la forma en que los cachorros empujan tu mano con el hocico cuando quieren que los acaricies. No quería alborotar los rizos de Dash, así que, en vez de pasarle la mano por la cabeza, le di un golpecito amistoso en la rodilla con la mía.

—¿Sientes que has encontrado tu lugar en la ciudad? —le pregunté.

—Lo he encontrado —dijo suavemente.

Y tal vez me estaba volviendo más madura, porque en vez de preguntar «¿está bajo mi falda?», me tomé un sorbo de mi bebida y asentí con la cabeza.

—Encontré a mi gente. Y tal vez eso sea lo mismo. —Su mano se dirigió a la bolsa donde llevaba su tableta y su cuaderno de dibujo, y le dio un golpecito suave—. Esto también es parte de ello. Es como estar feliz por tener la oportunidad de devolverle algo a una persona o a un lugar que me ha hecho sentir como en casa. Pero es más egoísta que eso, sigo pensando en cómo me sentiré al pasar por un escaparate que ayudé a crear, y saber que hay partes de mí que están intrínsecamente vinculadas al camino de ida al trabajo de alguien o al trasfondo de un increíble día en la ciudad.

—Como si la ciudad fuera tu tapiz y tú te estuvieras tejiendo intencionalmente en él —dije.

Dash asintió y se inclinó hacia adelante, con su martini olvidado en la repisa mientras agarraba mi muslo por debajo del dobladillo de la falda, demasiado concentrado en lo que me estaba diciendo para que yo sintiera algo más que su impulso de comunicarme exactamente lo que ese escaparate significaría para él.

—Sigo pensando en toda esa gente que pasará frente al escaparate, que podría no darse cuenta de su contenido o incluso no saber que yo soy el responsable, pero que de alguna forma estará conectada conmigo, de una forma tangencial e incomprensible. No sé mucho sobre lo que quieres hacer con tu guion de cine...

Yo tampoco, obviamente.

—... pero, cada vez que hablas de él, tengo la sensación de que eso es más o menos lo que estás buscando. Que no se trata tanto de dejar huella en Nueva York como de crear conexiones con la gente de aquí.

—Tienes razón —dije, y no estaba segura de por qué estaba sorprendida de que hubiera expresado tan bien lo que tenía en mente. O que sintiera una sensación de compresión en la luz que brillaba en los ojos de Dash.

No obstante, Aria y Shy entraron justo entonces, y cualquier cosa que fuera a decir se perdió en el ajetreo de conseguir una mesa y fingir que no habíamos mirado el menú de antemano y que no sabíamos exactamente lo que queríamos y pedíamos aperitivos.

Entonces el pie de Dash me dio por debajo de la mesa, y a pesar de que toda su atención estaba puesta en Aria mientras nos hablaba sobre la última hazaña de Kitty Marlowe, la ligera curva de la comisura de sus labios me hizo saber que lo había hecho a propósito. Como si señalara esa conexión que ya teníamos, con ese hilo dorado en el tapiz.

Esperamos hasta después del postre para comenzar a hablar de negocios. Shy, que llevaba puesta una vaporosa blusa blanca y una corbata de lazo bordada con pequeñas manzanas, había seleccionado una lista de libros que quería exponer en el escaparate, y Dash había realizado un par de diseños basados en ellos. Mi favorito reflejaba la madurez de una tarde de finales de verano, con colores vibrantes que hacían al espectador recordar que ya casi venía el otoño. Era una profusión de naranjas y flores de papel, e incluso él había descubierto una manera de hacer pequeñas luciérnagas con luces led.

Shy y Aria intercambiaron una mirada en ese lenguaje sin palabras que las parejas desarrollan cuando han estado juntas durante un tiempo.

—Esto sería genial para Segunda oportunidad —dijo Aria, y Shy asintió.

Había una renuencia en su gesto que no entendí del todo, y se me encogió el corazón en el pecho ante la posibilidad de que Dash no pudiera diseñar el escaparate después de todo.

Pero después Shy suspiró y se restregó la cara con la mano.

—Supongo que es justo que les explique qué es lo que está pasando. Bueno... ¿saben lo rentables que son los libros románticos de segunda mano en la actualidad? —Su boca se torció en algo que no era exactamente una sonrisa antes de que dijera—: A la librería no le está yendo bien. Puede que tenga que cerrar.

La noticia me recorrió entera.

—No puede ser. No puedes cerrar.

—Puede que no tenga otra opción. —Shy soltó un suspiro—. Nuestro alquiler volvió a subir. He estado considerando la idea de reducir mis gastos y convertir la tienda en una librería itinerante, pero Aria piensa que debería luchar más para mantener la tienda abierta.

Aria frunció el ceño.

—Hell's Kitchen está bastante gentrificado. Lo último que necesita el vecindario es perder una librería independiente para ganar ¿qué? ¿Otro Starbucks?

—Kathleen Kelly estaría de acuerdo —dije. Todos me miraron confundidos—. ¿De *Tienes un email*? ¿La mejor obra de Nora Ephron? ¿Soy la única en esta mesa que tiene un mínimo de cultura? —Suspiré por sus miradas perdidas—. No importa.

—Estoy de acuerdo con Aria —dijo Dash—. El vecindario necesita a Segunda oportunidad.

—Estoy de acuerdo —dijo Shy—. Simplemente no sé qué más hacer. He estado cubriendo la mayoría de los turnos y tratando de hacerle promoción en las redes sociales. Supongo que podría organizar más eventos, tal vez... las noches de burlesque nos dan algo de dinero, es solo que...

Se me ocurrió una idea, y la solté.

—Podemos ayudar —dije, antes de que mi cerebro hubiera terminado de procesar la idea por completo.

Shy y Aria intercambiaron otra mirada.

—¿De qué manera? —preguntó Aria cautelosamente.

—Bueno, saben lo que estamos haciendo Dash y yo, ¿verdad? ¿Con el duque de Harding?

Aria y Shy asintieron.

—Vi el vídeo que subiste a Fling —dijo Shy.

—Bueno, tenemos esa plataforma que sigue creciendo y creciendo. ¿De qué sirve si no la usamos en beneficio de nuestros amigos y de la comunidad de lectores de novelas románticas? —Las palabras empezaron a salir sin pensarlo demasiado, como siempre. Pero no se trataba de una palabrería alimentada por el impulso y el martini que aún tomaba a sorbos. Era un plan real. Uno que estaba haciendo parecer a Shy cautelosamente optimista—. Podríamos hacer una publicación sobre la tienda, está claro, y aparecería mucha gente. Pero ¿por qué no convertir esa estrategia en un juego? ¿Una búsqueda del tesoro que empieza en cada barrio? Podemos subir algunos de nuestros vídeos con pequeñas pistas que llevarían a los espectadores a dos caminos diferentes: directamente a la librería en el caso de las personas que están en la ciudad, o a su página web a aquellas personas que están fuera de ella. Aceptan pedidos online, ¿verdad?

Aria se inclinó hacia delante, con sus largos y pálidos dedos crispados alrededor de la copa de vino.

—¿Qué ocurrirá una vez lleguen a la librería de Shy?

—Tiene que haber un tesoro al final del camino, no solo puede ser la tienda. Tiene que ser algo relacionado con el duque de Harding. —Fruncí el ceño, tamborileando los dedos contra el mantel a cuadros.

—¿Una mesa con recomendaciones literarias del duque? —sugirió Shy, inclinándose hacia delante en su asiento—. ¿Entre las que podríamos esconder pequeñas notas escritas por el propio duque?

Asentí.

—Sí.

—¿Una invitación privada para una fiesta con el duque? —dijo Aria de repente—. En la tienda, por supuesto.

Moví el dedo y la apunté.

—También sí.

Todos hicimos sugerencias, con Dash tomando notas rápidamente en su tableta. Para cuando le hicimos señas al camarero para que nos trajera la cuenta, Shy parecía mucho más relajade de lo que había estado hacía una hora.

El único pequeño incidente ocurrió cuando se llevaron nuestros platos y Dash deslizó su brazo de forma casual alrededor del respaldo de mi silla. ¿Fue un gesto tan de pareja que me quedé desconcertada y también ligeramente complacida? Obviamente había bebido demasiado vino.

Los cuatro fuimos por un helado después. Mientras paseábamos por la calle con nuestros conos, incapaz de dejar de hacer sugerencias cada vez más locas de cosas a las que podría conducir la búsqueda del tesoro, algunas de las cuales involucraban a Dash llevando parte de su disfraz y mucha crema batida, no pude evitar pensar en lo mucho que había cambiado desde la última vez que paseé por el Upper West Side con un cono de helado.

Mi mirada se cruzó con la de Aria, y tuve el presentimiento de que ambas estábamos recordando las cartas que me leyó y el consejo que me dio. ¿Ves lo que la vida puede darte cuando dejas de huir?

Y, sí, era muy bueno, mejor que eso, para ser exactos. Era jodidamente increíble. Allí estábamos nosotros cuatro, las luces de la ciudad rielando como las estrellas, si hubieran sido visibles, los pequeños hilos del helado de fresa que seguía a lo largo del cono con la punta de mi lengua, endulzando mi boca y todo a mi alrededor.

Y Dash, que supo cuando empujarme a la derecha para evitar que me estampara contra una farola mientras me concentraba en el frío estallido de fresa en mi boca. Y el entusiasmo que podía sentir vibrando en él, que se percibía al caminar alegremente y en su sonrisa un poquito más amplia de lo normal, y en la forma en la que se burlaba de que hubiera tardado tanto en comerme el helado que, para cuando lo acabé, mis manos estaban pegajosas.

No habíamos cometido un error al liarnos. Y estaba claro que no iba a perder el control de nuevo.

Me lo demostré a mí misma al atraer a Dash hacia mí después de despedirnos de Shy y Aria. Recostados contra las escaleras de piedra de un edificio, acaricié sus rizos con los dedos.

—Esto me gusta —dije, mirándolo con tanta atención que capté el momento en el que toda la emoción que había reflejado en sus rasgos durante la noche pareció reunirse y fusionarse en algo que hizo que mi corazón latiera un poco más rápido.

—¿El qué?

Mi mano dejó la sien de Dash para hacer un gesto en el aire en un vago intento de ilustrar lo que sentía.

—Este momento. Tú. Nosotros. Ya sabes, todo.

Sus manos en mi cintura me instaron a subir un escalón para que estuviera a su misma altura, y me miró a los ojos, como acostumbraba a hacer, sonriendo y serio al mismo tiempo.

—Esto me gusta —confirmó, con una voz tan segura y tierna, como el caramelo, que era imposible no creer en él.

14

Central Park era otra parte de la ciudad que había conocido por las películas. Contemplaba a las parejas paseando en sinuosos carruajes a través de los árboles o bailando alrededor de la fuente Bethesda, y soñaba con pasear algún día por los senderos con un abrigo elegante mientras las hojas doradas caían suavemente a mi alrededor.

No fue hasta que llegué ahí y deambulé durante horas que entendí realmente lo grande que era. Y confuso, todavía me perdía a menos que me quedara en los senderos a lo largo de los bordes. Sin embargo, había investigado, y ante la insistencia de Dash, estuvimos un par de horas revisando el mapa y poniendo chinchetas en los lugares en que queríamos grabar.

El plan original consistía en que Chase se nos uniera en su primera aparición como Lord Loving, ya que estaba en la ciudad por un par de días antes de que tuviera que retornar a su investigación. Pero habíamos tenido que cambiarlo cuando nos dijo que estaba sumido en la escritura de su tesis, y que por fin había sido capaz de programar una reunión con su asesor, que por lo visto era tan difícil de encontrar como una buena comedia romántica de Adam Sandler. (No me odies por mis opiniones). Lo que significaba que Dash y yo íbamos a estar solos ese día.

Un par de días después de nuestra cena con Shy y Aria, quedamos en la esquina de la calle 50 con la Novena Avenida y nos dirigimos al parque juntos. Hacía tanto calor que había evitado ponerme mis habituales vestidos, y en su lugar llevaba un *crop top* y unos pantalones cortos, haciendo mi mejor intento por parecerme a Romy y Michele, de una de mis películas favoritas de los noventa, hasta con los pendientes de flores de resina rosados y las grandes gafas de sol naranjas.

La humedad era casi peor que en Florida, aunque tal vez eso solo fuera porque en casa principalmente iba de un sitio con aire acondicionado a otro, y viajaba siempre en mi carro en vez de caminar varias cuadras bajo el sol abrasador.

Para cuando llegamos a Columbus Circle, ambos estábamos cubiertos de una fina capa de sudor. Aún así, Dash se veía tan atractivo como siempre. La combinación del paseo y del sol había añadido un brillo adicional a su cara.

Quería tener cuidado de no sacar a gente de fondo en los vídeos, sobre todo por privacidad. No obstante, también quería evitar romper la ilusión del duque como alguien que no existía en nuestro tiempo. Es difícil encontrar una zona tranquila y vacía en Central Park, lo que es una locura teniendo en cuenta lo grande que es, pero hicimos lo posible.

Una de las cámaras de Dash tenía una función que lo seguía mientras se movía. También mantenía la imagen lo bastante estable como para que yo fuera capaz de obtener una serie de tomas regulares mientras él montaba uno de los caballos que habíamos reservado previamente, y prometía llevar a la doncella en una aventura.

Si había pensado que Dash era atlético al verlo huir de una turba de turistas obsesionados con Lady Cerulean, eso no era nada comparado con verlo montar a caballo. Tampoco es que pudiera hacer mucho más que recorrer el sendero arriba y abajo bajo la supervisión de un guía asignado, mientras yo grababa vídeo corto tras vídeo corto desde el suelo.

—¿Cómo demonios sabes montar así? —le pregunté cuando paró a tomar un poco de agua.

—Teníamos a los mejores instructores en los establos de los Harding, por supuesto —dijo, devolviéndome la botella de agua con un guiño antes de usar su rodilla para animar al caballo a que siguiera adelante en un trote ligero.

En algún lugar detrás de nosotros oí a alguien sollozar débilmente.

Antes de que fuéramos a los botes de remos, me tomé unos minutos para revisar nuestras estadísticas. Solía hacer eso varias veces por hora, y a estas alturas era algo natural. El subidón de validación cada vez que veía aumentar nuestro número de seguidores hacía que mi corazón brincara de alegría. Cada comentario y «me gusta» era como si alguien me susurrara al oído «Tal vez no seas una fracasada después de todo».

Con cada notificación, sentía que los nudos en mi interior empezaban a desenredarse. Durante mucho tiempo me había sentido como en un bote en mitad del océano, remando frenéticamente y sin parar, pero sin llegar a ningún sitio. Y en este momento era como si hubiera captado un atisbo de la orilla. Una cosa era saber que nuestro número de seguidores estaba creciendo y que nuestra sección de comentarios se estaba disparando.

Pero ¿esto?

Esto hizo que mi corazón se elevara tan alto que sentí como si estuviera sobrevolando el East River de nuevo. Solo que, en lugar de que solo fuéramos Dash y yo, llevábamos a todas esas otras personas al viaje.

Iba soñando todo el camino hacia el Boathouse.

Estaba tan liada manejando la cámara que casi no noté los antebrazos de Dash guiándonos hacia el agua. Ahora sudando de verdad, se había quitado la chaqueta y la corbata, y se había arremangado las mangas de la camisa, y me detuve un momento para tomar un primer plano de sus antebrazos antes de volver a su cara y a los abundantes mechones que revoloteaban sobre su frente.

—¿Qué? —preguntó cuando lo miraba a través del lente de la cámara.

—Nada, es solo que... eres muy bueno en lo que haces. Inclina ligeramente la cabeza hacia arriba. Un poco a la derecha. Es un placer ver lo bien que lo haces.

Su cara se tornó traviesa.

—¿Ah, sí? Bueno, podría decir lo mismo de ti —dijo, bajando la voz, confiriéndole un ligero tono ronco—. No he sido capaz de dejar de observarte en todo el día. ¿Sabes lo sexy que te ves cuando vas por ahí diciéndome qué hacer? ¿O cuántas ganas tengo de presionarte contra el tronco de un árbol y...?

Apreté mis muslos.

—Dashwood. ¿Estás usando tu voz de protagonista conmigo?

—¿Está funcionando?

—Sabes perfectamente que sí. Hablando de hacer las cosas bien —resoplé, dividida entre reírme por el entusiasmo que reflejaban sus ojos, e ignorar el hecho de que estábamos a la vista de al menos unas cuantas docenas de personas y lanzarme a través del bote de remos—. Te juro que podrías hacerme venir solo con tu voz.

Dash abrió de nuevo la boca y lo señalé, diciendo con severidad:

—No te atrevas.

Las comisuras de sus ojos se arrugaron y se reclinó hacia atrás, alzando la cara hacia el sol y dejando que el bote fuera a la deriva.

—Esto me recuerda un juego que solía jugar solo, cuando era niño.

—Suena alarmante, pero continúa. —Tomé una última foto. Luego bajé la cámara y el móvil y los metí en la mochila de Dash para guardarlos, no fuera a ser que metiera la pata y los dejara caer al agua.

—Lo llamaba momento instantáneo. Comenzó como una manera de hacerme sentir mejor cuando mis padres discutían demasiado. Las pocas veces en que las cosas marchaban realmente bien, y estaban intentando llevarse bien por mi bien, fingía que estaba tomando una instantánea.

Se encogió de hombros, todavía mirando hacia arriba. Seguí su mirada. La luz del sol de la tarde brilló a través de las hojas y del frío cristal azul de los rascacielos que se asomaban por encima de los árboles. Era más que una escena de cine, era el tipo de belleza que hacía que se te encogiera el corazón en el pecho.

—La verdad es que solo miraba atentamente a mi alrededor e

intentaba recordar todos los detalles. Intenté dibujar esos momentos un par de veces, pero nunca conseguí captar del todo su esencia.

Sabía exactamente a lo que se refería.

—Esto parece un momento instantáneo —dijo, alzando la cabeza para poder mirarme—. Estar aquí contigo.

Me esforcé por no convertir lo que acababa de decir en una broma. Hice un esfuerzo sobrehumano, pero lo conseguí. Lo que no pude hacer fue responderle a Dash de la forma en que claramente quería que lo hiciera. No todavía. Limitándome a sonreír, acaricié con mis dedos sus pantorrillas extendidas, la única parte de él que podía alcanzar con facilidad.

Pero Dash no me iba a dejar tranquila fácilmente.

—¿Tienes algún momento instantáneo?

Y entonces tuve que encogerme de hombros.

—Sí lo tengo, seguramente todos sean fotos inapropiadas. ¿No puedes remar más deprisa? Necesito llegar al Castillo Belvedere antes de que se vaya la luz.

Dash parecía como si quisiera argumentar. Fue rápido al abrir la boca, pero yo golpeé primero.

—Mira, lo siento —dije—. Pero ¿te parece bien si primero terminamos de grabar? Realmente quiero ser capaz de pagar mi alquiler el mes que viene.

Tal vez pudo ver mi genuina ansiedad centelleando en mis ojos, porque asintió y empezó a guiarnos hacia la orilla. Esperaba que se olvidara de todo eso para cuando termináramos nuestro trabajo.

Pasaron un par de horas antes de que estuviera satisfecha con el número de vídeos cortos que habíamos grabado y nos considerara dignos de un descanso.

Mientras me echaba la mitad del contenido de mi termo en la cara, Dash sacó una camiseta limpia de su mochila. Y en un abrir y cerrar de ojos ya no era el duque de Harding. Era Dash, guapo y alegre y real.

—Me muero de hambre —declaré, repasando mi lista mental de

los lugares donde me gustaba pedir comida para llevar—. ¿Prefieres Thai o pizza?

—Ninguna de las dos. —Dash alzó la mochila—. Preparé un pícnic para nosotros. Y sé el lugar perfecto para hacerlo, vamos.

De repente, él era el que estaba impaciente mientras me conducía por un sendero. Apartó una frondosa rama, y yo pasé a través de la abertura, enderezándome al encontrarme al borde de un gran lago. No era el Turtle Pond, que habíamos visto desde el Castillo Belvedere, o incluso el embalse. Dándome la vuelta para preguntarle a Dash por el lago, me divirtió encontrarlo poniendo una manta en el suelo, una vela que funcionaba con pilas y un jarrón de plástico con una flor que había sobrevivido milagrosamente al aplastamiento después de horas en su mochila.

Me puse las manos en las caderas.

—Dashwood, ¿me has atraído a una cita bajo falsos pretextos?

—¿De verdad puedes llamarla así cuando viniste voluntariamente? —preguntó, pareciendo orgulloso de sí mismo—. ¿Y puedes llamar a una cena falso pretexto?

Me eché sobre la manta.

—Lo haré si no me das de comer pronto.

—¿Puedes intentar no morir antes de haber probado todas las cosas que preparé? Pasé toda la mañana esclavizado frente a la estufa por ti.

—¿Que tú qué? —Me senté y miré todos los envases que había apilado en la manta—. ¿Qué demonios, Dashwood? ¿Le pediste a tu mayordomo que te preparara una cesta?

Sonrió, y empezó a nombrar los platos que había cocinado. Higos envueltos en hojaldre. Una ensalada de farro. Focaccia de tomates. Humus casero. Incluso hizo unas galletas de queso indonesio y otras con chispas de chocolate. Era literalmente un festín.

—Y ya que estamos hablando de esto —dijo mientras me entregaba un plato y un tenedor—. Quiero invitarte a una cita.

Me quedé congelada. ¿Desde cuándo los amigos con derechos tenían citas?

Abrí la boca para decir algo, y la cerré inmediatamente cuando vi la cara de Dash.

—Una cita de verdad —dijo—. El tipo de cita en el que nos vestimos bien y te recojo en la puerta y te llevo a algún sitio que tiene mesas con manteles y una carta de vinos. Y donde no huela a caballo. —Me recorrió con la mirada, y casi me estremecí a pesar de la densa humedad que se había acumulado en el aire—. Soy muy bueno en las citas.

—Sí, eso es impresionante. Nombra una cosa en la que seas malo.

—Pasando por alto el envase lleno de apio y zanahoria, metí un dedo entero en el humus, y después me lo llevé a la boca.

—Eso no se hace en una cita formal —dijo, riéndose.

Lo señalé.

—Este es un momento instantáneo, ahora mismo.

—No cuenta —protestó Dash mientras servía comida en nuestros platos, pero sus labios todavía estaban curvados hacia arriba.

—Hace mucho tiempo que no voy a una cita, estoy bastante segura de que he olvidado lo que es propio en una cita formal. En realidad, te puedo contar una anécdota graciosa... la última cita a la que fui tuvo lugar en esa roca de allí.

La mirada de Dash siguió mi dedo mientras lo giraba para señalar una de las grandes rocas que adornaban Central Park.

—No fue con el imbécil de tu ex, ¿no?

—No, este era un imbécil diferente, un par de semanas antes de conocerte. Fue una de las citas más épicas, románticamente hablando, que he tenido. O al menos empezó de esa forma.

Agarró un higo, y ni siquiera sentí escalofríos por todo el cuerpo cuando su boca se cerró a su alrededor.

—Me da la sensación de que vas a contar algo interesante.

—Escucha esto. Fuimos a un paseo nocturno y acabamos hablando en la roca durante tanto tiempo que cerraron las puertas a nuestro alrededor sin que nos diéramos cuenta. Y, por supuesto, no pude trepar por encima de ellas porque soy muy mala deportista, así que tuvo que levantarme. Y mi pie se enganchó en la reja, y por poco me caigo encima de él, y me agarró y me acercó para darme un beso. Juro que fue algo sacado de una comedia romántica. La única cosa que faltaba era el atardecer en el puente de Brooklyn. Incluso me acompañó hasta mi calle, y nos quedamos en la esquina besándonos bajo una farola.

—¿Qué pasó?

—Me hizo *ghosting*, carajo, eso fue lo que pasó. —Me reí ante la cara de indignación de Dash—. Le envié un mensaje varios días después y este nunca llegó. Por lo que o me bloqueó o su móvil está en algún lugar en el fondo del Hudson.

—Definitivamente una jugada idiota. —Dash tomó un poco de ensalada de farro con el tenedor—. Siento que debería disculparme por todos los hombres.

Me encogí de hombros, alcanzando una servilleta.

—Fue increíblemente confuso, porque creí que la cita había ido realmente bien. Pero al menos saqué una buena historia de esa experiencia; estoy pensando usarla en mi guion de cine. Ya sabes, cuando por fin consiga escribirlo. —Me quedé callada un momento porque me di cuenta de que no había pensado mucho en el guion en varios días. No debería haberme sorprendido, no realmente. Es decir, no era algo inusual en mí borrar algo de mi mente una vez me alejaba de un proyecto. ¿Por qué había pensado que escribir guiones podía ser diferente?—. Si alguna vez lo hago.

—Siento que apenas lo has mencionado —dijo con cuidado, como si no estuviera seguro de si debería decir algo así—. Ni siquiera sé de qué se trata.

—Eso seguramente es porque ni siquiera yo sé de qué se trata. —Doblé las rodillas y las rodeé con mis brazos—. Se supone que es una comedia romántica, pero no lo sé. Esto del duque de Harding es mucho más sencillo. ¿Crees que deberíamos experimentar con otros personajes para ti y para Chase? Yo te veo sí o sí como un vaquero.

—Bueno, señorita, creo que podría pasar por un vaquero —dijo, arrastrando las palabras, y luego cambió sin esfuerzo a un suntuoso acento británico—, pero considero que no debemos distraernos de nuestra idea original, al menos por el momento. Sobre todo, con ese nuevo programa de Georgie Hart que va a realizar gran parte de nuestra promoción por nosotros.

—¿Cuéntame de nuevo por qué no te metiste a actor?

Dash se encogió de hombros, sonriendo.

—Quitarme los pantalones me parecía más atractivo.

—¿Cómo fue que entraste en OnlyFans? No creo que me lo hayas contado nunca.

—¿Qué más iba a hacer con cuatro años de préstamos estudiantiles y un título en mercadotecnia visual?

—Buen punto. —Me lamí un poco de humus del dedo mientras lo miraba—. Es tu turno de contar una historia interesante.

—No sé si hay mucho que contar —dijo, apartando su plato a un lado y tirando de la manta—. Comenzó con mi ex. Ya sabes, ¿con la que estaba viviendo en Crown Heights?

Asentí con la cabeza.

—Me pidió que saliera en parte de su contenido, por diversión, y después la gente empezó a comentar pidiendo más y... —Dash extendió las manos—. Me gustó. Me gustó de verdad. Creo que me llegó casi tanto como solía hacerlo el dibujar fanarts, la gente pedía cosas que podía darles fácilmente y perdían la cabeza por ello, y eso me hizo sentir genial al principio.

Asentí.

—Eso es porque expresas tu amor o, eh, tu aprecio por la gente a través de acciones.

—Yo... no lo había pensado de esa forma —dijo Dash despacio—. Pero, sí, supongo que es correcto.

—Por eso preparas un pícnic para mí. Y me atas los cordones y me salvas de una turba enloquecida. La única cosa que no te he visto hacer es ayudar a una señora mayor a cruzar la calle, y pienso que eso es solo cuestión de tiempo.

—Mi ex lo llamaba complejo de héroe. —Casi por primera vez desde que lo conocía, vi las comisuras de la boca de Dash hundirse hacia abajo, aunque trató de ocultar la expresión rápidamente con un sorbo de café del frasco que había traído.

Una ola de protección se precipitó sobre mí y puse una mano en su brazo.

—No sé lo que ocurrió entre tu ex y tú. Pero te puedo decir ahora mismo que realmente aprecio la forma en la que cuidas de los demás. Y cómo siempre estás pendiente de tus abuelas. A mis ojos, todo eso te hace una buena persona y, sinceramente, eso es más o menos a lo que deberíamos aspirar los demás. Y, la verdad, que se joda cualquiera que te haya hecho sentir de otro modo.

El ceño fruncido que empezaba a formarse en su frente se relajó para dar paso a una radiante sonrisa.

—Gracias —dijo en voz baja, y después se deshizo en carcajadas cuando empecé a lamerle el brazo donde le había dado palmaditas.

—Tenías un poco de humus justo ahí. Solo te hacía un favor, ya sabes, intentando hablar en tu lenguaje del amor.

—La próxima vez, usa el traductor —dijo, pero me empujó hacia abajo para darme un beso enérgico y exquisito.

—¿Cuán seria era la relación con tu ex? —le pregunté cuando nos separamos, colocando las palmas de mis manos en su pecho para mantenerlo a raya unos minutos.

—Muy seria, creo. Vivimos juntos durante un año y un mes o dos, más o menos. Cuando rompimos, Chase me salvó el culo al dejarme dormir en su sofá, por lo que estaba dispuesto a hacer el ridículo bailando con él en Times Square. También me ayudó a mudarme a mi apartamento, así que le debía el doble.

—Espera, ¿entonces las cosas entre tú y tu ex acabaron hace poco?

—Hace unos meses —dijo Dash, confirmando mis cálculos mentales—. He tenido suficiente tiempo, y terapia, para superarlo, si es eso lo que te preocupa.

—No estaba preocupada —dije—. Solo sentía curiosidad. No soy la primera persona con la que has salido desde tu ex, ¿verdad?

Negó con la cabeza, y casi dejé escapar un suspiro de alivio.

—Hubo un gestor de fondos de inversión, un hombre mayor.

Alcé una ceja.

—¿Ah, sí? ¿Cuántos años mayor que tú?

—¿Unos diez? Quizás un poco más. Solo salimos un par de meses.
—Jugueteó con un palito de zanahoria—. Dudó un poco en presentarme a sus amigos. Lo que sinceramente me llamaba la atención porque había tenido el problema contrario hasta entonces, mi ex tenía la extraña manía de querer que todos supieran que yo era de su propiedad. Pero entonces el hombre me pidió ser su acompañante en un evento benéfico e insinuó que debería mentir sobre OnlyFans.

—Así que le dijiste que se fuera a la mierda, ¿verdad? —dije, aunque ya sabía la respuesta.

—Bueno, debería haberlo hecho. Pero fui al evento benéfico y le dijo a todo el mundo que yo era un modelo y él... me mostraba a todos sus amigos como si fuera una especie de... no lo sé, de trofeo o algo parecido.

—Y fue entonces cuando le dijiste que se fuera a la mierda.

Dash negó con la cabeza.

—Me quedé con él durante un par de semanas más después de eso. Quería un final feliz tan desesperadamente que ignoré todas las señales de alarma. No sé, creo que quizás lo presioné en una relación que no quería. No voy a dejar que eso vuelva a ocurrir —añadió rápidamente, mirándome.

Saber esto debería haber sido un alivio. En todo caso, debería haber aflojado el nudo en mi pecho, no apretarlo.

Su mirada se movió rápidamente hacia arriba para encontrarse con la mía. E hice lo único que se me ocurrió para evitar que me mirara con tanta intensidad: lo besé.

Chupé ligeramente su labio inferior, separándome a regañadientes solo para decir:

—Solo quiero dejar claro que no hay nada de malo en ser un héroe.

Dash rozó sus labios de un lado a otro contra los míos.

—Me parece bien ser un héroe siempre y cuando sea en una de tus historias.

—Mi protagonista.

—Tu duque.

Fue justo entonces cuando me di cuenta de que la oscuridad que nos rodeaba tenía más que ver con nubes de lluvia que con el atardecer, al que todavía le quedaba una hora.

El lejano estruendo de un rayo hizo que nos levantáramos de un salto, riendo mientras intentábamos guardar las cosas del pícnic de vuelta en la mochila de Dash. Pero no fuimos lo bastante rápidos. Mientras Dash cerraba la cremallera, empezó a llover, y nos empapamos casi al instante.

—Corramos —gritó Dash sobre el fuerte repiqueteo de las gotas de lluvia.

—¿Y dejar pasar la oportunidad de darnos un beso de película perfecto bajo la lluvia, con el protagonista ideal?

Coloqué mis brazos alrededor de su cuello, y Dash suavemente me inclinó hacia atrás.

—¿Un beso de película? ¿Te refieres a algo como esto?

Sin embargo, no me besó en ese momento. Esperó un latido, mirándome a los ojos. No mirándome fijamente con sentimiento, solo mirándome. No era desagradable, solo... ligeramente incómodo. Y la lluvia estaba entrándome en los ojos, por lo que los cerré.

Y entonces nos dimos un beso digno de una gran película, el tipo de momento que debería haber sido acompañado por música de John Williams. Una que empezara en silencio, con un crescendo en ascenso que se convirtiera en algo épico.

Dash rozó sus labios con los míos tan suavemente como si estuviera probando las gotas de lluvia que se habían acumulado allí. Su camiseta húmeda se sentía suave en mis palmas cuando la agarré y profundicé el beso.

Nuestras lenguas se encontraron.

Y entonces el beso cambió de nuevo. Ya no era una tontería bajo la lluvia, era más urgente, había más necesidad en él, como si Dash estuviera intentando hacerse oír o entender. Y tal vez yo también.

O quizás yo estaba intentado preguntarle algo, solo que no sabía cómo, o incluso si debería.

Mis manos estaban llenas de Dash, y mi mente también. Y el problema era que estaba empezando a sospechar que mi corazón también estaba lleno de él.

15

Alto, rebobina.

¿Mi corazón estaba lleno de Dash? No, no era tan ilusa como para creer que estaba enamorada de Dash. Solo me había dejado llevar por el momento, como me pasaba siempre. Era la persona que se tiraba de bomba en la piscina sin considerar la profundidad, que se lanzaba ansiosamente de cabeza a situaciones sin considerar las consecuencias. No estaba enamorada, solo estaba embriagada por la emoción de otro comienzo más.

Cuando Dash y yo quedamos varios días después para trabajar durante el almuerzo, se moría de ganas por contarme cómo había pasado los últimos días en la librería con Shy, puliendo sus ideas para el escaparate.

—Creo que podría convertirse en algo que se modifique con las estaciones —dijo Dash mientras salíamos del restaurante chino donde acababa de devorar un millón de dumplings. Había llovido mientras estábamos comiendo, y la humedad todavía flotaba suspendida en el aire, añadiendo halos borrosos a la luz de la ciudad y haciendo que todo pareciera difuso. Todo lo era, excepto el entusiasmo de Dash.

—Lo podría llamar un trabajo, pero Shy no me va a pagar.

—Suenas tan contento, que estoy segura de que le pagarías por tener la oportunidad de decorar sus escaparates.

Dash me dedicó una sonrisa tímida.

—No lo descartaría. Me muero de ganas de que llegue San Valentín —añadió con ojos soñadores, y me congelé por un momento antes de darme cuenta de que estaba hablando sobre decoración. Se lanzó a una larga descripción sobre cómo le gustaría montar un escaparate basado en los libros románticos de piratas de Soraya Salcedo. En parte porque el tema de los piratas sería inesperado y podría destacar entre todo el rojo y rosado, y también por ese detalle en su último libro donde el personaje principal le roba un barco a su amada para ir a buscar una joya legendaria llamada el corazón del Kraken, que quería fabricar con la impresora 3D de un amigo.

Escuché a Dash contarme cómo podría hacer algas con cartón corrugado, y estaba tan atrapada en su entusiasmo que casi no me estremecí cuando rozó mi muñeca en un gesto interrogativo con uno de sus dedos antes de que su mano se deslizara sobre la mía.

—Esto es muy divertido. Todas mis cosas favoritas combinadas juntas: arte, novelas románticas y juegos de palabras —dijo, y no pude evitar escuchar el titubeo en su frase cuando moví mi mano en el último momento para agarrar el bálsamo labial.

Mi mochila era un osito de peluche con una cremallera tan pequeña que era difícil encontrarla en medio de tanto pelo. Me llevó unos instantes hallarla mientras nos deteníamos en un cruce peatonal, y otros pocos segundos encontrar el pequeño tubo rodando en el suave interior del oso.

—Me estremezco al pensar en qué juego de palabras se te ocurrirá para un diseño de San Valentín sobre piratas —dije alegremente—. Por favor, no me digas que estás pensando en llamarlo Bajo el viril oleaje.

Su suspiro vino seguido de una breve pausa. Alcé la mirada hacia él mientras acababa de aplicar el bálsamo lábil en mi labio inferior, e inmediatamente sentí la necesidad de agacharme y cubrirme, volvía a estar serio.

—Siento que debería volver a agradecértelo por decirle a Shy que podría hacer los escaparates. Dudo que hubiera tenido la valentía de decirle algo.

Una sonrisa se estaba dibujando en sus labios, no su sonrisa de protagonista, sino una más torcida, un poco más tímida e incierta. Quería ponerme de puntillas para besarlo. Pero los amigos que se acuestan no besan la sonrisa del otro, y tenía que seguir recordándome a mí misma que eso era todo lo que éramos.

—No puedo creer que te parezca bien que te haya puesto en un aprieto así —dije en cambio, guardando el bálsamo labial—. Porque soy muy impulsiva, y ya sabes...

Demasiado.

—¿Generosa? ¿Creativa? ¿Adorable? —dijo Dash burlonamente, y después negó con la cabeza—. Sinceramente, tal vez me sorprendí un poco en ese momento. Pero me gusta la idea de tener otra salida creativa fuera del duque de Harding y hacer *cosplay* en general. Y este tipo de diseño no es solo el que elegí para mi especialidad. Es...

Estuvo un par de segundos luchando por encontrar las palabras, y con las yemas de sus dedos en mi codo me guio lejos de un parquímetro que no había visto.

—Es como un tipo diferente de actuación, supongo —dijo al final—. Otra manera de hacer las cosas para que otras personas las vean.

—Que te encanta —dije.

Dash asintió.

—Me encanta. Lo que pasa es que con el modelaje y el *cosplay* y todo eso, había olvidado lo mucho que me solía gustar diseñar.

—Hasta el instante en el que Shy mencionó el escaparate, y entonces ardías en deseos de hacerlo. No puedes negarlo —me burlé de él—. Lo vi en tu cara. Soltaste un suspiro soñador y todo.

La mano en mi codo se deslizó hasta mi muñeca.

—Estoy bastante seguro de que no solté ningún suspiro. Pero sí, quise hacerlo de inmediato. Pero seguramente no habría dicho nada, por lo tanto, gracias por ser quien se lo dijo. —Extendió sus manos y añadió, en voz baja como si estuviera confesando algo vergonzoso—: A veces me cuesta mucho pedir lo que quiero. Es agradable cuando alguien lo pide por mí.

No voy a mentir, fue un alivio escuchar eso.

—Oye, si no hay otra opción, siempre puedes contar con mi bocota. Estoy contenta de que las cosas salieran bien por una vez.

—Sí, Shy piensa que todo esto podría marcar la diferencia: el escaparate, pero también tus ideas para la búsqueda del tesoro. Ya está hablando de conducir al norte del estado este fin de semana para una venta de patrimonio que supuestamente tendrá muchos libros de romance vintage. —Me ayudó a esquivar un cono de helado caído que se había derretido formando un charco con un bonito tono naranja—. Y Aria está contenta por no tener que pedirle a Shy que le preste atención al escaparate.

Nos dirigimos a su apartamento para seguir trabajando. Reclamé un rincón de su sofá y metí la falda de mi largo vestido alrededor de los muslos, después le hice una seña a Dash para que viniera a sentarse conmigo. Para que pudiéramos ver mi pantalla juntos, no para arrumacos, intenté decirle. Empezó a correr y saltó al sofá junto a mí, retorciéndose hasta que su cabeza estuvo en mi regazo, empujando mi mano como un golden retriever desesperado por que lo acaricien.

Súper profesional.

—Tengo algo para ti. Aquí —dijo, usando su largo brazo para alcanzar del suelo una bolsa rosada de regalo sin moverse de mi regazo—. Un toque de fresa.

No era helado. Quité el papel de regalo y me encontré mirando una peluda boina rosada. Me llevó un momento recordar lo que dije sobre parecer una gran bola de helado de vainilla el día que fuimos a una tienda de segunda mano. Había sido algo improvisado, un momentito... y era muy propio de Dash recordarlo.

Los regalos no eran parte de nuestro trato. Pero, lo admito, me derretí un poquito. Dash era tan entrañable y dulce, y yo siempre apreciaba un buen accesorio. No tenía que ir más allá de eso.

—Todavía estoy buscando una capa a juego —dijo Dash, encogiéndose de hombros de forma casual, pero completamente incapaz de esconder el rubor de satisfacción en sus mejillas.

Me puse la boina, absteniéndome de forma heroica de hacer una broma sobre él lamiéndome. Entonces me incliné hacia abajo para besar su sonrojada mejilla, y de repente la devastadora sonrisa que puso tras el beso captó toda mi atención. Mis dedos se hundieron en su denso pelo. Agarré un mechón y tiré hasta que levantó lo bastante la cabeza como para besarme. Sus labios se deslizaron sobre los míos, sabiendo ligeramente a café y azúcar, y quise tan desesperadamente dejarme arrastrar, silenciosa y absolutamente, por su ternura.

Durante unos minutos. Luego me puse manos a la obra.

—Le mandé los primeros guiones a Chase por email. Salvo un par de notas, cree que son perfectos. Dice que está preparado para empezar a grabar contenido una vez que esté de vuelta la semana que viene. Puedo hacer los últimos retoques y tenerlo listo para la noche de burlesque para que podamos revisarlo antes de su actuación.

Dash asintió.

—Aunque, en realidad, tal vez no. Yaz estará aquí, por lo que seguramente no sea el mejor momento para hablar de trabajo.

Me retorcí ligeramente, empujando a Dash sin querer. Tampoco es que pareciera importarle, parecía muy cómodo con su cabeza apoyada en mis muslos.

Todavía estaba un poco preocupada —es decir, total y completamente aterrada— por la forma en que Yaz parecía haber desconectado la semana pasada. Pero no había cancelado su viaje, así que seguro estaba bien.

—Tengo muchas ganas de que Yaz te conozca —solté.

Aquí estaba de nuevo, ese pequeño parpadeo que había notado la última vez que había dicho algo sobre que ambos se conocieran.

Enderezándose, se ocupó de guardar la bolsa de regalo.

—Sabe lo de los vídeos subidos de tono, ¿verdad?

—Sí, lo sabe.

—¿Y le parecen bien?

Observé su cara.

—¿Qué ocurre?

—Yo solo... Sé lo cercanas que son y cuánto significa para ti su aprobación.

No se me escapó el brillo en sus ojos. O la bocanada que inhaló, ligeramente más profunda de lo normal. Y alejé un pensamiento sobre como él no había dicho nada sobre conocer a su familia, ni siquiera a sus abuelas. Y cómo se iba de la habitación cada vez que lo llamaban. Lo que estaba bien, porque seguíamos teniendo algo casual.

Tan casual que ni siquiera le había hablado a Yaz sobre nosotros.

—No tienes nada de qué preocuparte. Si Yaz desaprueba a alguien, será a mí. Por, bueno, ser yo.

Estaba segura de que había dado con la combinación perfecta de alegría y autodesprecio, pero todo lo que consiguió mi comentario fue que Dash frunciera el ceño.

—Eso tampoco está bien —dijo, pasándose una mano por su pelo. Su radiante estado de ánimo se atenuó y lo remplazó la irritación.

—¿A qué te refieres?

—La forma en la que hablas sobre tu familia. Suena como si no te valorara. O como si te hiciera creer que no hay nada de valor en ti. Pero, Mariel, eres tan creativa y divertida...

Hice un movimiento con la mano.

—Oh, me valoran. No es su culpa que sea difícil a veces. Y por difícil me refiero a un demonio del caos exasperante, pero adorable, que va de un proyecto a otro y nunca termina nada y luego necesita que la rescaten.

Ya que no era que no tuviera metas. Es solo que eran demasiado difíciles de controlar, demasiado ambiciosas para entenderlas con facilidad. Y era mucho más fácil rendirse que seguir intentándolo.

—Continuaste con el duque de Harding —puntualizó Dash.

—Aún hay esperanzas para mí, supongo. —Y Dash había estado a mi lado todo el tiempo, llevándome por el buen camino y evitando que chocara contra las farolas cada vez que me distraía—. Dash, no tienes que preocuparte por Yaz. No es un monstruo tan exigente y lo siento si la he hecho parecer de esa forma. Ella es súper dulce, y te va a adorar. Lo sé con certeza.

—¿Ah, sí?

La sonrisa de Dash no parecía tan relajada como siempre. Enterré mi cara en el hueco de su cuello, intentado aliviarle la tensión. O convencerlo, creo, de que todo estaba bien e iba a seguir bien.

—No lo olvides, estoy a punto de ser la mejor amiga de una reconocida adivina. Hice que Aria nos leyera las cartas. Todas las estrellas están alineadas, el universo está de nuestra parte, y las cartas dicen...

Iba a ser una pausa breve, en parte para crear anticipación y en parte porque mi cerebro aún no había alcanzado a mi boca y realmente no le había pedido a Aria que leyera mis cartas después de ese primer día.

Pero entonces Dash retrocedió lo suficiente para mirarme a los ojos.

—¿Qué dicen las cartas?

La carta del as de copas que había metido en el marco de mi espejo apareció en mi mente. Me forcé a sonreír.

—Las cartas dicen «No te preocupes, sé feliz».

Dash parecía un poco decepcionado. Y tampoco es que hubiera esperado que hiciera el gesto de siempre con el pelo, con los ojos centelleantes y una sonrisa de protagonista que se amplía lentamente, pero su expresión se fue directa al nudo que se estaba formando en el centro de mi pecho.

—Mariel, yo...

Me senté recta y le puse una mano en el hombro a Dash.

—Mira, haré que Aria te lea las cartas, también, si eso te hace sentir un poco mejor. Aunque creo que ya sé lo que van a decir.

—¿Ah, sí?

Asentí.

—Estás destinado a grandes cosas. Todo lo que tienes que hacer es creer en ti mismo, y la extraña bajita y curvilínea que acabas de conocer.

Dash soltó una risa que sonó un poco como una rendición. O tal vez resignación. No tuve realmente la oportunidad de descubrir cuál de esas cosas era, porque mi móvil vibró justo entonces con una consulta por correo sobre si Dash estaba interesado en hacer una aparición en una emisión de *Kate & Leopold*.

Le leí el mensaje en voz alta a Dash, que me miró de forma inquisitiva.

—Dash. Dash. —Me arrodillé para que mi cabeza estuviera aproximadamente al mismo nivel que la suya, y puse ambas manos en sus hombros—. *Kate & Leopold*, también conocida como la película en que Hugh Jackman interpreta a ese chico del siglo XVIII que es transportado a la actual ciudad de Nueva York. Bueno, a la actual Nueva York de hace como veinte años, pero ya me entiendes. Bastante cerca. Tenemos que hacerlo, ¿verdad? Las oportunidades como esta no llegan todos los días. Sería una buena forma de practicar para el baile de Georgie Hart el mes que viene.

Me miró durante varios segundos, y luego se encogió de hombros.

—¿Por qué no?

—¿Podrías estar más entusiasmado? —le dije en mi mejor imitación de Chandler Bing, preparando ya una respuesta.

Mis dedos estaban volando en la pantalla, y estaba tan centrada que apenas noté cuando Dash se levantó del sofá y se acercó a la nevera a buscar un par de latas de agua con gas.

Agarré la que me pasó y la puse en mi abdomen, disfrutado de su frescura mientras balbuceaba sobre ¿cómo era posible que no hubiera pensado en hacer vídeos en directo, y si no habríamos perdido una gran oportunidad? Tomé otra nota mental de que debía preguntarle a Chase si quería explorar la posibilidad de bailar en despedidas de soltera como Lord Loving.

—Además —añadí, desarrollando—, ¿qué te parece si hacemos vídeos personalizados? Creo que podríamos ganar una buena suma por ellos. ¿No necesariamente los eróticos, sino más bien los de mensajes de cumpleaños o algo parecido? Como hacen las celebridades en la aplicación de Cameo.

—Pues, claro. —Dash bebió un sorbo de su agua con gas.

Después de todo, todavía teníamos comentarios que contestar y nuevos vídeos cortos para subir y nuevos guiones que grabar. Solo escuchar a Dash susurrando cositas dulces a la cámara era suficiente para hacer que cada uno de mis pensamientos huyesen de mi mente, dejando tras ellos solo estrellas flotantes y pájaros cantando, por lo que no fue hasta que acabé en su cama al final del día cuando me acordé de que había estado intentado decirme algo antes de que el correo nos interrumpiera.

Me acurruqué más cerca de él y enterré mi cara en su cuello.

—Mmm, hueles como el latte de avena con azúcar moreno y canela.

—Sorprendente, considerando que me tomé mi latte de la tarde con leche de almendra.

—Qué blasfemia —dije, arrugando la nariz.

Dash se dio la vuelta en mis brazos, con su sonrisa normal casi de vuelta.

—¿La leche de almendras o el hecho de que me tome lattes por la tarde?

—Ambas cosas. —Besé la unión entre su cuello y su hombro. Y, mira, habría sido feliz dejando las cosas así. Pero por mucho que lo intentara no podía ignorar por completo la incomodidad de esa tarde. Así que respiré profundo a escondidas y pregunté:

—¿Ibas a contarme algo antes?

Pasó un segundo, luego sentí que los hombros de Dash se encogían.

—No te preocupes por eso.

Y, sí, respiré aliviada. Cada vez era más difícil posponer la conversación que llevábamos mucho tiempo retrasando, ya sabes, la conversación de a dónde vamos, qué somos el uno para el otro. Pero si ese día había demostrado algo, era que estábamos a punto de dar en el clavo. Habíamos trabajado tan duro para llegar aquí. No podía dejar que las cosas se torcieran solo porque uno de nosotros se estaba poniendo un poco sentimental.

Le di a Dash un último beso y me volví a poner mi ropa interior. Y después me fui a casa, intentando fingir que el miedo no me perseguía.

◆ ◆ ◆

INTERIOR. SALÓN DEL DUQUE — NOCHE

Una vela arde en la mesa junto a un collar
de perlas abandonado, una corbata desdoblada
y dos copas de vino. Se puede escuchar el
sonido del fuego crepitante. El DUQUE DE
HARDING recostado en el sillón, llevando
solo un par de pantalones. Su cabello es
un desastre, como si alguien hubiera estado
pasando sus dedos por él.

EL DUQUE DE HARDING
(mirando intensamente a la cámara)
—No deberíamos estar aquí, lo sabes.
No deberíamos hacer esto de nuevo. No
debería llamarte mi amor, o deslizar
mis dedos por tu cuello o preguntarme
cómo saben tus labios. Sé todo eso y,
sin embargo, no puedo evitarlo. No puedo
evitar el anhelo que siento cada vez que
te veo en otra habitación. Antes, cuando
bailamos en el baile de Lady Ashdown,
pensé que expiraría en el acto si pasaba
un segundo más sin tocar tu piel. La
forma en que jadeaste cuando deslicé la
yema de mi dedo dentro de tu enguantada,
muñeca… La forma en que se ruborizaron
tus mejillas y se separó tu boca con
forma de capullo… Ven aquí, amor mío.
Déjame tocarte. Déjame probarte. Déjeme
hacerte mi vida.

16

Habíamos estado trabajando en ello durante un par de semanas, y el dinero estaba empezando a llegar. Una buena cantidad, además. Suficiente para que cualquiera deje su trabajo y se convirtiera en un creador de contenido a tiempo completo. Tampoco es que tuviera un trabajo al que renunciar o algo parecido.

Dash parecía haberse tomado su nueva popularidad con calma. Yo, sin embargo, había adquirido la nueva costumbre de perder la cabeza, eh, al menos tres veces al día.

Porque, en todo caso, esta era la prueba de que no era una completa fracasada. Es decir, estaba claro, la mayor parte de nuestro éxito se debía al talento y el buen porte de Dash. Pero todo eso había sido mi idea en primer lugar, y eran mis guiones los que tenían un *subredit* más activo que un adicto al ejercicio. Y, de repente, sentía la presión. Y había mucho en juego.

Y todos sabemos lo bien que lidio con todo eso.

Sin embargo, no iba a ceder ante la necesidad de escapar. No esta vez. Iba a visualizar este proyecto hasta el final, aunque solo fuera porque finalmente estábamos empezando a ver algo de dinero real de las suscripciones, suficiente para que hiciéramos nuestro primer pedido para toda la mercancía que Dash había diseñado.

No todo era color de rosa. Contábamos con un porcentaje de trolls y algunas personas que seguían tratado de iniciar un Discurso con D mayúscula. Sin embargo, dejado de lado todo eso, el duque de Harding estaba demostrando ser un éxito. Y yo...

Por muy triste que suene, por primera vez en mi vida empezaba a sentirme como si fuera exitosa. Como si por fin estuviera haciendo algo bien. Como si las cosas estuvieran poniéndose en su sitio.

Tampoco es que no me hubiera dado cuenta de lo mucho que tardaba Yaz en contestar mis mensajes, o que sus llamadas diarias se habían convertido en apresurados mensajes semanales, era solo que mi móvil estaba explotando con tantas notificaciones que estaba intentando fingir que no sentía su ausencia en mi vida.

También tenía demasiadas cosas que hacer que no requerían mi móvil. Largas noches en el suelo de la sala de estar de Dash, o en su cama, trabajando en el asunto del duque de Harding. Llevándole dulces a Aria y pasando el rato en su tienda y viendo a la gente entrar desde el bar de al lado para las sesiones de tarot nocturno.

Además de todo el asunto que estábamos haciendo para Segunda oportunidad, como la búsqueda del tesoro. Dash y yo no éramos los únicos que cosechaban beneficios de ser famosos en internet. El enlace que habíamos añadido a nuestro perfil, que dirigía a la página web de Segunda oportunidad donde habíamos descrito las reglas para la búsqueda del tesoro, había obtenido más de medio millón de visitas.

En la mañana de la emisión de *Kate & Leopold*, mi móvil vibró con un mensaje de Shy. Me había enviado un vídeo de la librería, que era la más abarrotada que había visto nunca, lo cual no decía mucho, para ser honestos. Aun así había unas doce personas mirando los libros de bolsillo, lo que me hizo sonreír cuando vi que Shy había titulado la foto como «Estamos siendo acosados por una multitud».

Pensé que querías decir «Le estamos ganando al capitalismo», le escribí de vuelta, y puse el móvil boca abajo para hacer varias respiraciones relajantes.

No estaba funcionando, pero eso era casi seguro porque Dash estaba de pie a medio metro de mí, medio desnudo y cubierto con una fina capa de resplandeciente sudor que hacía que los músculos de su espalda brillaran con la luz de la mañana que se filtraba a través de los huecos de mis cortinas.

Se había saltado su sesión de hacer ejercicios para venir por un polvo matutino, ya que había tenido mucho cuidado de evitar que se quedara a dormir después de la primera noche que habíamos pasado juntos. Mis pensamientos ya eran demasiado propensos a vagar en direcciones peligrosas sin someterse a la vista de un Dash bañado por el sol en la almohada a mi lado a primera hora de la mañana. Una chica solo puede aguantar hasta cierto punto, ¿sabes?

—¿Quieres queso crema y mermelada en tu bagel? —preguntó Dash desde la cocina, que estaba tan cerca de la cama que casi podía rozar su bóxer con las yemas de mis dedos si me estiraba.

—¿Cómo lo sabes?

—Era eso o Nutella, y no veo ninguna en tu armario.

—Eso es porque me la terminé la semana pasada y no he tenido tiempo suficiente de ir al supermercado, con nuestro demandante horario de producción. —No tenía que saber que me había comido la última Nutella que quedaba mezclada con cereal azucarado mientras veía a Meg Ryan siendo adorablemente tonta.

—Vamos a grabar de nuevo hoy, ¿verdad?

—Tenemos un par de vídeos de Central Park preparados, pero sí, probablemente deberíamos empezar a preparar un poco de contenido nuevo.

El olor del café, ciertamente no tan desagradable como su sabor, llenó el aire mientras burbujeaba en la parte superior de la cafetera italiana que había olvidado que tenía hasta que Dash la sacó del fondo de un armario. Abrió la tapa para mirar dentro y después, satisfecho, apagó el fuego.

Podría haber pasado horas allí tumbada, viéndolo pasear por mi pequeña cocina con la gracia de un bailarín de ballet. Al salir de debajo de las sábanas, me puse mi bata, que era corta y estampada con leopardos rosados.

—Ojalá tuviera una bata de asesinato —observé mientras me acercaba a la zona de azulejos que separaba la cocina del resto del apartamento.

Dash parpadeó.

—¿Una qué?

—Una de esas extravagantes, sedosas o vaporosas batas adornadas con plumas que las mujeres de las películas usan antes de matar a sus maridos ricos. —Hice una pausa—. O tal vez después. No tengo muy claro la logística. Para ser sincera, no parecen muy prácticas para matar.

Dash vertió su café en mi taza con estampado de nubes. Su pelo, despeinado adorablemente después del esfuerzo de las últimas horas, cayó sobre su frente. Se lo echó hacia atrás, alzando una ceja.

—¿Debería preocuparme que quieras una bata para matar?

—No estoy planeando matar a nadie en este momento, y no creo que seas lo bastante rico para merecer que tu esposa te mate. En fin.

—Eso es algo a lo que aspirar, supongo. —Sin dejar la humeante taza, Dash enganchó su pulgar en una de las presillas de mi bata y me atrajo—. ¿Estás preparada para hoy?

—¿Lo estás tú? Eres tú el que va a estar frente a millones, vaya, por así decirlo, docenas de personas actuando sexy y aparentando ser un británico.

—No debería ser una gran multitud —dijo, encogiéndose de hombros—. Sin presión.

—Dile eso a mi desenfrenado corazón —susurré—. Espera, podemos hacer algo con eso. Déjame escribirlo.

Alcanzando mi móvil, abrí mi aplicación de Notes y empecé a teclear. Cuando volví a alzar la mirada, Dash me estaba mirando con una pequeña arruga entre las cejas.

—¿Dejaste de trabajar en tu guion?

Me alejé, alcanzando el bagel que me había preparado.

—¿A qué viene eso?

—No lo sé, es solo que siento que no te he oído hablar de eso en un tiempo.

—Te refieres a que no me he quejado sobre ello. —La bolsa de bagels recién hechos que había traído antes estaba en la encimera, oliendo a pan caliente y a levadura.

Por el rabillo del ojo, pude ver que Dash se tomaba un sorbo de café.

—No te has dado por vencida, ¿verdad?

Me encogí de hombros y lamí un poco de queso crema por un lado del bagel.

—¿Y qué pasaría si lo hiciera? Tampoco es que fuera a alguna parte. Y, de todos modos, ¿quién tiene tiempo con el personaje del duque de Harding haciéndose popular tan rápidamente? Para ser exactos, podría pagar el alquiler a tiempo este mes.

Dash no parecía decepcionado, no exactamente. Pero mientras miraba el oscuro líquido en su taza, algo en su expresión hizo que una coraza defensiva se arremolinara a mi alrededor.

—Mira —dije con prisa—. Nuestro grupo de seguidores está creciendo. Tenemos más suscriptores que nunca, de los que pagan, y nuestra mercancía se está vendiendo... y somos solventes. ¿Por qué perdería mi tiempo en algún tipo de fantasía que ocurre en Nueva York donde todo el mundo se viste con trajes poco realistas y tiene carreras increíblemente inverosímiles cuando estamos viviendo una?

—No tienes que hacer nada que pienses que es una pérdida de tiempo —respondió—. Supongo que pensé que tu guion era como mi deseo de diseñar escaparates. Algo en lo que pensaste como una quimera, sin creer realmente que podría convertirse en realidad. —Se pasó una mano por el pelo y me regaló una sonrisa torcida—. Quiero que eso se haga realidad para ti.

—¿Sabes qué es real? —Lo apunté con un dedo pegajoso—. El dinero para el alquiler. El dinero para hacer la compra. El no tener que pedirle a mi prima que me ayude a pagar la tarjeta de crédito este mes.

Alzó una mano.

—Te entiendo. El momento más feliz de mi vida seguramente fue cuando le dije a mi padre que no necesitaba su ayuda para pagar mis facturas.

—Creí que se llevaban bien.

—Así es. Es solo que... —Dash se llevó el bagel a sus labios, dándole solo un mordisco mientras consideraba lo que estaba a punto de decir—. Pedirles a mis padres algo solo alimentaba su competitividad, y eso se convierte en algo incómodo para cualquier persona que esté involucrada. Además, mi padre... tiene buenas intenciones, pero su ayuda, financiera o de otro tipo, viene con muchas cuerdas de amarre. Y desde muy temprano en mi vida decidí que no quería ataduras. No de esa forma —añadió cuando abrí la boca.

Pero resultó que Dash no me conocía tan bien como pensaba, porque en realidad lo que salió fue:

—Ojalá yo tuviera ataduras.

Mierda, no era mi intención decir eso en voz alta.

Dash ladeó la cabeza.

—¿Qué hay de tu familia? ¿Y de tu prima?

No había vuelto a mencionar el tema de Yaz o de su visita, a pesar de que solo faltaba un par de días para su llegada. La personificación de evitar las cosas: Mariel. Y, de todos modos, la verdad era que mientras Yaz y tía Nena me pusieron muchas restricciones, eso no era lo que imaginaba cuando dije que quería algunas.

Es decir, no había estado pensando para nada en eso. Porque lo último que quería decirle a Dash era que mis propios padres no se esforzaban por mí. Y que la idea de la ayuda parental, incluso si venía acompañada de cuerdas de amarre, sonaba bastante agradable para alguien que no estaba realmente segura de cuál era el código postal de su madre en ningún momento.

Hice un gesto despectivo en el aire con la mano.

—Oh, hay más enredos ahí que en una tienda de artesanía. Pero no era mi intención centrar la conversación en mí. Creo que nunca te he escuchado hablar mucho sobre tu padre.

—No hay mucho que decir, supongo. —Dash tomó otro sorbo de café—. Es cariñoso y comprensivo, y tiene muchas opiniones y no le da vergüenza airearlas. En lo que a él respecta, darme dinero significaba que podía opinar sobre cada decisión que tomaba. Estaba más que contento de comprarme un carro, pero solo el que él le parecía bien. Pagaría mi matrícula, pero solo si elegía la escuela que a él creía que tenía mejor programa de arte. Cosas así. Se ha relajado mucho con los años, sobre todo después de que mis abuelas lo intimidaran para que fuera a terapia y eso le ayudó a darse cuenta de que estaba siendo de alguna forma demasiado controlador.

—Dios, tus abuelas son mis heroínas.

—De todas formas, el problema es que entiendo lo que quieres decir —dijo Dash con una entrañable seriedad—. Entiendo la necesidad de ser independiente financieramente, y créeme, sé lo bien que se siente. Solo espero que el dinero no se interponga en tu camino para perseguir tus sueños.

Vació la taza y la colocó en la encimera, las comisuras de sus labios alzándose y bajándose como una bombilla parpadeante.

—Lo siento, seguramente es el antiguo complejo de héroe, reapareciendo de nuevo.

No pude evitar acariciar un mechón de su cabello con la mano no pegajosa.

—Créeme, he estado evitando trabajar en mi guion de cine desde antes de que aparecieras.

—¿Te resulta más seguro no intentarlo que arriesgarte a fracasar en algo que quieres tanto? —dijo.

Hice una mueca.

—Dash, ¿estás intentando que haga introspección de nuevo? ¿No habíamos determinado ya cuán lejos y rápido puedo huir para evitar hablar de mis sentimientos? No he malgastado todos estos años construyendo muros y murallas y un puñetero foso solo para abrir la puerta a la primera persona que llama.

Se apoyó contra el mostrador, que tenía medio metro de largo.

—Hay un foso, ¿eh?

—Pues claro que hay un foso. No subestimes mis murallas imaginarias.

—No lo haría nunca. Y nunca te pediría más de lo que sientes que puedes ofrecer. Pero si alguna vez quisieras bajar el puente levadizo...

Dejé el bagel y alcancé la cinturilla de su bóxer.

—¿Qué tal si me bajo la ropa interior en su lugar? Oh, espera, no llevo ninguna. Supongo que eso significa que tengo que bajar la tuya.

Tirando ligeramente de la cinturilla, dejé que mi mirada lo recorriera, despacio, con admiración.

—¿Te gusta lo que ves?

Sus palabras eran bastante triviales, pero la expresión en sus ojos era chocolate fundido. Si unas pocas palabras era todo lo que necesitaba para que el deseo empezara a surgir a través de todo mi cuerpo, estaba bastante segura que el fetiche de Dash consistía en que lo miraran.

—Me gusta todo de ti, Dashwood —dije, coincidiendo con su ligero tono a pesar de que la mirada hacia su cuerpo era intensa.

—¿En serio?

El sutil movimiento que hizo con sus caderas fue suficiente para hacer que mis dedos chocaran con algo más que su cinturilla. Dejé que mi mano se desviara hacia abajo, manteniendo su mirada.

Y justo así se evitó otra conversación profunda y emocional. Mientras arrastraba a Dash hacia mi cama, no pude evitar pensar que tarde o temprano mi suerte iba a acabarse. Y cuando eso pasara... cuando Dash al fin decidiera que había tenido suficiente de mí y de mis travesuras...

Sí. Seguramente no quería pensar demasiado sobre lo que ocurriría entonces.

◆ ◆ ◆

—Vaya, no es poco público —dijo Dash, mirando hacia la marea de gente en el bar de la azotea donde *Kate & Leopold* estaba siendo emitido.

Él y yo estábamos detrás de la pantalla, prácticamente fuera de la vista de las docenas de personas en las sillas de playa plegables. El sol se estaba poniendo detrás de los rascacielos que nos rodeaban, y las luces estaban encendiéndose a nuestro alrededor, aunque la iluminación del propio bar se estaba manteniendo tenue.

—Pero lo tienes todo bajo control, ¿no?

La serie de luces enlazadas encima de nuestras cabezas hicieron brillar los ojos de Dash cuando me miró. O quizás solo era su emoción al estar frente al público. Estaba llena de adrenalina, también, solo que la mía era del tipo nervioso, que me provocaba un nudo en el estómago incluso cuando Dash me respondió con un simple:

—Lo tengo.

Una sonrisa llena de confianza y anticipación tiró de las comisuras de su boca y me encontré devolviéndole la sonrisa.

—Lo tienes, vale —dije, y todos los nudos en mi estómago no opacaron el flirteo en mi tono.

Entrelazó sus dedos con los míos, y se inclinó para besarme. Si hubiera sido más fuerte, habría reaccionado poniendo una mano delante de su cara. Pero no soy de piedra, ¿eh? Se inclinó, y aunque no debí haberlo hecho, yo también.

O empecé a hacerlo, de todos modos. No llegué muy lejos antes de escuchar a alguien aclarándose la garganta justo detrás de nosotros.

Saltando hacia atrás como si fuera la tímida doncella que había sido sorprendida en medio de un beso ilícito con el duque, me giré para ver a tres chicas un par de años más jóvenes que yo agrupadas al borde de la pantalla. Sus miradas oscilaban entre nosotros, brillando con tanta curiosidad que sentí como me encogía hacia atrás.

—No —dijo una de ellas—. ¿El duque de Harding tiene novia? —Su mirada me recorrió, empezando por mi conjunto y acabando con un asentimiento—. Apruebo.

—Asistente —solté, alejándome un paso de Dash como si acabara de decir que era contagioso—. Soy su asistente.

La segunda chica alzó una ceja.

—Intercambiaría mi trabajo contigo en cualquier momento, reina. Apuesto a que viene con un montón de beneficio para empleados.

La tercera no decía mucho, sobre todo porque parecía que iba a llorar cuando me miró.

—No es así en absoluto —empecé a decir.

Sin perder el tiempo, Dash puso el acento del duque de Harding.

—¿Cómo podría ayudar a unas damas tan encantadoras?

—¿Harías un vídeo rápido con nosotras para BookTok? —dijo la segunda chica—. Tengo casi cien mil seguidores y todos te adoran.

Dash sonrió.

—Me esforzaré para hacerlo lo mejor que pueda, señorita. ¿Qué quiere que haga?

Con la intensidad de un director de Hollywood, la segunda chica le dijo a todo el mundo donde ponerse. Me mantuve al margen, tensa ante la posibilidad de que nuestro casi beso se volviese viral en las redes sociales.

El vídeo de TikTok fue rapidito, lo que fue algo bueno porque solo teníamos unos pocos minutos antes de que Dash tuviera que estar al otro lado de la pantalla. Cuando terminaron de grabar, la chica que había estado en silencio hasta entonces estiró una mano que puso en el brazo de Dash.

—Todo lo que dices es simplemente tan... tan romántico —soltó—. Nunca había conocido a un chico que hablara así. Es como si me entendieras. Como si me vieras.

Las yemas de los dedos de su otra mano estaban jugando con su escote, deslizándose sobre sus clavículas y enganchando sus collares. Por su expresión, no era difícil ver que deseaba que fuera Dash quien la tocara.

Los nudos en mi estómago se tensaron todavía más.

Dash dio un sutil paso hacia atrás, aparentemente para hacer una reverencia con elegancia, pero pude darme cuenta de que era su manera educada de salir de su alcance. Era una habilidad que debía haber perfeccionado como *cosplayer* en convenciones.

—Nos esforzamos para complacer a la audiencia —dijo simplemente.

Incluso con el contacto no solicitado, Dash estaba casi vibrando de emoción cuando las chicas se alejaron.

—Siento ser tóxica, pero no es tan guapa —le escuché decir a una de ellas.

Lamentándome, enterré la cara entre mis manos, levantándola solo el tiempo suficiente para decir:

—Ves, este es el por qué debemos tener cuidado cuando estemos en público.

Dash se encogió de hombros.

—No me di cuenta de que alguien estaba mirando.

—Esto es Nueva York, Dashwood. Hay un influencer grabando en cada esquina, así que recuerda mantener los pantalones en su sitio.

—Siento que debería señalar que no tenía intención de quitarme los pantalones —dijo Dash, y me mostró una sonrisa—. Por mucho que las fangirls lo hubieran agradecido.

Por un segundo me imaginé el alboroto que habría causado, antes de que Dash me abordara con un:

—Eh, me preguntaba si querrías que mencionara tu nombre mientras esté ahí arriba.

Su sonrisa se cruzó con mi ceño fruncido.

—¿Por qué querría eso?

—Me siento como un imbécil recibiendo todo el crédito por esto. Quiero decir, fue tu idea en primer lugar. Tu escribes la mayor parte.

Me encogí de hombros de la forma más despreocupada posible, a pesar de que la mera mención de darme crédito había hecho que me sudaran las manos. Metiendo las manos en los bolsillos del vestido transparente que llevaba encima de los jeans y un top ajustado, dije:

—No necesito validación de extraños en internet. Además, echaría a perder la ilusión.

Alzó una ceja.

—Dudo mucho que alguien aquí piense que en realidad soy un miembro de la aristocracia del siglo XVIII.

¿Realmente estaba intentado recalcar el tema cuando solo había una endeble pantalla separándonos de las hordas de fangirls? El miedo aleteó en mi interior. Tal vez un poco de resentimiento también. Las cosas eran fáciles para Dash de una forma en que no lo eran para mí, era frustrante cómo no veía algo que parecía tan abrumadoramente obvio.

No estaba preparada para fallar en público. No cuando el resto de mis fallos aún se cernían sobre mí. No cuando apenas había tenido la oportunidad de asimilar nuestro éxito.

Y, sí, está bien, quería validación, y no me importaba mucho de donde viniera. Pero había algo que quería más que eso, y era no quedar en ridículo delante del mundo entero. Tal cuál estaban las cosas ahora mismo, si todo se fuera a la mierda, no habría daños. Tiraría al duque de Harding debajo de la cama junto con todos los otros pasatiempos que había abandonado o fallado.

Debería haberle dicho todo eso a Dash, supongo. Siendo muy consciente del público al otro lado de la pantalla, todo lo que hice fue fruncir el ceño.

—Ya sabes lo que quiero decir.

Y, si no lo sabía, no había tiempo para explicaciones porque el coordinador de eventos del bar estaba viniendo hacia nosotros.

—Dash y Mariel, ¿verdad? —preguntó, extendiendo la mano para saludarnos antes de quitarse las gafas de montura negra para limpiarlas rápidamente en su camiseta—. Gracias por venir temprano, chicos. Realmente nunca hemos hecho este tipo de *preshow* en vivo antes de las noches de cine, así que todos cruzamos los dedos para que le guste al público. Deberíamos estar preparados para empezar en unos diez minutos. ¿Está bien?

Dash expresó su acuerdo y pasamos los siguientes minutos asegurándonos de que su pelo y su disfraz estuvieran perfectos. Entonces, con el corazón a mil por hora por la anticipación, fui a buscar un sitio en el que pudiera verlo todo.

Juntos habíamos escrito una corta escena que era poco erótica, pero contaba con la intensidad justa para mantener las cosas interesantes. Había estado preocupada de que el tipo de monólogos que funcionaron bien en las redes sociales no funcionaran en la vida real, pero no debería haberlo estado. Es decir, ese era Dash, ¿no? No solo hizo que funcionara, lo llevó más allá. Si creía que Dash estaba en su elemento frente a una cámara, era como si cobrara vida cuando tenía público de verdad. Captó la atención de todos en la azotea con la misma facilidad con que yo comía postres, y dio tanto como recibió, dirigiendo los comentarios a una persona y haciéndole su característico gesto con el pelo a otra, haciendo que todos se sintieran incluidos.

Supongo que me quedé un poco embobada en ese momento, porque grabé un vídeo rápido de Dash y se lo envié a tía Nena. Que respondió unos minutos más tarde diciendo que me iba a llamar más tarde, cuando saliera de la cocina y pudiera escucharme bien, y después de ese envió rápidamente otro mensaje.

Estoy muy orgullosa de ti, Chiquita. ¿Ya se lo has enseñado a tu madre?

El impulso de fingir que no vi la segunda parte del mensaje fue más fuerte que el aplauso que recibió Dash por su actuación. Tía Nena podía ser implacable, sin embargo, y últimamente había estado insistiendo más de lo normal sobre acercarme a mi madre, diciendo que habían pasado varios meses y que teníamos mucho de lo que ponernos al día. Como si la falta de comunicación no se debiera al tiempo que mi madre prefería emplear en busca de su propia identidad en vez de mantenerse en contacto con su única hija.

—¿Estás bien? —preguntó Dash cuando bajó del escenario y se acercó a la mesa que habíamos preparado con algo de nuestra nueva mercancía.

—¿Eh? Sí, bien. Las palabras salieron automáticamente, antes de que siquiera hubiera alzado la mirada para verlo mirándome con evidente preocupación. Volví a meterme el móvil en el bolsillo.

—Solo revisaba nuestros comentarios. ¡Dash, estuviste increíble!

Y, por supuesto, no era la única que lo pensaba. A pesar de que la película acababa de empezar, una marabunta de personas se estaba acercando, pidiendo selfis y mirando los broches y pegatinas que Dash había diseñado para vender. Dash volvió a cambiar inmediatamente al modo duque de Harding, respondiendo preguntas y comentarios como un profesional. Me quedé quieta un momento, mirándolo y dándome cuenta de algo, Dash nunca actuaba delante de mí como lo hacía ante los demás. Como hacía con su padre, incluso cuando solo hablaban por teléfono y las expectativas eran casi inexistentes.

Cuando estaba a mi lado, Dash solo era... él mismo.

Y eso era... vaya. Era... nada que necesitara analizar justo en este momento, no con Shy y Aria dirigiéndose hacia mí y las fangirls lanzando miradas curiosas en mi dirección.

Intenté parecer lo más discreta posible con mi vestido trasparente a rayas con cintas multicolores, mis pendientes largos en forma de flores apiladas y un enorme par de gafas de sol naranjas que habían estado sobre mis rizos desde el anochecer. Desafortunadamente, no pude desvanecerme en el entorno porque se suponía que debía encargarme de la mercancía mientras Dash atendía a la multitud.

Vestida con jeans y una camiseta de Lisa Frankenstein sobre un top de malla negra estampado con labios rojos, Aria se puso detrás de la mesa y empezó a ayudarme. Mientras tanto, Shy ordenó rápidamente las camisetas de edición limitada que habíamos impreso con la ilustración del duque que había hecho Dash.

—Estás extrañamente callada esta noche —dijo Aria durante un breve momento de calma, mirándome—. ¿No deberías estar ahí fuera firmando autógrafos también?

—Como si algunas de esas personas supieran quien soy.

Incluso en la penumbra de la azotea del bar, su mirada era penetrante.

—¿Quieres que lo sepan?

—Nah —dije, y le expliqué cómo seguramente las fangirls se comportarían de forma extraña si supieran que había una mujer en la vida de Dash—. Aunque solo fuera escribiendo guiones.

—Yo diría que eres más que una mujer escribiendo guiones —observó Shy.

—¿En el sentido de que soy una persona íntegra con intereses y aspiraciones y todas esas cosas? —repliqué, decidida a no darle a Shy la oportunidad de aclararlo, porque a pesar de todas las apariencias, entendí que se estaba refiriendo a Dash y a mí y a nuestra inexistente relación—. El objetivo del duque de Harding es proyectar una ilusión. Poniéndome a mí misma delante y en el centro podría estropearla.

—¿Así que dejas que un hombre se lleve todo el mérito de tu creación? —estalló Aria.

—Son peor que Dash —les dije a Aria y a Shy, y repetí lo mismo sobre no necesitar validación de extraños en internet, lo que consideré que había sido bastante bueno. Y bastante sincero. Ya sabes, en su mayoría.

Una vez que terminó la película, Dash se escondió en el baño para cambiarse de ropa, y después los cuatro hicimos el camino de vuelta a nuestro barrio, discutiendo alegremente sobre dónde parar a cenar. Después de haber perdido casi una hora intentando decidir entre cuatro sitios diferentes, acabamos ordenando una variedad de comida a Segunda oportunidad, donde pasamos el rato hasta después de medianoche.

Si hubiera puesto eso en un guion de cine, no habría cambiado ni una coma.

Más tarde, Dash y yo volvimos a mi casa y nos metimos en la cama durante unas horas más. Los dos estábamos lo suficientemente cansados como para no decirle a Dash que se fuera a su casa cuando me di cuenta de que se le cerraban los ojos. Y ni siquiera tuve la decencia de empezar a tener sudores fríos o perder el control. Todo lo que hice fue acurrucarme más cerca de él.

17

El verano se estaba acabando como un carrete de película de la vieja escuela que enseñaba un montaje de lo más destacado de agosto. Dash en la pantalla, haciendo que la audiencia gritara vítores cada vez que movía el pelo. Saliendo después con Shy y Aria y quedándonos despiertos hasta el amanecer riéndonos de la nueva obsesión de Aria con los romances de piratas. Yo, ayudando a Dash a probar recetas de un pastel de expreso con chispas de chocolate que me juró que me haría adorar el sabor del café. Y en medio de todo eso, las horas doradas brillando con satisfacción cada vez que ojeaba nuestras cuentas en las redes sociales y veía más comentarios, más seguidores, más vídeos compartidos y más «me gusta».

Aria y yo tuvimos que comenzar a realizar amenazas diarias en el grupo que habíamos creado para que Dash y Shy dejaran de jugar con el diseño del escaparate y pusieran una fecha en que todos pudiéramos reunirnos para hacerlo realidad. El día antes de la noche de burlesque parecía el momento perfecto; a Shy se le había ocurrido la idea de que podría hacer la gran revelación justo antes del evento.

Ambos se habían ido a comprar provisiones, y las habían puesto en una larga mesa plegable en el jardín, junto con aperitivos y un recipiente lleno de hielo y bebidas variadas. Dejé mi contribución, una caja de donas y una de esas galletas de ese sitio en la calle 45 con la Novena Avenida, que había comprado sin siquiera tener que comprobar mi saldo bancario, cerca de las papitas, y me di la vuelta para inspeccionar nuestro espacio de trabajo.

Ya estaba oscuro porque habíamos esperado hasta que la tienda cerrara ese día. Al igual que los hilos de luces que colgaban del árbol y del balcón, el patio estaba bien provisto con los focos que se solían usar para las actuaciones. Dash estaba de pie debajo de uno de ellos mientras apoyaba su tableta contra una pila de libros.

Seguramente no era la única persona que pensaba que Dash caminaba por ahí como si lo fuera siguiendo su propio reflector. Había cierta magia en la forma en que sus ojos captaban la luz del sol, y la forma en la que había aprendido a moverse para que sus gestos siempre estuvieran ingeniosamente iluminados.

Y eso era en un día normal.

En la oscura noche cobalto de finales de verano, la luz del sol perdía el brillo en sus abundantes rizos, el collar que le regalé se asomaba por encima del cuello de su camiseta azul marino y Dash parecía alguien que había sacado de mis fantasías.

De repente, pude sentir cada una de mis terminaciones nerviosas.

Golpear ligeramente su costado no calmó su intenso ardor; si acaso, solo lo empeoró. Pensarías que, tras semanas acostándonos, mi deseo por él se habría desvanecido al menos un poco. En todo caso, parecía aumentar día a día.

Y cada vez era más difícil decirme a mí misma que eso no era más que deseo.

—Estoy bastante segura de que así es como se ve el interior de tu cabeza —le dije a Dash mientras ambos bajábamos la mirada al dibujo en su tableta—. Todas las flores abriéndose y luciérnagas resplandeciendo y novelas románticas.

—¿Me estás comparando con un día de verano? —preguntó, poniendo un brazo alrededor de mis hombros—. Porque tendría que decirte que siempre he sido una chica de otoño. Abrigos y velas y pumpkin spice y todo eso.

Pensar en Dash en otra estación hizo que se me acelerara el corazón. No solo al imaginármelo con ropa de punto adorable, cocinando algo ridículamente complicado como risotto o osso buco, sino también la imagen que apareció en mi mente de los dos envueltos en mantas en su sofá, viendo caer las hojas desde la ventana, el aire a nuestro alrededor cargado con aroma a canela y cardamomo. Ese era el tipo de pensamiento que rara vez me permitía disfrutar.

Y tampoco iba a hacerlo esta vez.

Afortunadamente, entró alguien más al jardín y volví a la realidad. Chase podría haber estado en una pasarela a juzgar por la manera en que atravesó la puerta trasera y se dirigió hacia dónde estábamos Dash y yo.

—¿Esa no es mi guionista favorita, o debería decir escritora de relatos eróticos? —preguntó.

—¡Chase! ¡Creí que no volverías a la ciudad hasta mañana! —Me acerqué para darle un abrazo, que me devolvió levantándome del suelo y girándome. Planear la hazaña de Lord Loving significaba que habíamos estado en contacto constante por mensajes, a pesar de que no nos habíamos visto el uno al otro en persona desde esa tarde que celebramos escapar de la turba de Times Square con cerveza barata y alitas de pollo y baile—. ¿Qué haces aquí?

—Dash me mandó la Batiseñal y vine corriendo cuando escuché que su gran emergencia suponía hacer manualidades. Sé usar bien mis manos —dijo, guiñándome un ojo y obligándome a mirarle las manos.

Sus dedos estaban llenos de anillos, en su mayoría plateados y gruesos, que parpadearon en la poca luz que había con cada movimiento que hacía, pero también llevaba algunos anillos coloridos de plástico, incluido uno a rayas que me recordó a un bastón de caramelo.

Me puse las manos en las caderas.

—Te das cuenta de que me estás desafiando a añadir juegos con las manos en literalmente cada uno de los guiones de Lord Loving.

—Chase, más te vale que tengas cuidado —dijo Dash—, va a hacer que te comas tus propias palabras.

Chase nos devolvió la sonrisa.

—No suena del todo agradable, pero no juzgo los fetiches de nadie.

Me estaba quejando en el momento en que Shy y Aria se unieron a nosotros, con Kitty Marlowe a la cabeza. El demonio naranja se enroscó alrededor de los tobillos de Dash, ronroneando amorosamente, luego me fijó una mirada llena de desdén antes de desviar su atención y causar estragos en los materiales de arte.

—¿No podían haberme esperado para empezar a hablar de fetiches? —dijo Aria, dejando caer una caja de materiales de arte sobre la mesa—. Estoy asombrada y herida de que tengan tan poca consideración por mis sentimientos.

—No te preocupes, nena, la noche solo acaba de empezar —le dijo Chase, acercándose para darle un cariñoso beso en la mejilla.

Sentí una pequeña sacudida al darme cuenta de cómo todos habíamos descubierto a Aria y a Shy y a Segunda oportunidad en nuestro camino, todo entrelazado como el tapiz del que Dash había hablado.

Shy no pareció sorprenderse con nuestras travesuras.

—¿Alguien más siente que va a necesitar una golosina de marihuana para pasar la noche? ¿No? ¿Solo yo?

Chase le dio una palmadita en la espalda.

—Si estás proponiendo...

Nos llevó un tiempo, pero al final logramos mover nuestros culos y empezar a trabajar. Retomando mi pasado como gerente de proyecto, había dividido todo, con la aportación de Dash, en pequeñas y manejables tareas. Lo creas o no, una vez fui buena en mi trabajo. Ya sabes, cuando no estaba gritándoles a los clientes.

Elaine una vez me dijo que el diseño de interiores era como contar una historia. Como me explicó ella, cuando diseñas el espacio de las personas, las estás ayudando a contar la historia de quiénes son, o de quiénes creen que son, o de quiénes quieren ser. Y aunque no había estado diseñando, mi responsabilidad había sido preparar a los diseñadores para el éxito. Una vez que descubrí lo que Dash estaba intentando expresar, fue bastante fácil ayudarlo a que descubriera cómo hacerlo. Como hicimos cuando empezamos lo del duque de Harding, él y yo trabajamos juntos para establecer un presupuesto y conseguir los materiales. Shy puso el dinero, y Aria y Chase se habían apuntado para ayudar con la mano de obra.

Aria había afirmado que no tenía habilidades artísticas útiles, así que estaba ocupada abriendo paquete tras paquete de luciérnagas de led, que Dash quería enhebrar en hilo de nailon.

Chase resultó ser tan habilidoso con la aguja y el hilo como lo era con sus manos, por lo que lo pusimos a coser dos docenas de cuentas de color ámbar que Dash quería pegar en los centros de las flores que ya había hecho con papel con relieve. Sentada al lado de Chase, estaba cortando formas de tela trasparente que se fijarían en la parte posterior de las flores de papel, para que filtraran la luz que brillaría tras ellas.

—Así que tú y Dash, ¿eh? —dijo Chase mientras ensartaba algunas cuentas en una aguja grande de punta roma—. Tendría que haberlo visto venir.

—¿Porque soy tan irresistible que Dash nunca habría sido capaz de resistirse a mis muchos y variados encantos? —supuse.

—Sí, y también porque lo entiendes. Lo puedo ver en los guiones que escribes para él. —Chase se quedó callado reflexionando, sosteniendo la aguja en alto—. La mayoría de la gente no se molesta en mirar más allá de su superficie. Ven su apariencia y la forma en la que interactúa con el mundo, y piensan que eso es todo lo que necesitan saber sobre él. Tú escribes para él como si te hubieras adentrado en lo más profundo de su ser y hubieras encontrado todas esas perlas y las sacaras a relucir para que todos las admiren.

—Estoy esforzándome por no decir nada demasiado atrevido sobre las perlas de Dash ahora mismo —comenté, para evitar mostrar lo conmovida que estaba.

Chase me lanzó una mirada divertida.

—Puedes correr, pero no puedes esconderlo, nena. Puedo notar que en realidad te gusta, no por cómo se ve o por cuánta envidia provocaría en los demás verte con él. Y sabiendo lo que sé sobre su anterior relación, puedo decirte ahora mismo que eso no es tan común como podrías pensar.

—Mierda —dije en voz baja.

Si alguien no se merecía eso, ese era Dash, con su honestidad y su gesto con el pelo y su sonrisa que se parecía a los rayos del sol.

Parte de mí quería enfurecerse con toda la gente que había hecho sentir a Dash cualquier cosa menos asombroso, no obstante, otra, una parte más autoconsciente sabía que había una alta probabilidad de que pudiera terminar siendo una de esas personas. No a propósito, quizás, pero era solo cuestión de tiempo hasta que echara a perder las cosas y le hiciera daño.

Chase movió la aguja a través de un conjunto de cuentas sueltas.

—Seguramente no me corresponde para hablar de esto. Aunque, me preocupa, ¿sabes? Dash es una buena persona. Odiaría verlo herido de esa forma de nuevo. En absoluto.

Una risa sonó desde el otro lado del jardín, y dirigí mi atención hacia donde Aria estaba inclinándose para darle a Shy un bocado de dona. Por romántico que pareciera, el gesto se debió en realidad al hecho de que las manos de Shy estaban cubiertas de aserrín, en detrimento del esmalte amarillo de sus uñas que combinaba con los huevos fritos estampados en sus pantalones cortos.

Dash estaba de pie junto a la parejita, fingiendo estar triste por el hecho de que nadie le estaba dando de comer. Así que fui hacia la mesa de comida, partí una dona, y se la arrojé solo para hacerlo reír.

—Lo que sea por complacer a mi hombre —dije dulcemente.

—¡Me arrepiento! —gritó soltando una risita y alzando las manos para evitar un segundo trozo de dona, y casi golpeando a Shy, que estaba usando sus habilidades rudimentarias de carpintería para hacer una letra R con la madera contrachapada.

La letra, que era casi tan alta como Dash, iba a ser adornada con flores y enredaderas de papel y largas guirnaldas de clementina, e iba a sostener unas pequeñas repisas en las que la sección de romance de verano de Shy podría apoyarse con soportes acrílicos discretos. Eso era, si Shy y Dash conseguían descubrir cómo empezar a abordar el inicio de la construcción del proyecto.

—Todo va bien. No tengo ni un poquito de miedo de que me golpeen en la cabeza con un martillo volador —observé animadamente mientras volvía a mi sitio junto a Chase, ganándome un bufido de Shy.

Sin inmutarse por mi comentario ni por la tarea en cuestión, volvieron al trabajo.

—Lo siento mucho por la interrupción —le dije a Chase, que se estaba desternillando de risa—. Ya sabes cómo es cuando tienes bocas hambrientas que alimentar. El patriarcado nos convierte en monstruos a todos.

—No, si lo entiendo. Tirar comida a tu persona especial es un medio de comunicación subestimado.

—Definitivamente es mi lenguaje del amor.

Dejé que la palabra amor se asentara a mi alrededor, esperando que llenara el aire, expandiéndose hasta que me sintiera asfixiada por ella. Supongo que estaba algo sorprendida cuando no lo hizo. Tampoco es que tuviera tiempo de pensar en ello.

Aria había decidido que Shy había comido bastante, así que se dejó caer en la silla junto a la mesa, con la bestia anaranjada y maulladora en los brazos, preguntándole a Chase sobre su viaje.

Intenté centrarme en lo que estaba diciendo, pero era difícil prestar atención a algo más que a la sensación dentro de mi pecho. Era como si mi corazón se hubiera elevado un poco. No era como elevarse sobre el East River, exactamente, era más estable que eso. Y no se trataba solo de Dash, tampoco. Era... todo esto. El húmedo calor de la noche, las cuerdas de luces brillando sobre el fondo de ladrillos y las hojas de árboles. La canción de Lady Cerulean sonando débilmente en el móvil de Shy, en segundo plano por el murmullo de la conversación general y marcada por el ocasional estallido de martillos.

Estar en la ciudad con amigos y tener algo que hacer, y por fin, por fin sintiéndome como si estuviera yendo hacia el lugar al que pertenezco.

Y —me aferré al pensamiento antes de que pudiera escapar—, sintiendo que también le pertenecía a Dash. Había bajado el martillo y se estaba quitando el pelo de su sudorosa frente. E inmediatamente volvió de nuevo a su sitio, lo que me llevó a meter la mano en mi bolsillo para agarrar la cinta que había metido allí al prever que la humedad se saldría con la suya con mis rizos. Le sacudí a

Dash la mayor parte del aserrín de sus oscuros mechones y le puse la cinta.

—Las flores te quedan bien, Dashwood.

No podía hacerme el gesto con el pelo con ese recogido hacia atrás, pero el destello en sus ojos y la lenta y dulce sonrisa que se dibujó en sus labios como Nutella en una tostada caliente fue prácticamente letal. En el sentido de que podía sentir que acababa con mi necesidad de huir.

Su beso se posó justo debajo de mi oreja.

—¿Sabes que más me queda bien?

El hormigueo se estaba acumulando en mi abdomen como si fueran burbujas de champán, y me retorcí mientras me acariciaba el cuello.

—Guárdatelo para cuando no estemos en público. O cubierto de aserrín.

—¿Qué dijiste? ¿Acabas de decir que te gustaría estar cubierta de aserrín? —Los brazos de Dash me rodearon y frotó todo su cuerpo contra el mío, haciéndome gritar, y Chase y Aria estallaron en carcajadas y chillidos.

—¡Te mato! —grité, intentando no reírme mientras lo empujaba.

—Me siento feliz de cumplir con la petición de mi señora —dijo Dash, sonriendo.

Puse los ojos en blanco. Después me acerqué a él de nuevo y le di un beso.

—Solo por esto voy a hacer que laves mi ropa la próxima vez que vayamos a la lavandería.

Me agarró por la cintura, sujetándome el tiempo suficiente para susurrarme al oído:

—Si querías que te quitara la ropa interior, todo lo que tenías que hacer era decirlo.

Solté una carcajada.

—Dashwood, estoy sorprendida. ¿Qué diablos te ocurre esta noche? —Y antes de que pudiera decir nada, puse mi mano encima de su boca—. Olvida lo que te pregunté.

Retrocediendo unos pasos para alejarme del aserrín mientras Dash recogía un trozo de papel de lija, intenté no dejar ver lo que sentía a medida que él lijaba una de las curvas de la R gigante.

—Estás de buen humor esta noche.

—Me gusta esto —dijo Dash simplemente. Su preciosa boca se curvó hacia arriba, y de alguna forma el destello en sus ojos era más brillante que las guirnaldas de luces alrededor del jardín—. Y también me gustas tú.

Estaba intentado ser fuerte, de verdad. Pero ¿alguien podría culparme por sentirme débil ante la gran fuerza de su cálida sinceridad?

Tal vez abrir mi corazón a Dash no fuera algo malo. Es decir, a estas alturas, podía fiarme lo bastante de que no iba a *ghostearme*, ¿verdad? Quizás...

—¿Alguien ha visto un gran rollo de cinta plateada? —gritó Shy.

—Creo que está dentro —dije, y fui a buscarlo. No fui rápido ni nada. No estaba intentando escapar. No tenía de qué preocuparme. Solo estaba siendo útil.

Efectivamente, la cinta plateada estaba donde la había visto, colocada al azar en lo alto de una gran pila de novelas históricas de Harlequin. Me puse el pesado rollo en un brazo como si fuera una pulsera y estaba a punto de dar la vuelta cuando me di cuenta de que un extremo del papel marrón que cubría las ventanas de la tienda se había despegado del cristal y colgaba como el tirante de un overol sin abrochar.

Arrancando un trozo de cinta, fui a pegarlo de nuevo para evitar que nadie viera nuestra obra maestra en proceso, que en ese momento no era más que una escalera y un par de latas de pintura colocadas en el centro de la desnuda ventana del escaparate.

Estaba agarrando la esquina caída cuando me di cuenta de que había alguien parado fuera, seguramente leyendo el póster que anunciaba la noche de burlesque, que Shy había pegado por fuera del escaparate. La acera estaba casi a oscuras, pero salía suficiente luz a través del papel para que la persona de pie frente a Segunda oportunidad estuviera completamente iluminada. Una vez que mi cerebro se puso al día con mi agitado corazón, fue imposible no reconocerlo.

Era Milo, de pie ahí como un mal presagio o un mensaje del universo. O peor, un recordatorio de que por muy bien que parecieran ir las cosas, nunca sabías cuando iban a mentirte y a *ghostearte*.

◆ ◆ ◆

—¿Quién era ese? —preguntó Aria.

Me había seguido dentro, Kitty Marlowe maullando con todas sus fuerzas en sus brazos, seguramente protestando porque la habían alejado forzosamente del caos que había estado causando fuera.

—¿Quién? —pregunté, alisando con tanta fuerza la cinta recién puesta con mi pulgar que fue un milagro que la ventana no se agrietara.

Me arqueó una ceja, claramente nada impresionada por mi mediocre intento de indiferencia.

Volví a mirar la ventana tapada, como si acabara de darme cuenta de que había alguien al otro lado.

—Oh, es solo un fantasma.

—¿Quieres hablar de eso?

La miré a los ojos, de un azul todavía más intenso gracias al verde lima y al índigo del conjunto que llevaba puesto, y dudé por un instante. Entonces la puerta del jardín se abrió, y Kitty Marlowe, viendo la oportunidad de escapar, se retorció en los brazos de Aria y salió disparada fuera.

—No hay tiempo —le dije a Aria con forzada despreocupación, señalado a Dash que venía con una bandeja cuidadosamente equilibrada llena de luces led individuales colgando de un hilo transparente.

—Todavía tenemos que colgar todas esas luciérnagas.

Y, mira, no estoy orgullosa de ello, pero le di la cinta plateada y le pedí que se la diera a Shy, para que pudiera ayudar a Dash con las luciérnagas. Pude notar su mirada sobre mí durante el resto de la noche, acompañando a veces a la de Dash, que era lo bastante perspicaz como para saber que algo me había alterado, aunque no supiera exactamente qué.

El problema era que no podía comprender por qué Milo seguía persiguiéndome, cuando ya no tenía problemas que resolver con él. Ese día en la cafetería le había dicho todo lo que había estado queriendo decirle desde que lo pillé en su mentira. Había continuado adelante. Estaba feliz con Dash y con mis nuevos amigos, y con esta vida que estaba construyendo.

Y, lo juro, la única razón por la que tenía lágrimas en los ojos era porque había tropezado accidentalmente con la mesa de recomendaciones del duque de Harding y me había golpeado la cadera con la afilada esquina.

El golpe fue lo bastante fuerte para que algunos de los libros colocados de forma llamativa se estrellasen contra el suelo, junto con la tetera de flores vintage que sostenía un ramo de flores de seda que Dash y Shy habían añadido para, bueno, crear ambiente o algo parecido. Era difícil no tomarse esto como otro mal presagio, pero agarré la escoba y un coctel enlatado, e hice una broma y todo volvió a estar bien.

Yo estaba bien.

Tuvo que ser cerca de las once para cuando terminamos de montar el escaparate y limpiamos el jardín.

Todos estábamos empapados en sudor y casi borrachos con cócteles enlatados que se habían calentado cuando el hielo del recipiente se derritió bajo el brillo de los focos, y teníamos ese tipo de cansancio que te marea y te hace propenso a la risa. Todos nos amontonamos en la acera formando una sudorosa masa para admirar el escaparate iluminado.

Era un momento instantáneo si es que alguna vez lo hubo, el cálido brillo de las luciérnagas oscilando suavemente, la oscura y cálida noche cerniéndose sobre nosotros, nuestros reflejos en el cristal. Hilos invisibles conectándonos con los demás, y con la ciudad, y con nuestros sueños.

Los dedos de Dash se rozaron con los míos, y me di cuenta de que quería captar mi mirada y mantenerla, y regalarme una de sus tenues e íntimas sonrisas, e incluso tal vez inclinarse para susurrarme algo sobre los momentos instantáneos, como el recuerdo de su rostro mirando hacia arriba, salpicado de luz y sombras en forma de hojas, mientras hablaba de su juego de la infancia como si no estuviera haciendo que mi pecho se tensara con una emoción que no quería sentir.

Incliné mi cara y tomé un sorbo de la White Claw que me había llevado fuera.

Podríamos habernos marchado entonces, supongo, y habernos quedados satisfechos con el día de trabajo. Pero conecté mi móvil a los altavoces del mostrador, agarré a Shy, le hice girar y le hice algunas sugerencias no muy sutiles de que deberíamos continuar con la fiesta.

Tampoco es que lo hiciera a propósito, y Dash y Aria acabaron siendo los que bajaron al almacén a buscar tequila. Cuando volvieron, estaba absorta en una entretenida conversación con Chase, quiero decir, tampoco podía evitarlo si la investigación que estaba haciendo sobre la historia de las leyes contra la pornografía en Nueva York y cómo se relacionaban con el burlesque era tan fascinante que llevó casi una hora solo escuchar todas las cosas que había descubierto en sus viajes a los archivos nacionales en D.C.

Dudo que se hubiera quedado sin cosas que decir sobre la tesis que estaba escribiendo, pero al final los demás se acercaron a nosotros, y la conversación se extendió y Dash se puso a mi lado con su brazo alrededor de mi cintura.

Me alejé ligeramente, murmurando algo sobre el calor. Dash me soltó de inmediato, porque ese era el tipo de persona que era. Irritada sin razón aparente, me llevé la lata de White Claw ahora tibia a la parte posterior del cuello. El chorro de tequila que le había añadido no había hecho nada para mejorar mi humor. Al contrario, con cada minuto que pasaba podía sentir que me desmoronaba. O tal vez solo me alteraba.

Así que, sí, me sentí aliviada cuando Dash miró su móvil y se disculpó, diciendo que eran sus abuelas llamando. Deambuló a unos cuantos metros del columpio, alzando a Kitty Marlowe de camino. Y yo... no estaba escuchando, no exactamente. Pero el jardín de la librería era lo bastante pequeño para que su voz se filtrara hacia mí, tan cálida y relajada como el inicio de esa noche.

El recuerdo de eso era solo de hace unas horas, pero parecía tan lejano de mí como si hubiera sucedido en otra vida. Tan inaccesible como algo debajo del hielo o fosilizado en ámbar.

Le di la espalda e intenté hablar con Shy sobre la búsqueda del tesoro, pero entonces volvió Dash, y Chase preguntó por sus abuelas, y todos escuchamos a Dash hablar sobre sus últimas hazañas, que implicaban un atraco en un bufé para personas mayores, que sonaba a algo sacado de *La gran estafa*.

Su mirada seguía deslizándose hacia mí, y podía sentir que quería preguntarme qué andaba mal, así que cuando Kitty Marlowe maulló desde un árbol, dando la conveniente impresión de estar indefensa, y Aria, Shy y Chase fueron a rescatarla, dije lo primero que me vino a la mente.

—Las Zorras jugadoras son mis ídolos. Me muero de ganas por conocerlas. —El pánico hizo que me estremeciera por un momento, pero había bebido demasiado para salir airosa de esta. Así que, en su lugar, añadí—: Es decir, no estoy buscando una invitación para conocer a tu familia. Sé que esto no es una relación de verdad ni nada por el estilo.

—Cierto —dijo tras un instante—. Solo somos amigos con derechos.

Tampoco es que no oyera la tensión en su tono. O que no me importara. Era solo que sentía demasiadas emociones no deseadas, por no mencionar el tequila, que llenaba mi cuerpo como la electricidad estática de una televisión antigua, que ni siquiera podía reconocerlo. Y como mi cerebro ya estaba en una pequeña y alegre fase de nada de pensamientos, solo impulsos autodestructivos, seguí adelante y metí el dedo en la llaga un poco más.

—Es decir, seguramente no lo expresarías de esa forma delante de ellas. Puedes contar conmigo para reunir un poco de decoro de vez en cuando.

Dash tenía todo el derecho de estar molesto, pero, por supuesto, solo parecía preocupado.

—¿Qué pasa? ¿Hice algo que te molestó?

—¿Por qué pensarías eso?

Me devolvió el gesto burlón con una mirada elocuente.

—Me pareció que estabas algo fría conmigo antes. Y ahora...

Alcé ambas cejas, manteniendo el suficiente control para decir alegremente:

—Dash, el único hielo por aquí está dando vueltas en tu margarita. Lo que me recuerda, Shy me pidió que rellenara el cubo.

Genial, ahora le estaba mintiendo. Pero parecía que no podía evitarlo.

La culpa y la confusión me revolvían el estómago. Pasé por delante suyo y me fui al almacén, donde estaba la máquina de hielo. Y Dash me dejó ir.

No sabía cómo sentirme al respecto, pero por suerte otra ronda improvisada de margaritas hizo que no tuviera que sentir demasiado. O pensar demasiado. Ni nada que no fuera dejar que el dulce, dulce rumbo del tequila se abriera paso por mi interior mientras hacía que Chase me enseñara algunos movimientos de baile.

Para entonces, habíamos bebido lo suficiente para volver a estar todos mareados, así que hice que todos escribieran en trozos de papel su tropo romántico favorito y el que más odiaban, y luego intentamos que cada uno adivinara quién lo había escrito. Descubrir el de Shy no fue un reto, pero Dash me sorprendió al afirmar que sentía debilidad por los romances de guardaespaldas, ya que lo relacionaba con el cliché de *friends to lovers*.

El de *Secret Baby* acabó siendo el ganador del tropo más odiado.

—A menos que haya una buena razón para mantener el secreto —añadió Shy, lo que provocó un debate sobre lo que constituía una buena razón para no decirle a alguien que tenía un hijo. Lo que nos llevó a una discusión sobre *Juego de gemelas*, lo que nos llevó a Chase y a mí a una conferencia improvisada sobre todas las películas que Nancy Meyers había hecho. En ese momento eran casi las dos de la mañana, y Aria nos estaba obligando a todos a hidratarnos, con pocas esperanzas de que evitáramos la resaca.

Y no me olvidé por completo de que le había dicho a Dash que iría a su casa, pero con Yaz llegando al día siguiente y teniéndome que levantar a una hora indecente para sorprenderla en el aeropuerto, solo pensé que sería mejor dormir en mi apartamento. Sola.

Solo era sentido común, y práctico, y no tenía nada que ver con la inestabilidad emocional que me acompañó hasta debajo de las sábanas.

18

A pesar de que Yaz me dijo que se reuniría conmigo en mi apartamento, la sorprendí en el aeropuerto con una pancarta de cartulina vergonzosamente grande, su nombre escrito en letras de irritantes colores neón, porque por supuesto que lo tenía que hacer.

Lo había hecho por ella, no para distraerme a mí misma de la maraña de pensamientos dentro de mi mente cuando esconderlos debajo de la alfombra no servía de nada. Milo era un imprevisto en el puñetero tapiz no solo de la ciudad, sino de mi vida, un hilo del que no iba a tirar. No porque estuviera preocupada de que eso pudiera descoserlo todo, no era un hilo tan importante. Solo era una pérdida de tiempo.

A pesar de que iba vestida de cachemira verde matcha y el moreno oscuro de la tez de su cara brillaba con un serum carísimo, la Yaz que salió de la zona de llegadas del JFK parecía tan demacrada que sentí que mi pancarta descendía ligeramente unos centímetros.

Me localizó, y la fracción de segundo que tardó su expresión en convertirse en una sonrisa me hizo dudar, a pesar de que un segundo antes había estado a punto de lanzarme a toda velocidad hacia ella para darle el tan esperado abrazo.

—¿Qué tal el vuelo? —le pregunté en su lugar, extendiendo el brazo para agarrar su equipaje de mano estampado con sus iniciales.

—No fue tan malo —respondió.

Había estado segura de que la incomodidad que me había hecho sentir la distancia entre nosotras por primera vez desde que me mudé a Nueva York desaparecería cuando estuviéramos cara a cara. En su lugar, parecía haber crecido y no sabía por qué, y estaba demasiado asustada por la respuesta para preguntarle sobre ello mientras la guiaba hacia el metro.

¿Por qué la distancia? ¿Estrés por el trabajo, o por su boda, o ambas? ¿Es que todavía estaba enfadada porque había abandonado mi guion de cine a favor del duque de Harding? Tampoco es que hubiéramos podido hablar mucho de eso desde que nuestro contacto diario se había convertido en mensajes de texto semanales.

—Huele muy bien por aquí —dijo Yaz cuando llegamos a mi apartamento, sin que le faltara el aliento después de tantas escaleras.

—Eso es porque es aquí donde me tiro pedos —dije. En vez de su carcajada normal, Yaz solo sonrió educadamente, de la forma en que podrías responder la broma de un conocido sin mala intención. Hice un gesto hacia el calentador de velas en la esquina, al que bajé la potencia al mínimo—. Tengo una vela de olor a naranja con vainilla que combina con mi edredón.

—No te preocupes, no pensé realmente que tus pedos olieran a helado.

Yaz se desplomó en mi cama y se quedó allí, inmóvil, el tiempo suficiente para que no pudiera evita soltar:

—Eh, ¿todo bien?

Se sentó despacio.

—¿Qué quieres decir?

—Es solo que he estado percibiendo unas vibras extrañas de tu parte últimamente. ¿Estás...?

¿Reconsiderando mantenerme en tu vida después de todo el tiempo que has perdido tratando de ayudarme a recomponer mi vida?

Sinceramente, ojalá hubiera tenido el valor de decir eso en voz alta en lugar de tragarme de nuevo mis palabras y mostrarle a Yaz una sonrisa que no habría pasado la prueba en circunstancias normales.

—¿No soportas más la planificación de la boda? Sé que no he cumplido mi promesa de ayudar...

La forma en que se apoyó en mis almohadas le facilitó evitar mi mirada.

—Solo es el caso en que estoy trabajando. No puedo dar detalles.

—Está bien —dije, y debió de haber captado la incomodidad en mi tono porque se sentó recta y me preguntó sobre mi ropa para esa noche.

Me creas o no, era sorprendentemente simple. Revisando mis tiendas de segunda mano habituales, había aparecido un vestido corto y sin tirantes con esa tela de brocado que se parecía a la vez a las cortinas de nuestro set del duque de Harding y a algo que la protagonista de *Despistados* habría usado en una cita. Era del mismo tono de helado de frambuesa rosado que la boina que Dash me había regalado; y con solo añadirle un par de Mary Janes plateadas y un pequeño bolso iba a parecer salida de una de mis películas favoritas.

Yaz se había decidido por un refinado vestido de verano de color crema, que tenía planeado combinar con alpargatas y joyas de oro y perlas, que combinaban a su vez con su discreto anillo de compromiso, también de oro y perlas. Incluso la pinza que estaba pensando ponerse en el pelo era crema y dorada.

Colgó el vestido en mi estrechísimo armario para evitar que se arrugara, y alisó un pliegue que se le había hecho, con tanta insistencia que perdí la paciencia y le dije que se volviera a poner los zapatos porque la iba a llevar a explorar la ciudad.

La invité a un almuerzo tardío en Soho, e incluso conseguimos hacer algunas compras antes de que tuviéramos que volver corriendo para vestirnos para la noche de burlesque. Y, sí, lo admito, estaba... bueno, no nerviosa exactamente, sino un poco estresada porque vería a Dash, ahora que el tequila se había ido de mi sistema. Incluso más nerviosa por presentarle al fin a Yaz, que se daría cuenta de que estábamos acostándonos a los dos segundos de conocerlo. Tenía tantas ganas de que ella viera lo bien que lo estaba haciendo. Pero después de ver con la rapidez que había perdido el control la noche anterior, ni siquiera yo creía en mí misma.

Sobre todo, estaba arrepintiéndome un poco de haber propuesto ir a Segunda oportunidad. Dash había hablado casi sin rodeos y me había dicho que no quería conocer a Yaz. Y después de lo que había dicho la noche anterior, lo más probable era que tuviera aún menos ganas. No me malinterpretes, lo haría de todas formas. Ese era el tipo de persona que era. Ya sabes, del tipo que no dejaría que un pequeño malentendido se interpusiera en medio de un compromiso.

El atardecer daba paso a la noche cuando llegamos a Segunda oportunidad. El escaparate de Dash estaba completamente iluminado, las luciérnagas brillaban, su cálida luz hacía resaltar la translúcida tela y la textura de las flores de papel, hasta alcanzar las cuentas, mientras que los focos cuidadosamente dispuestos convertían en joyas los libros expuestos y las mandarinas esmeradamente colocadas entre ellos.

Era... arte. Y Dash lo había creado, y todos lo habíamos ayudado a darle vida, y a pesar de que mi estómago había estado atenazado durante la mayor parte del día, ver el escaparate en que había puesto tanto esfuerzo casi lograba disolver los nudos en mi interior.

Dash no se parecía en nada a Milo. Era honorable y honesto y todas esas cosas. Nunca me pillaba por sorpresa. Y definitivamente nunca se largaría sin al menos intentar hablar del tema hasta el cansancio.

Intenté hablarle a Yaz sobre el escaparate, pero ella ya había entrado.

Había pensado que me encontraría a Dash de pie en la mesa de *recomendaciones del duque de Harding*, siendo encantador, pero aparte del recorte de cartón del duque que él y Shy habían preparado, la primera persona con que nos encontramos fue Chase.

Había recibido el memorando sobre el tema de la noche, que era ser un dulce fabuloso, y había cambiado su *look* desde la noche anterior. Su pelo, que llevaba teñido de un rubio oscuro cuando lo conocí, ahora era del mismo tono que el del algodón de azúcar rosado, con ligeras mechas naranjas en algunas zonas. La combinación hacía que su pálida piel morena pareciera cremosa, lamible incluso, si te guiabas por la expresión de Yaz.

Le lancé una mirada divertida que pasó completamente desapercibida mientras absorbía toda su vibra. Chase se dio cuenta, por supuesto. La sonrisa que le regaló era casi una sonrisa burlona, lo que hizo que ella pusiera los ojos en blanco. Clásica respuesta de Yaz. A lo mejor acababa de recordar que tenía una prometida y que se suponía que no tendría que comerse con los ojos a otras personas. ¿O tal vez comerse a alguien con los ojos estaba permitido cuando estabas prometida? Claramente, no sabía nada sobre las relaciones.

—¿No deberías estar listo ya? —le pregunté a Chase después de haberle dado dos besos y haberle presentado a Yaz.

—No salgo hasta dentro de una hora —dijo Chase. La camiseta que llevaba puesta era una explosión de lentejuelas metálicas del mismo color que su pelo, y brillaban como escamas de sirena a medida que se movía, y los destellos se repetían por el largo pendiente que colgaba de su oreja derecha—. Y estoy demasiado emocionado por los bailarines de esta noche como para arriesgarme a perderme un solo segundo. Lo que significa conseguir un buen sitio, ¿te importaría acompañarme fuera?

Le eché una rápida ojeada a la tienda. Tampoco es que estuviera buscando a Dash ni nada por el estilo. Solo me percaté de que Shy, que llevaba una camisa de botones con estampado de cerezas, estaba detrás del mostrador con Kitty Marlowe enroscado alrededor de sus hombros como una estola de piel extremadamente inapropiada para el calor que hacía. Y la afilada mirada de Aria estaba enfocada en el hombre con quien estaba teniendo una conversación y no, ya sabes, atravesándome. Lo que normalmente habría sido cosa de Yaz, pero esta estaba demasiado ocupada comportándose de forma extraña y comiéndose con los ojos a Chase.

Así que salimos al jardín secreto, donde le mostré nuestras entradas a la rubia vestida de rosado barbie que dirigía el evento. El lugar estaba lleno como nunca antes lo había visto, por lo que nos llevó varios minutos agarrar unas cervezas y tres sitios en el banco que continuaba por toda la pared trasera del jardín.

Chase ahuecó una mano sobre su boca y gritó:

—Ruby, mi amor. Por favor, ven aquí y déjame decirte lo deslumbrante que te ves esta noche.

Eso, sí, definitivamente deslumbrante era la palabra para describirla; la pelirroja vino y nos salvó a todos de tener que buscar un tema de conversación al hablar con gran entusiasmo. Incluso la impasible Yaz se unió. Lo que significaba que podía relajarme un poco, al menos los breves segundos que me llevó escanear sutilmente el recinto en busca de Dash.

¿O tal vez no tan sutilmente? Porque cuando volví mi mirada hacia nuestro pequeño grupo me di cuenta de que Ruby se había ido y Chase y Yaz estaban mirándome con evidente curiosidad.

—Nena, ¿por qué estás tan preocupada? —me preguntó Chase amablemente.

—¿Preocupada? Yo no —me forcé en decir. Entonces, traicionada por mi automática mirada al móvil, el cual seguía en blanco, me vi obligada a admitir—: Creí que Dash ya estaría aquí. No es propio de él llegar tarde. No es propio de él ser otra cosa que rigurosamente puntual, de hecho, lo que es como un grano en mi culo dominicano.

—Estoy segura de que está bien —dijo Yaz categóricamente, de vuelta en el familiar punto de intentar calmarme—. Podría haberse quedado atascado en el metro o algo así.

—Vive a poca distancia de aquí. Pero, sí, estoy segura de que le surgió algo. —Me forcé a sonreír—. Seguramente esté fuera, intentando persuadir a sus abuelas de que no cometan otro atraco a un bufé de casino.

Yaz no tuvo respuesta para eso, pero tal vez fue porque Shy estaba subiendo al pequeño escenario. Las cerezas de su camisa aparecieron de repente, iluminadas por el foco, que brillaba sobre ellas revelando una ligera capa de purpurina.

—Bienvenidos a otra noche de burlesque en Segunda oportunidad —dijo—. Como ya saben, sus entradas les dan derecho de recibir un diez por ciento de descuento en cualquier libro que compren de la mesa de recomendaciones del duque de Harding. No se olviden de revisar nuestro sitio web para informarse sobre cómo unirse a la búsqueda del tesoro de Su Excelencia, y para el horario de las noches de burlesque de otoño. Y como sé que todos están ansiosos porque empiece la fiesta, eso es todo por mi parte. ¡Por favor, denle la bienvenida a Ruby Rapture!

Intenté prestar atención. De verdad. Ruby estaba preciosa en su boa de plumas y su rutina estaba configurada con una canción de Lady Cerulean que te hacía desear un cóctel de fresa y una noche de karaoke con tus mejores amigas. Pero todo el tiempo que estuvo subida en el escenario —y cuando fue reemplazada por cada bailarín que iba después en la lista— mi mirada seguía alternándose entre la puerta y mi móvil, todavía sin mensajes. El creciente anhelo en mi pecho era tan molesto que ni siquiera el estilo seductor del futuro Lord Loving fue suficiente para mantener mi atención, a pesar de los silbidos y chillidos que venían de la audiencia se las arreglaron para atravesar mi aturdimiento.

E hice lo que cualquier buen amigo habría hecho, que era subirse al banco, arrastrando a Yaz conmigo, y gritar con las manos en el aire con cada prenda de ropa que tocaba el suelo.

Antes de que me diera cuenta, habían pasado dos horas y el espectáculo había terminado. Y no solo era que Dash no había aparecido, tampoco había respondido a ninguno de los seis —okay, veinticuatro— mensajes que le había enviado en el transcurso de la noche.

Yaz me estaba mirando cuando alcé la mirada de uno de esos mensajes. Había entrelazado su pelo planchado en una trenza, que colocó alrededor de su cabeza como una corona, fijada con horquillas en forma de flor, y que hacía que su perfil se viera increíblemente serio. También estaba mucho menos distante de lo que había estado hacía una hora, lo que podría haber sido bueno si todo hubiera salido según el plan, pero por supuesto que no fue así, porque así era mi vida, y estaba bastante claro que volvería a la realidad justo a tiempo para verme fracasar completamente. De nuevo.

—¿Cuánto tiempo llevan juntos?

Me di la vuelta, prefiriendo mirar la corona que contemplar cualquier vestigio de lástima en los ojos de Yaz.

—Solo unas pocas semanas —dije miserablemente—. Se suponía que no iba a ser nada profundo o real. Se suponía que solo seríamos amigos.

No me dijo nada sobre la mala idea que habíamos tenido, seguramente porque era más que obvio.

—Oh, Mariel —dijo en su lugar—. Lo siento.

—Está bien —respondí, encogiéndome de hombros, como si pudiera quitarme de encima mi decepción—. Es decir, estoy bastante segura de que me han plantado, pero tendría que estar acostumbrada a eso, ¿no?

Fuera de mi visión periférica, vi a Yaz inclinarse hacia delante.

—Estoy segura de que no te dejó plantada.

Hace un par de semanas, seguramente habría intentado convertir eso en una broma, y habría dicho algo como que Dash solo era la nueva incorporación al cementerio que era mi vida amorosa. Tenía la sensación de que no sería tan fácil decir eso ahora, cuando me había dado cuenta de lo mucho que quería que estuviera ahí esta noche.

¿Se podía hacer algo más que encogerse de hombros?

—Sinceramente, ya era hora de que se diera cuenta en lo que se había metido.

—Mariel. —Yaz estiró un mechón de mi pelo—. Estás ansiosa.

—Pero ¿lo estoy? ¿O solo estoy siendo realista? Sé que no soy una abogada agresiva, pero sé cómo leer un patrón. Esto es lo que siempre sucede.

Yaz se levantó.

—Ven. Vamos a buscar otra cerveza. ¿Y no tenías algunos amigos que querías que conociera?

Encontramos a Shy y a Aria, que afortunadamente no preguntaron por Dash. Después conseguimos otra bebida. Y luego Ruby vino hacia nosotras acompañada por otro de los bailarines y nos contaron todo sobre el dueto que estaban planeando hacer para la actuación de Halloween en House of Yes.

A pesar de todo, el anhelo en mi pecho seguía aumentando, hasta que empezó a ocupar tanto espacio que me estaba costando respirar. No podía estar pasando. No de nuevo.

Pero seguía pasando el tiempo y Dash seguía sin aparecer, y era pasada la medianoche y el jardín se había vaciado casi por completo, y Shy pronto cerraría la tienda. Y seguía pensando en cómo se veía Dash cuando le dije que me moría de ganas de que conociera a Yaz, y cómo había entrado en fase de negación al no ver que algo estaba mal hasta el punto de que ni siquiera me di cuenta del nudo en el estómago.

Finalmente, lo dije en voz alta.

—No creo que venga.

—¿Quién? ¿Dash? —Esto lo dijo Chase, que se había puesto un par de pantalones deportivos sobre sus estrechos pantalones cortos metálicos, pero no se molestó en cubrir las borlas pegadas encima de sus pezones—. Me mandó un mensaje justo antes de que saliera al escenario para decirme que no iba a poder llegar.

Sus palabras me sentaron como un jarro de agua fría, entumeciendo todo mi cuerpo.

—¿Estaba bien? —escuché a Yaz preguntar a través del zumbido en mis oídos.

—Eso creo. —Chase me echó un vistazo—. Mariel, pareces...

—Está bien. Estoy bien. —Me forcé en sonreír mientras me quitaba la boina y la metía en mi bolso—. ¿Quién quiere otra bebida?

El problema es que debí de haberlo visto venir. Lo habría hecho si no hubiera estado tan distraída con... con todo esto. Luciérnagas y tapices y pícnic y bolas de helado. Había tenido suficientes experiencias para ser capaz de reconocer las señales.

Había estado tan segura de que Dash era diferente, pero la verdad es que Dash era como el resto de las personas con las que había salido.

Tendría que haber sabido que Dash me iba a *ghostear*.

◆ ◆ ◆

No era el tipo de persona que tenía un «felices para siempre». Ni siquiera era el tipo de persona que llegaba a un acuerdo con otra persona. Por mucho que hubiera intentado engañarme a mí misma, desde el primer beso que Dash y yo nos dimos sabía que nunca seríamos más que un comienzo.

No me malentiendas, había sido un buen comienzo. El mejor hasta ahora.

Era tarde cuando Yaz y yo volvimos a nuestro apartamento. No estaba haciendo bromas, lo que seguramente asustaba más a Yaz que si hubiera estado sollozando. Mirándome con cautela, se quitó los zapatos junto a la puerta y se acostó en un extremo de la cama. Me desplomé a su lado, respirando tan fuerte como si hubiera corrido un maratón, y casi dejo salir un grito cuando mi móvil vibró con un mensaje.

De Dash.

Lo siento, no me atreví. ¿Podemos hablar mañana?

Miré el mensaje durante un largo instante, sintiendo que mi corazón latía incómodamente en mi pecho. Luego deslicé deliberadamente el mensaje fuera de la pantalla.

Y lancé mi móvil a través de la habitación.

—Creo que rompiste la pantalla —dijo Yaz.

Hundí la cara en mi almohada de flores.

—A quién le importa. Mi móvil es una puñetera casa del terror. Llena de fantasmas —expliqué, alzando la mirada brevemente.

—Acaba de mandarte un mensaje, lo que lo elimina del nivel de fantasma —puntualizó Yaz—. Mira, sé que te decepcionó al no aparecer esta noche. Pero no lo des por perdido todavía, estoy segura de que tiene una buena explicación.

No estaba segura de que me importaran realmente sus explicaciones. No cuando había tenido el tiempo de escribirle a Chase mientras que ni siquiera se molestó en hacerme saber que no lo había atropellado un carruaje en Central Park o, yo qué sé, que se había cruzado con un tipo de finanzas al borde del colapso porque se le cayó un poco de mostaza en su camisa.

Porque él sabía lo mucho que significaba para mí que conociera a Yaz y, sin embargo, lo había fastidiado. Lo que era especialmente devastador cuando pensabas lo responsable y comprensivo que era Dash, y cómo encontrarse con cualquiera de sus amigos era su idea de pasar un buen rato. ¿Dónde estaba su vena heroica cuando la necesitaba?

Yaz recogió mi móvil y lo puso en mi mesita de noche, sin olvidarse de enchufarlo para que no estuviera muerto por la mañana, como yo querría. Luego se apoyó en mi lado de la cama.

—¿Qué puedo hacer para hacerte sentir mejor?

—No puedes, Yaz. Sé que solías resolverme todos los problemas, pero no puedes mejorarlo todo.

—¿Crees que no lo sé? —preguntó Yaz con la voz tensa.

La ignoré, echando la almohada sobre mi lado de la cama y recostándome para mirar taciturnamente al techo.

—La verdad es que no te culparía si tú también me *ghostearas*.

—¿Por qué diablos piensas que haría eso alguna vez?

No necesitaba estar mirándola para saber que sus ojos brillaban. Me senté.

—Porque no puedo ser reparada. Porque si tú me *ghosteas*, no perderías tanto de tu valioso tiempo tratando de ayudarme a poner mi vida en orden. Es decir, ¿qué sentido tiene tener tu propia vida resuelta cuando estás constantemente teniendo que enmendar la vida de otra persona?

—¿Tener mi vida en orden? —Yaz se frotó la cara con una mano—. No tengo nada resuelto. ¿Quieres saber por qué estoy aquí realmente? Porque renuncié a mi trabajo. Y Amal...

Se calló y apartó la mirada. Pero no antes de que pudiera ver las lágrimas en sus ojos. Mierda. Mierda, mierda, mierda. ¿Yaz llorando? Yaz, que se habría enfrentado al apocalipsis arremangándose y diciendo «Podemos arreglarlo».

—¿Qué ocurre con Amal?

Yaz se levantó y fue a buscar la pijama a rayas azules que había sacado de su maleta.

—Nada. Hemos roto. No pasa nada.

—¿Quieres hablar de eso? —pregunté, a pesar de que era más que obvio que no quería.

Yaz se encogió de hombros.

—Mejor sola que mal acompañada.

No todos los días citaba Yaz a su madre, y de repente pude ver un eco de tía Nena en la cara de mi prima. Nuestras madres siempre habían sido disfuncionales cuando se trataba de amor y relaciones, cada una de una manera especial, y supongo que no me había dado cuenta realmente de lo mucho que Yaz y yo nos parecíamos a ellas.

Oh, mierda. Las dos estábamos jodidas, ¿verdad?

Crucé los brazos.

—¿Es Amal ahora una mala compañía? ¿O pasó algo?

—Piensa que no estoy realmente comprometida.

—¿Ella qué? —Me enfurecí—. No has hecho más que planear esa boda desde el día en que se pusieron los anillos la una a la otra.

—No en la boda, en la relación. Y no está equivocada —dijo Yaz, mirando hacia abajo, al neceser que había agarrado junto con la pijama. Y eso solo demostró lo intuitiva que era, porque había un sencillo anillo de flores doradas donde solía estar su alianza de compromiso—. Hemos estado juntas desde la preparatoria. No tengo ni idea de si realmente quiero casarme o si solo estoy haciendo lo que se espera de mí. Pensé que estaba sentando cabeza, pero Amal me preguntó si solo me estaba conformando y yo... no pude responderle. Dijo que solo porque fuera el siguiente paso lógico en nuestra relación no significaba que fuera lo correcto para nosotras.

—¿Lo sabe tu madre?

Yaz negó tristemente con la cabeza.

—Ha estado tan emocionada con la boda que no he tenido las fuerzas para decirle nada todavía. Así que he estado evitando sus llamadas. Se lo voy a decir pronto —dijo Yaz, interpretando correctamente la expresión en mi cara—. Solo necesito un momento para procesar todo.

—Podemos decírselo juntas, si quieres —le ofrecí.

Su sonrisa era insegura, pero llena de genuina gratitud. Con su pijama y neceser aún en las manos, se sentó en una esquina de la cama, frente a mí.

—El problema es que, cuando hable con ella tendré que decirle lo de mi trabajo. Y por qué renuncié.

Recogí mi almohada en forma de flor de donde la había tirado y enrollé mis brazos alrededor de su reconfortante suavidad.

—¿Por qué lo hiciste?

—Uno de los socios me ha estado acosando. Pensé que podía manejarlo, lo estaba manejando. Siempre había sido capaz de lidiar con viejos señores blancos y la mierda de sus clubes de hombres. Pero entonces fui llevada a revisión por lo que recursos humanos afirmó que era un rendimiento mediocre, lo que realmente quería decir que no estaba trabajando lo suficiente para justificar mi salario, cuando había trabajado más horas que cualquier otro abogado de primer año en toda la empresa. —El enfado aumentó en el tono de Yaz—. Como si alguien pudiera creer posible que una asociada latina de piel oscura de primer año pudiera trabajar menos duro que cualquier otro.

—Ay, Yaz —dije suavemente—. No tenía ni idea.

—Porque no quería que lo supieras —dijo, dejando que sus dedos se desviaran sobre la franja del borde de la otra almohada—. Sé que he sido muy dura contigo con lo del guion de cine. Es solo que las cosas se estaban complicando más en el trabajo y no sabía cuánto tiempo podría aguantar. Mariel, me encanta estar ahí para ti y saber que puedes contar conmigo para todo. Tú, y mi madre. Y estaba aterrada de lo que pasaría si no podía ser esa persona. Si tus ahorros se acababan y el restaurante de mami fallaba y... —Yaz respiró hondo—. No quiero decepcionarla. O a ti.

—Como si eso pudiera ser posible —me burlé—. Yaz, ¿sabes la razón por la que estamos tan orgullosas de ti? No es solo por ese brillante título de derecho o ese anillo que, bueno, solía estar en tu dedo. O tu beca completa para la escuela de abogacía Elle Woods.

—Es una forma divertida de deletrear Harvard Law —dijo Yaz.

Levanté una mano.

—O tu caro apartamento o tus perfectas cejas o el hecho de que estás dispuesta a sacarnos a flote si acabamos en algún lío financiero. Estamos orgullosas de ti porque eres tú.

Los ojos de Yaz se volvieron a llenar de lágrimas.

—¿Sabes cuando dices que siempre te estás apoyando en mí? Yo me he apoyado con la misma fuerza en ti. Me he esforzado para mantenerte centrada. Pero necesito la forma en que me haces perder el rumbo de vez en cuando.

—Está bien —dije, rodando fuera de la cama y tirándome a sus brazos—. Es oficial: vamos a comer pastel de medianoche.

Yaz hizo un intento creíble de poner los ojos en blanco.

—Mariel, ya no tenemos nueve años.

—Por eso el pastel vendrá con un poco de tequila. Vamos.

Como era de esperar, fue fácil encontrar un puñado de pastelerías nocturnas a poca distancia. Trajimos de vuelta nuestro tesoro —además de una bolsa llena de picadera de la bodega— y nos pusimos las pijamas.

Yaz extendió una toalla limpia en el suelo, y me burlé de ella mientras armaba nuestro pícnic. Y el problema era que, lo supiera o no, allí estaba Yaz ayudándome una vez más. Porque mientras estuviera centrada en el hecho de que su vida se estaba desmoronando, no podría empezar a pensar en cómo la mía iba por el mismo camino.

—El lado positivo —dijo Yaz, equilibrando delicadamente una papita frita encima de un tenedor—. Negocié un paquete de bonificaciones de salida muy lucrativo. Incluso los imbéciles de recursos humanos no podían ignorar la imagen que daba que hicieran renunciar a la única afrolatina de la empresa.

—Eso, y que probablemente estaban tratando de evitar que los demandaras por discriminación —susurré.

—Así que voy a estar bien. Todas vamos a estar bien. Y sé que no necesitas mi ayuda ahora que eres una extraordinariamente exitosa escritora de contenido romántico en las redes. —No tengo ni idea de cómo lo hizo para que sonara como algo que debería ser reconocido con un Oscar y un Pulitzer, pero por el amor de Dios, lo había hecho—. Y que seguramente nos mantendrás a todas muy pronto. Sabes lo orgullosa que estoy de ti, ¿verdad? Incluso si no lo digo tan a menudo como debería. Tienes más valor que ninguna de nosotras, Mariel. Tú... Mariel, ¿estás llorando?

—No seas ridícula. —Sollocé sobre mi pastel y mis papitas alarmantemente empapados—. La única persona que tiene permitido hacerme llorar es Nora Ephron.

Yaz me tiró un envoltorio de Hershey's a la cabeza.

—Será mejor que me añadas a esa corta y muy específica lista.

—Dice mucho de ti que ahora quieras ser la causa de mis lágrimas. ¿Nunca has sentido la necesidad de probar que todos esos estereotipos sobre los abogados están equivocados?

—No particularmente. Todo lo que quiero, Mariel —dijo Yaz, y me miró fijamente con una de sus agudas miradas, que ahora encontraba reconfortantes, dado que no había experimentado algo tan real en mucho tiempo—. Todo lo que quiero para ti es que seas feliz.

—Es decir, quiero lo mismo. Solo deseo que la vida, el destino o el universo o lo que sea no lo hiciera tan difícil.

—Entonces échale una mano al destino —replicó Yaz, llevándose su botella de agua a los labios—. ¿Vas a responder al mensaje de Dash? Al menos, ¿le vas a dar la oportunidad de explicarse?

—No lo sé —dije, e inmediatamente me metí dos bocados de pastel empapado en la boca para evitar responder preguntas más difíciles.

Por desgracia, Yaz tenía mucha experiencia en lidiar con mis técnicas de evasión y esperó con paciencia hasta que tragara.

—Mira, sé que estoy herida y cansada, y estoy a un paso de estar borracha y no debería estar tomando ninguna decisión sobre eso, bueno, sobre nada ahora mismo. No puedo evitar a Dash para siempre. Incluso sé que probablemente tenga una buena excusa por no haberse presentado esta noche y estoy exagerando, y que la única razón por la que parece el fin del puñetero mundo es porque nunca me he molestado en lidiar con el trauma de que la gente desaparezca de mi vida. —Apunté mi tenedor hacia ella—. Puede que no actúe así, pero tengo un poco de autoconocimiento.

—Entonces, ¿qué significa todo eso?

Suspiré, y metí el tenedor en lo que quedaba del pastel.

—Que seguramente vaya a meter la pata como siempre hago y estropee la única cosa buena que me queda. —Y con eso me refería al proyecto del duque de Harding. Aunque también me refería un poco a Dash—. Conocer mis problemas no basta para resolverlos.

—Pero trabajan juntos. ¿Qué va a pasar con eso? ¿Qué vas a hacer si no trabajas en los vídeos?

Me encogí de hombros.

—Solo tengo que volver a cambiar de rumbo, o tal vez incluso volver a reinventarme en la gestión de proyectos y empezar a enviar mi currículum de nuevo. Necesito empezar a poner de mi parte en esta familia.

Por una vez, Yaz no tenía nada severo que decir sobre mi falta de rumbo. Eso, más que nada, fue lo que hizo que la compresión cayera sobre mis hombros.

Hablando sobre errores épicos, esta vez sí que la había cagado de verdad.

◆ ◆ ◆

INTERIOR. SALA DE ESTAR DEL DUQUE — DÍA

EL DUQUE DE HARDING de pie mirando por la ventana. Tiene ojeras debajo de los ojos y lleva varios días sin razurar.

EL DUQUE DE HARDING
(se gira para mirar a la cámara)
—Amor, he anhelado la oportunidad de pedirte perdón por no ir a nuestro encuentro en los jardines de rosas.

Me atropelló un carruaje y me dejaron
gravemente herido a un lado de la
carretera, todos mis recuerdos
desaparecieron y

Oh, Dios, creo que finalmente he perdido
la cabeza.

19

Sentí la resaca cuando me desperté tarde a la mañana siguiente en un apartamento lleno de los ronquidos suaves de Yaz. Era una resaca emocional, así como una inducida por el alcohol, y tal vez era algo bueno que siempre curara ambas de la misma forma: banana splits para desayunar.

Salí de mi cama, me cepillé los dientes y luego me dirigí a la cocina para preparar los bols. No pude evitar mirar el móvil antes de rebuscar en el congelador el helado con sabor a café. No había recibido más mensajes de Dash. Parpadeé frenéticamente para que se me pasara el ardor en los ojos. No era que hubiera esperado una disculpa desesperada o algo así.

¿Sabes cuando a veces reflexionamos sobre algo que nos molesta y luego al día siguiente no te parece tan malo?

Reflexionar sobre lo que ocurrió la noche anterior había sido como despertar de golpe y ver la realidad sin filtros, como una discoteca a plena luz del día. Un club a la una del día era dolorosamente deprimente. Pero también era sincero. Puedes ver todas las marcas y arañazos que suelen estar ocultos por las luces parpadeantes.

¿Y en la brillante luz de esa mañana? Mi relación con Dash parecía como si hubiera tenido todas esas luces rojas parpadeantes avisándome para que parase antes de que fuera demasiado lejos.

Yaz había dormido envuelta en una manta como un burrito en un lado de la cama, a pesar de que mi aire acondicionado no era rival para el calor de finales de agosto. Debía haber estado despierta, porque mientras alcanzaba el helado con sabor a café se paró de la cama y se acercó a la cocina.

Sin decir nada, metió la mano en mi despensa para espolvorear granola sobre la crema batida. Negué con la cabeza y le entregué los Froot Loops.

Yaz no pronunció ni una sola palabra de protesta, lo que era especialmente asombroso teniendo en cuenta el pastel de medianoche.

—Tan mal, ¿eh? —pregunté.

Se encogió de hombros, y me detuve un momento para estrechar sus delgados hombros.

Sin ninguna fruta para terminar los splits, ni siquiera banana, agarré mi bol de helado y cereales y fui a sentarme encima de las arrugadas mantas.

—¿Qué quieres hacer hoy? —le pregunté a Yaz, obligándome a estar alegre por su bien. Quiero decir, ella era la que había roto con su prometida. Si ella podía aguantar, entonces yo también podría—. Tenía todo un plan para hoy, pero si prefieres relajarte aquí o en el parque o algo así...

—Creo que deberías hablar con Dash. —Yaz se acurrucó en el pequeño rincón del suelo debajo de la ventana, balanceando el bol de helado en su rodilla.

—¿Qué?

—Está muy claro que te gusta de verdad. Y como trabajan juntos, necesitarán al menos hablar sobre la logística de mantener su proyecto en marcha o no. Y, sinceramente... Me gustaría tener un poco de tiempo a solas para pensar en los siguientes pasos. —Haciendo el bol a un lado, Yaz se levantó y comenzó a reorganizar la bandeja de pulseras y gomas para el pelo en el alféizar de mi ventana, limpiando la suciedad de la ciudad con un calcetín extraviado—. Yo... no sé si quiero volver a Miami. Al menos, no todavía. Es decir, tampoco es que tenga un apartamento al que volver. O una novia. O un trabajo.

El pensamiento de que, por una vez en sus veintiséis años, Yaz no tuviera los siguientes cinco o diez años de su vida trazados en un gráfico con coordenadas de colores, completo con líneas de tiempo y listas de verificación era... increíble. Y un poco aterrador. Es decir, era bastante malo para mí ir por la vida sin un rumbo fijo. Que ambas estuviéramos sin rumbo fijo...

Aunque, pensándolo bien, tal vez eso fuera algo bueno. Tal vez así era como uno encontraba su camino.

Tenía muchas preguntas, pero lo último que necesitaba Yaz cuando tenía tantas cosas en las que pensar era que yo la molestara haciéndole preguntas sobre lo que iba a hacer a continuación.

—Bueno, sabes que la mitad de mi cama es tuya tanto tiempo como lo necesites —le dije, intentando sonar como si no significara un mundo para mí poder ofrecerle por fin algo a ella, por muy agridulce que fuera el hecho de que eso viniera a costa de su relación y de su trabajo, y seguramente de toda su identidad—. Y ni siquiera te haré compartir el espacio con mi pila de ropa limpia.

Puso los ojos en blanco y me tiró el calcetín sucio.

—Muy generosa.

Ambas nos reímos. Lo que fue agradable, porque no estaba ciertamente con un humor risueño cuando me encontré con Dash un par de horas después.

No voy a decir que tenía ganas de verlo, porque sinceramente lo había estado temiendo. Pero todo iba a estar bien. Porque iba a manejar eso con madurez y elegancia.

Ni siquiera yo me creía eso.

Ir al apartamento de Dash seguramente no fuera una buena idea, pero a pesar de que Manhattan presumía de muchas cosas, una de ellas no era la cantidad de lugares donde dos personas podían tener una conversación privada.

No sabía qué esperar cuando Dash abrió la puerta. Parte de mí pensó que no estaría afeitado y que tendría los ojos rojos y llenos de arrepentimiento. Una parte más pequeña de mí se preguntó si estaría cubierto de crema batida y sosteniendo flores. Por un instante fugaz, incluso me lo imaginé con el traje del duque de Harding, preparado con una disculpa que emitiría en un nítido acento británico.

Pero no. El Dash que abrió la puerta parecía... normal. Con una camiseta blanca, pantalones cortos azul oscuro, el pelo en un punto intermedio entre bien peinado e ingeniosamente alborotado. Fue difícil no sentir resentimiento cuando mis rizos apelmazados, por haber dormido encima de ellos, y yo entramos en la fresca sala de estar con aire acondicionado.

Donde me detuve en seco y por completo mientas me daba cuenta de que no sabía cómo manejar la situación con madurez y elegancia. Me crucé de brazos automáticamente, pero entonces pensé que eso me haría parecer conflictiva, así que los dejé caer a mis costados. Pero eso me resultaba incómodo, así que volví a cruzarlos. La última vez que había estado ahí de pie, debajo de los retratos de sus abuelas, también había tenido los nervios de punta. Pero en ese entonces había sentido lujuria y esperanza entrelazados en mi estómago, no... lo que fuera esto.

Y odiaba eso. Lo odiaba mucho. No solo era que mi estómago estuviera atenazado, me parecía que se había convertido en un nudo gigante que alguien había apretado demasiado. Y parecía más apretado y tenso con cada segundo que pasaba, mientras Dash se pasaba los dedos a través de sus largos mechones y no decía una palabra. Tenía una vaga idea de qué parte de manejar esa situación con madurez y elegancia significaba no soltar la lengua de forma impulsiva, que seguramente podría haber sido fácil para cualquier otra persona, pero era yo de la que estábamos hablando, y era más que probable que perdiera el control y...

—Te debo una explicación —dijo Dash.

Y ahora estaba agradecida de que mis brazos estuvieran cruzados, porque la postura iba bien con el ceño fruncido. Ninguno de los cuales reflejaba con precisión el nudo en el que me había convertido.

—Sé que no quisiste conocer a Yaz. Al menos podrías haberme mandado un mensaje y haberme dicho que no ibas a venir, en lugar de dejarme creer que te habías ido a vivir en el metro con la rata esa que se robó la pizza.

No hizo mucho más que esbozar una sonrisa.

—Necesitaba un respiro.

—Y yo me merezco el mínimo gesto de educación de un mensaje cuando estás a punto de dejarnos a mí y a mi prima plantadas...

—Verdad, la prima a la que tenías tantas ganas de presentarme —soltó, con tanta fuerza que en realidad di un paso atrás.

—¡Sí! Quería presentarte a la persona más cercana en el mundo para mí. ¿Qué demonios ves de malo en eso?

—Mira, sé lo importante que era eso para ti. —Era obvio que estaba intentado con todas sus fuerzas no perder la compostura—. Y lo siento por fastidiar tu planazo. Pero ¿has pensado alguna vez que tal vez no quería que me expusieras delante de tu familia como un conjunto caro que te hubieras comprado para mostrarle a todo el mundo lo rica y exitosa que eres? ¿Alguna vez pensaste que quería que me tratasen, no sé, como a una persona?

Abrí la boca, luego la cerré, y luego la volví a abrir.

—Nunca me dijiste que te sentías así.

—Lo intenté.

Pero había estado demasiado inmersa en mis propias emocionas como para escuchar. Dash no tenía que decirlo en voz alta, percibía eso y más con solo mirarlo a los ojos. Una ardiente ola de vergüenza se precipitó sobre mí mientras recordaba de repente todas esas cosas que me había dicho sobre su ex, la que básicamente lo usaba para promocionarse. Y el hombre maduro que solo quiso a un jovencito sexy en sus brazos. Y él sonriéndome en la tienda de segunda mano y diciéndome que le gustaba que lo miraran, pero de vez en cuando sentía que necesitaba que lo vieran. Y, ya sabes, yo solo había salido corriendo de su lado como si hubiera intentado prenderme fuego.

Sí, era una persona de mierda.

Si hubiera sido mejor, le habría dicho algo para consolarlo. Lo podría haber hecho mejor. Porque Dash era todo lo que estaba bien en el mundo y no se merecía... bueno, a una persona como yo. No se merecía que perdiera el control con él de nuevo. O vivir con la expectativa de que cualquier cosita podría activar mi alarma interna de humo y me hiciera salir corriendo.

Creo que Dash vio el momento exacto en que me di cuenta, porque se ablandó.

—Sé que tengo que aprender a expresarme mejor. Me gustas,

Mariel. Me gustas mucho. Y quiero algo serio contigo. Pero cada vez que intento profundizar nuestras conversaciones un poco, percibo la manera en la que empiezas a excluirme. No me dejas entrar a tu corazón —me dijo suavemente—. Y eso está bien si todo lo que quieres es que seamos amigos con derechos, pero yo no quiero eso. Yo quiero algo serio. Siento algo auténtico. Y supongo que necesito saber si tú también lo sientes. O si podrías, en algún momento en el futuro.

El problema era que, podría. Podía verlo con tanta claridad que hacía que todo dentro de mí me doliera. Quería confiar en él no solo con mi corazón, sino con todas las pequeñas y asustadas partes de mí misma que reprimía continuamente con él y con todos los demás en mi vida. Incluida yo misma.

Pero querer no era suficiente para calmar el creciente pánico en mi pecho.

Confié en Milo, ¿verdad? Y confié en Aria cuando me dijo que dejara de huir. Confiar era algo a lo que estaba dedicando tiempo constantemente. Puede que alguna vez no fuera un recurso finito, pero se estaba agotando rápidamente.

El pecho de Dash jadeaba con una respiración profunda tras otra, ya que tardé demasiado en responder. Le devolví la mirada. Los nudos en mi interior me dolían, y la única manera que conocía para dejar que las cosas dejaran de doler era ignorarlas o huir de ellas.

O cortarlas.

Podía decir que Dash veía la urgencia en mi cara, porque su suave, bonita y elocuente boca se convirtió en una tensa línea.

—Dash, yo...

En ese momento mi móvil empezó a vibrar. Y luego lo hizo una y otra y otra vez. No insultaré tu inteligencia mintiendo y diciendo que no estaba contenta de tener una excusa para dejar la conversación para otro momento.

—¿Qué pasa? —preguntó, sonando resignado—. ¿Vamos a volvernos virales o algo así?

—Sí —dije, atrapada entre intentar mantener oculto cualquier brillo sospechoso en mis ojos y no hiperventilar mientras le tendía mi móvil—. Porque Lady Cerulean acaba de subir un repost sobre ti a Instagram.

◆ ◆ ◆

Hasta ahora, la mayor parte de nuestro éxito provenía de la aplicación Fling. Claro, me había dado cuenta de que algunos de nuestros vídeos habían sido reposteados en otras plataformas, y que parte de nuestro tráfico se debía a los avances que publicábamos en TikTok e Instagram, pero, sobre todo, nuestra audiencia estaba compuesta por usuarios de Fling. Hasta ahora.

El duque de Harding había infringido los protocolos de contención. Y no solo eso, habíamos aterrizado en el *feed* principal de la estrella más grande del mundo... mira, llamar a Lady C músico sería subestimarla enormemente. Era un fenómeno. Una fuerza de la naturaleza.

Y alguien que sabía que existíamos.

Leí los primeros comentarios, cada vez más abrumada por la respuesta. Antes de que pudiera ir más lejos, mi móvil volvió a vibrar de nuevo con un mensaje de Chase. Lo abrí para encontrar una serie de signos de exclamación y una larga lista de enlaces a diferentes publicaciones que, a juzgar por el primer par reportaban sobre la publicación de Lady Cerulean. Y, debía haber sido un día de pocas noticias, o simplemente lo del duque de Harding era bastante inusual, porque la historia estaba siendo republicada por todo tipo de medios.

Llegó otro mensaje, este de tía Nena, una captura de pantalla de la puñetera sección digital del periódico dominicano *Diario Libre*. Sin palabras, giré el móvil para que Dash pudiera ver la pantalla. Aunque seguramente no pudiera leer el mensaje, que estaba en español, la foto que lo acompañaba era inconfundible.

Dejó escapar un suspiro y se pasó las manos por el pelo.

—Eso es...

—Sí —respondí.

Cuando volví a entrar en Fling, aparecían tantas notificaciones que sentí que el móvil debía estar calentándose en mis manos. Con cuidado, casi con cautela, lo puse en la mesa del café. Luego grité y salté a los brazos de Dash, quien me sostuvo mientras caminaba de espaldas hasta sentarse en el sofá. Sentí que mi blusa con volantes se levantaba mientras me montaba a horcajadas sobre él, con mis manos buscando sus hombros para poder sacudirlo mientras chillaba.

Dash puso los brazos detrás de la cabeza, con los ojos brillantes.

—Te das cuenta... esto va a cambiarlo todo.

—Sí —dije apaciguándome—. ¿Estás preparado?

—Será mejor que lo esté. —Soltó un suspiro—. Yo solo... Estoy agradecido de estar haciendo esto contigo, lo sabes, ¿no?

—Sí —bajé la mirada hacia él—. Lo sé.

Y, mira. Era plenamente consciente de que teníamos esa conversación encima de nosotros. Pensé que sí, pero en realidad no tenía la elegancia y madurez para lidiar con nada serio. Iba a fastidiarla y joderlo todo.

Aunque por un momento me permití disfrutar de lo bien que se sentía. Cuán bien se sentía todo eso: Dash debajo de mí, Lady Cerulean subiendo un post sobre nosotros, nuestros móviles en combustión espontánea.

Podría haberme quedado así para siempre, mis muslos envolviendo los duros muslos de Dash y mi palma presionada tan firmemente contra su pecho que podía sentir su latido contra mi piel. Pero otro repentino aluvión de mensajes nos obligó a entrar a Instagram, donde Lady C estaba haciendo un directo.

—Vaya, les gusta mucho este chico, ¿eh? No los culpo. ¿Ya le echaron un ojo a su OnlyFans? —Se rio, y sus largas pestañas postizas revolotearon mientras observaba los comentarios—. Por supuesto que lo hicieron. Son rápidos. No sé, tal vez tenga que contactarlo, ver si quiere colaborar.

No estaba hiperventilando, pero era sobre todo porque parecía estar sin aliento.

Lady Cerulean sonrió.

—¿Te gusta eso? —preguntó, y por un segundo creí que me estaba hablando directamente a mí. Luego vi todos los emojis de llamas en los comentarios.

—¿No deberíamos decir algo? —preguntó Dash. Su propio móvil seguramente estaba en algún lugar en las profundidades de los cojines del sofá, porque por alguna perversa razón no sentía la necesidad de revisar nuestras notificaciones cada tres o cuatro minutos.

—Sí, espera —reflexioné un segundo, y luego tecleé «Espero su invitación con gran expectación, mi señora»—. ¿Está bien?

Dash asintió, y le di al botón de publicar.

Los comentarios se descontrolaron tanto que nuestro mensaje quedó rápidamente oculto. Lady Cerulean parpadeó en la pantalla.

—Espera, ¿qué acaba de pasar?

Sus labios, pintados con su característico pintalabios rojo, se separaron mientras leía los comentarios que se desplazaban a una velocidad cada vez mayor.

—¿El duque está aquí? ¿Qué dicen, chicos, debería pedirle que se una a mí en directo?

Otra avalancha de comentarios y emojis. Y entonces apareció una notificación. Una petición.

Chillando, le tiré el móvil a Dash, que lo agarró con cuidado y saltó del sofá para ponerse frente a las cortinas.

—Quítate la camiseta —siseé.

Levantó la cabeza.

—¿Qué?

—¡No tienes el disfraz! ¡Vas a arruinar la ilusión! ¡Quítate la camiseta!

Dudó durante medio segundo antes de arrancarse la camiseta y tirarla hacia el sofá. Su pecho estaba desnudo, bañado por la luz que entraba por la ventana y enmarcado contra el fondo azul de las cortinas.

No me detuve a mirarlo con anhelo. Estaba luchando por ponerme en pie y correr hacia su mesa de comedor, donde tenía la portátil abierta. Rápidamente conecté sus lujosos audífonos con cancelación de sonido, inicié una sesión en mi cuenta personal de Instagram y me dirigí a la transmisión en directo de Lady Cerulean.

La pantalla estaba dividida, con Lady Cerulean en la parte inferior, luciendo un precioso caftán de la década de los setenta. Estaba acurrucada en una tumbona, rodeada de plantas tropicales con grandes y brillantes hojas que reflejaban la luz púrpura de la lámpara junto a ella. La mitad superior de la pantalla estaba completamente llena con la cara de Dash. Y su cuello y sus hombros desnudos. A pesar de que no llevaba el disfraz, se había metido por completo en el papel de duque, añadiendo una intensa mirada a su expresión.

Y a juzgar por la traviesa curva de sus labios rojos, Lady Cerulean lo estaba disfrutando. Porque claramente ni siquiera alguien con un estante lleno de Grammys podría resistirte al encanto de Dash.

—Lady Cerulean —dijo Dash con el nítido acento del duque de Harding—, ¿o debería llamarla Lady Escándalo?

—Un bombón como tú puede llamarme como quiera —respondió la estrella.

—¿Entonces no tendría ninguna objeción si me refiriera a usted como querida?

Lady Cerulean se abanicó.

—¡Uf! ¿Los pantis de alguien más acaban de salir corriendo?

—Estaría más que complacido de ofrecerle mi ayuda para encontrarlos —replicó Dash.

No parecía nervioso en lo más mínimo. No podía ser yo. Estuve a punto de derretirme y solo era una espectadora.

Mis manos, presionadas a la mesa a cada lado de la portátil, parecían que estaban temblando. Seguí mirando la cara de Dash en la pantalla y tocando mi esternón para tratar de controlar el revoloteo que sentía ahí. Como Lady C con sus pantis, había perdido el control tan profunda y completamente, que no estaba segura de volver a encontrarlo.

El tono ahumado de la voz de Lady Cerulean convirtió su risa baja en algo sensual.

—No sé cuán útil sería eso, ya que eres el causante de que desaparecieran en primer lugar. —Sus largas pestañas rozaron sus pómulos mientras bajaba la mirada, dejando claro que se estaba poniendo al día con los comentarios. Vio algo que la hizo reír de nuevo—. Mis fans no me perdonarían si no pregunto... ¿estás soltero?

Mi corazón empezó a palpitar.

La mirada de Dash permaneció en la pantalla. Dejó que sus labios se suavizaran en una sonrisa que logró que pareciera íntima y como si tuviera un secreto pecaminoso que no tenía la intención de revelar.

—Bueno, sabes que eso no es justo. Un caballero no besa y cuenta... solo se quita los pantalones en público —recitó de memoria la línea con un ligero encogimiento de hombros y un pequeño guiño coqueto que aumentó la intensidad de los comentarios.

No había ropa interior en el mundo que resistiera el encanto de Dash, y la mía no estaba exenta.

Con mi palma extendida contra mi pecho, hice que mi mirada pasara de su cara y la de Lady Cerulean para leer lo que todos estaban diciendo.

—Y te adoramos por ello —estaba diciendo Lady C mientras se volvía a acomodar en las almohadas de su tumbona, consiguiendo de alguna forma mantener su móvil en un ángulo favorecedor—. Nos encanta un hombre que nos da un poquito de material para jugar, si entienden a lo que me refiero.

—Me siento honrado de poder ayudar —respondió Dash con el característico gesto que hacía con el pelo, que hizo que ella se abanicara de nuevo.

Lady Cerulean se rio.

—Es mejor que me vaya antes de que estalle en llamas. Su Excelencia, fue un placer conocerlo.

—De igual modo, Lady Escándalo. ¿Espero volver a verla pronto?

—Creo que podríamos. —Lady Cerulean sopló un beso hacia la pantalla—. Los veré pronto, chiquillos. Pórtense bien, y a seguir al duque aquí presente.

Finalizó el directo, y la pantalla se volvió negra. Detrás de ella, Dash estaba bajando mi móvil y parecía un poco aturdido.

—¡Increíble! —solté, quitándome los audífonos y dejándolos en la mesa cerca de la portátil—. No me puedo creer que eso acabe de pasar.

Dash se restregó una mano por la cara, pero no podía esconder la sonrisa de suficiencia que estaba empezando a extenderse en sus labios.

—Acaba de pasar. Acabo de hablar con Lady Cerulean.

—¡Y la llamaste Lady Escándalo! ¡Eso fue brillante!

—¿Brillante? Fue aterrador.

—¿En el buen sentido?

Se desplomó en el sofá y me miró desde el otro lado de la habitación.

—Se sintió muy bien, sí. Creo. Siento que me desmayé la mayor parte.

—Bueno, incluso inconsciente, eras realmente bueno. Todo el mundo se estaba volviendo loco en los comentarios. No me sorprendería si tenemos unos cuantos miles de seguidores después de esto.

Creo que eso nos golpeó al mismo tiempo. Dash ya no era un famoso de internet. Era un famoso de verdad.

Por un largo instante, solo nos miramos el uno al otro. Y pareció que estábamos suspendidos de nuevo en un momento, como insectos atrapados en ámbar durante siglos. En ese momento todo podría haber estado bien. Podríamos haber sido capaces de dejar de lado nuestra discusión y seguir con nuestra vida felizmente.

Luego el momento pasó. Y la euforia que se movía entre nosotros como una corriente viva fue remplazada por la incomodidad —si hubiera habido una banda sonora épica de la última media hora, hubiera acabado con un tañido repentino y discordante—. Lo supiera Dash o no, lo que había entre nosotros siempre había tenido fecha de caducidad. Solo estábamos ahí para divertirnos un rato, aunque no por mucho tiempo.

Los sentimientos heridos solo dejaron claro que era hora de acabar eso.

Cerré su portátil y me levanté.

—Bueno, sobre lo de antes.

El entusiasmo desapareció de la cara de Dash, dejando una línea de expresión cautelosa entre sus cejas.

Agarró la camiseta tirada y empezó a volver a ponérsela, de modo que su voz estaba amortiguada cuando dijo:

—¿Sí?

—Mira, creo que necesitas algo de esta... —La palabra relación se quedó atrapada en mi garganta—. Eh, esto. Que no puedo darte. No puedo ser quien quieres que sea.

—No quiero que seas nadie más que tú misma.

—Y esa persona es alguien que no puede ser seria o real.

—¿No puede o no quiere?

Dejé que el silencio hablara por mí. Dash tomó una bocanada de aire y sacudió su cabeza hasta asentir.

—Seguiremos trabajando en el duque de Harding —dije, como si eso fuera algún tipo de consuelo—. Aprovecharemos toda la visibilidad y esas cosas.

—Pues claro. —Dash miró más allá de mí, aunque no había nada en la pared que pudiera captar su atención tan intensamente. Luego pareció recordar algo y me miró de nuevo—. ¿Qué hay del baile? ¿Del estreno de Georgie Hart? Es el mes que viene.

—Seguramente no deberías contar conmigo —dije—. No obstante, dudo que tengas problemas para encontrar una cita.

Supongo que quise decirlo en broma. Pero no había humor en los ojos de Dash —ni brillo tampoco— cuando me miró.

—Nunca lo he tenido.

—Bien —dije—. Supongo que debería irme. Yo, eh, te enviaré un correo con el siguiente guion tan pronto como lo acabe.

Esperé llegar hasta la acera antes de dejar que el impacto de lo que acababa de hacer me sacudiera entera.

Eso no era una ruptura temporal del tercer acto. Eso era el final de Dash y yo.

20

Estaba tan jodidamente cansada de los comienzos.

—¿Dónde diablos está mi tercer acto? —murmuré, mirando fijamente a la pantalla de mi portátil.

Como mi guion de cine todavía se negaba inútilmente a escribirse solo, la única respuesta que obtuve fue el parpadeo del cursor al lado de las palabras «Tercer acto». Gimiendo, dejé que mi cabeza se hundiera contra la cabecera de la cama.

Cualquiera que me conociera habría adivinado que me tomaría la ruptura con Dash tan a pecho como me había tomado estar con él, y tendría razón. No solo me había cambiado de lavandería, supermercado y bodega para minimizar la posibilidad de encuentros accidentales, había ideado una ruta tortuosa para llegar a mi apartamento sin tener que pasar por ningún lugar cerca del apartamento de Dash o de Segunda oportunidad. Era tan molesto que acabé quedándome en casa más a menudo que saliendo de ella, y aunque tanto Aria como Chase me habían mandado mensajes varias veces para hablar, no habíamos salido como habían sugerido. Estaba de lleno en mi era ermitaña, y decidida a terminar mi guion de cine aunque no sobreviviera.

No sé exactamente cuando me di cuenta de que el verano casi había terminado. Pasó lentamente por los bordes de mi conciencia mientras me acurrucaba en mi apartamento, escribiendo guiones y respondiendo correos e intercambiando con Dash mensajes de texto de trabajo meticulosamente educados.

Y entonces un día me forcé a mí misma a salir para dar un paseo de salud mental y me di cuenta de que un montón de árboles en Central Park habían empezado a desprenderse de su veraniego color verde.

Yaz había regresado a Miami para recoger su mitad del apartamento y atar algunos cabos sueltos, después de cuyo viaje iría a visitar a su madre en Santo Domingo. Entonces volvería a Nueva York. Le había dicho que podía quedarse conmigo mientras resolvía las cosas, y, a pesar de que había ofrecido pagar la renta a medias, estaba decidida a ayudarla.

Así que, a pesar de que cada fibra de mi ser se esforzaba por renunciar a toda esa cosa del duque de Harding como otro pasatiempo que no podía continuar, a pesar de que nada me hubiera gustado más que meterlo todo debajo de la cama junto con toda la basura de los errores del pasado, continué con el proyecto.

Continúe con mis paseos de salud mental, también, y no era solo procrastinación. Incluso cuando el paseo se llevaba una buena parte del día y apenas me quedaba algo de tiempo para dedicarme a otra cosa que no fuera mi guion de cine y los guiones que todavía le estaba entregando constantemente a Dash.

Y no era que alguien me lo hubiese pedido, pero técnicamente estaba investigando. En el sentido de que escuchaba libros a medida que caminaba, pero también en el sentido de que estaba desarrollando un conocimiento completo de cada uno de los rincones y grietas de Central Park, lo que me era muy útil porque gran parte de la película se desarrollaba ahí.

Solo tenía que decidir si sería una comedia romántica o una película de terror.

Renunciando a tomar decisiones ese día, cerré mi portátil y me fui al parque. Tenía la cabeza prácticamente metida en mi bolsa, hurgando en las capas de basura que había acumulado en el fondo, intentado encontrar mis AirPods para poder terminar de escuchar mi audiolibro, cuando acabé chocando con alguien.

Y como había deambulado por un camino que me había puesto peligrosamente cerca del Upper East Side, te doy tres oportunidades para adivinar quién era esa persona.

—Señora Greyson —dije con tanta dignidad y educación como me fue posible reunir después de haber golpeado accidentalmente a una antigua clienta que me había visto desmoronarme—. Lo siento muchísimo.

Se veía genial y magníficamente vestida en un vestido de tubo blanco, un cárdigan beige y un bolso que probablemente era más caro que mi alquiler anual.

—No pasa nada.

Nada me hubiera gustado más que regalarle una sonrisa y seguir adelante, pero, como dictaba la buena educación, hice que mi bochorno durara un poco más.

—¿Cómo va el proyecto?

—Terminamos la remodelación la semana pasada. La casa quedó preciosa, el talento de Elaine es innegable.

Hice ruidos que indicaron que estaba de acuerdo, preguntándome desesperadamente cómo salir de esa. Pero entonces la señora Greyson dijo algo que hizo que mi cabeza se quedara en blanco de repente.

—Mariel, te debo una disculpa.

—¿Por qué? —solté.

Los labios de la señora Greyson se contrajeron en lo que parecía una reticente sonrisa.

—Cuando nos encontramos en Williamsburg, Elaine me explicó que te había despedido por nuestro pequeño desacuerdo. Esa no fue mi intención en absoluto. De hecho, quería que supieras que no fui yo quien se lo dijo a ella. Y que estoy profundamente apenada de que perdieras tu trabajo por algo tan nimio, tenía la impresión de que te habían cambiado a un proyecto diferente. Sé que no lo parecía en ese momento y, bueno, sé que puedo ser muy exigente a veces... —suspiró.

Ese era el momento en que se suponía que debía intervenir rápidamente para tranquilizarla, diciéndole que no había sido una verdadera pesadilla trabajar con ella y que no me había sentido intimidada cada vez que abría los ojos por la mañana al darme cuenta de que tendría que estar cerca de ella ese día. No tenía el valor suficiente para ir tan lejos, así que todo lo que dije fue:

—Puedo entender que tuviera estándares que mantener.

—El hecho es que fui más exigente de lo normal durante ese proyecto porque... —¿La reina del hielo se estaba derritiendo con el calor o eso eran lágrimas de verdad en sus ojos?—. Porque sabía que mi matrimonio estaba hecho pedazos y estaba tratando de componerlo. Quizás fue un impulso inconsciente el querer pulir los arañazos y enmascarar las grietas, como si al hacerlo pudiera reconstruir todo lo que iba mal en mi matrimonio.

Entonces lo vi, el profundo dolor que no había sabido reconocer mientras el mío estaba intentando hundirme. Era como uno de esos crucigramas de palabras del *New York Times* que le gustaban a Yaz, en los que ves un revoltijo de letras y es imposible saber cómo formar una palabra, hasta que alguien señala qué palabra es y tu mente queda asombrada por lo obvia que era.

—Lo siento —solté—. Parece que ambas estábamos pasando por un momento difícil.

Movió la cabeza asintiendo.

—Por si te sirve de algo, creo que eres muy buena gerente de proyectos. Y sé que saldrás bien parada, hagas lo que hagas después.

—Yo... gracias, señora Greyson.

Sus labios perfectamente pintados formaron una sonrisa contenida. Luego, sin decir nada más, empezó a alejarse.

Y supongo que debería haberlo dejado así, pero alcé la voz antes de que pudiera ir más lejos.

—¿Y usted? ¿Lo consiguió? ¿Salir bien parada?

Cuando se dio la vuelta, su sonrisa se había convertido en algo realmente genuino.

—Me estoy divorciando.

—Me alegro por usted —le dije.

Todavía estaba sosteniendo los AirPods cuando ambas nos dimos la vuelta y regresamos a nuestros respectivos caminos, pero el audiolibro era lo último en lo que podía pensar. Me temblaba el cuerpo por el encuentro, como si estuviera en el juego Operación y la señora Greyson hubiera chocado las pinzas demasiado cerca de mis bordes. Porque la verdad era que yo también había estado tapando grietas. Solo que las mías no eran las grietas de un matrimonio irreparable, sino las pequeñas —y no tan pequeñas— heridas que me había negado a ver y que estaban causando un daño estructural en mi corazón.

Cada vez que terminaba una relación, o peor, no lograba despegar. Cada vez que sentía que mi familia no creía en mí. Cada vez que no era capaz de creer en mí misma.

Aceleré, cada golpe de mis zapatillas contra el suelo coincidía con otro epígrafe de la nota.

Cada palabra que había borrado de mi guion de cine. Cada vez que Dash había intentado demostrarme afecto.

Y era como si hubiera metido todo mi dolor en un cajón y siguiera metiendo cosas ahí y, de repente, estaba tan lleno que se había abierto.

No estaba bien.

No estaba bien, y seguramente no había estado bien desde antes de Milo, o de lo contrario la ruptura no me habría destrozado tanto.

Hacía demasiado calor para correr, y definitivamente no estaba vestida para ello. Debería haberlo hecho de todas formas, porque el exuberante verano del parque se estaba difuminando y la gente estaba quitando los cochecitos de mi camino, y tuve que lanzarme bruscamente hacia la izquierda para evitar enredarme con un paseador de perros, y de alguna manera había llegado a la parte de Central Park que estaba justo enfrente del Museo de Historia Natural, que estaba exactamente en el lado opuesto de donde me había topado con la señora Greyson.

Pero el problema de correr es que no puedes escapar de ti mismo.

O el hecho de que lo que más me atormentaba era que tal vez era como mi madre. Y mi padre, y todos los que una vez me dejaron. Que era tan cobarde como toda la gente que me había *ghosteado*.

Puse mis AirPods de vuelta dentro de mi bolsa, y agarré el móvil. Deslizando más de una docena de notificaciones, fui a mis contactos y encontré la línea de emojis que no significaban nada y al mismo tiempo todo. Y presioné el botón de llamar.

Se me cortó la respiración cuando escuché un ring. Y después otro y otro, y las yemas de mis dedos estaban hundiéndose en el plástico duro de la funda de mi móvil cuando el sonido fue remplazado por una voz que no había escuchado en meses.

—¿Mami? —intenté tomar una bocanada de aire, y sentí que se me quedaba atascada en algún lugar profundo dentro de mí para que lo siguiente que saliera de mi boca sonara como un sollozo—. Te necesito.

◆ ◆ ◆

No podía recordar la última vez que una conversación con mi madre no me había parecido un terrible error. Pero supongo que era uno que sabía que iba a cometer, ahí mismo en público, con gente a mi alrededor moviendo sus cafés helados y haciéndose selfis y leyendo atentamente las aplicaciones de mapas.

Sin pensar demasiado en ello, giré a la izquierda hacia Central Park West y empecé a bajar caminando por ese lado del parque mientras le decía a mi madre que no, que no había perdido ninguna extremidad, ni un ser querido y, antes de que pudiera pensar otra opción igual de catastrófica como tener un accidente, me interrumpió para preguntarme qué andaba mal.

Ya sabes que intenté con todas mis fuerzas encontrar algún rastro de impaciencia en su voz. Sin embargo, todo lo que encontré fue preocupación. Una preocupación justificada, dado que la había llamado de la nada para decirle que la necesitaba.

El problema era que no sabía muy bien cómo responderle. Es decir, ¿qué se suponía que tenía que decir? ¿Después de años intentando contener con todas mis fuerzas cualquier emoción relacionada con lo que seguramente fuera algún intenso —y, de nuevo, justificable— problema de abandono, por fin admití que estaba triste porque mi mami no quiso, no sé, seguirme a la universidad, y en su lugar eligió vivir su propia vida?

—Yo, eh.

Nunca había sentido la necesidad de reconocer la perspicacia de mi madre, pero parecía sentir que no estaba exactamente en el mejor momento para responderle.

—Me alegra saber de ti —dijo—. Vi que tenía una llamada perdida tuya hace unos días. Intenté devolverte la llamada, y cuando no pude localizarte llamé a Yaz.

—¿Y ella te dijo que estaba al borde de un colapso?

—Me dijo —dijo mami suavemente—, que parecía que me necesitabas. Sé que no he estado muy presente últimamente, pero eso no significa que no me preocupe por ti o que no puedes apoyarte en mí cuando tengas problemas.

—Es bueno saberlo —intenté decir sin seriedad, pero mis palabras fueron arrasadas por, oh, una década de resentimiento.

Que mi madre, por supuesto, no pudo evitar oír.

—Es culpa mía que no lo sepas, Mariel. Supongo que necesito hacerlo mejor cuando se trata de decir estas cosas en voz alta. Y actuar en base a ellas también.

—Creo... supongo que yo podría hacerlo mejor pidiendo ayuda cuando la necesito.

—¿Por qué necesitas ayuda, chiquita?

—Porque yo... —El aire veraniego era tan espeso como la sopa, haciendo que me resultara difícil recuperar el aliento—. Intenté alisarme el pelo esta mañana y accidentalmente me lo quemé, y ahora estoy bastante segura de que arruiné mis rizos para siempre.

Los nuevos pelitos rígidos habían conseguido permanecer lisos mientras adquirían el mismo volumen de mis rizos, lo que parecía... interesante, cuanto menos. Entonces había forcejeado por recogerme toda la maraña de pelo con una gomita lo mejor que pude, y luego pasé otra hora y media intentando ponerme un sombrero antes de rendirme.

—¿Problemas con un chico? O, bueno, ha pasado bastante tiempo desde que hablamos por lo que debería decir problemas de pareja en su lugar. En caso de que tus preferencias hayan cambiado.

—No ha cambiado nada. Y no vas mal encaminada. Es más como...
¿una crisis existencial?

—Entonces deberías sentirte afortunada de no haber experimentado con el flequillo en su lugar —dijo mami—. ¿Qué puedo decirte? Sinceramente, mi costumbre de evitar las emociones viene de familia.

Me detuve en el cruce peatonal mientras esperaba a que cambiara la luz, cerca de una multitud de turistas discutiendo sobre dónde iban a cenar.

—Teniendo en cuenta que probé a acostarme con mi socio a todos los efectos y luego me alejé de algo que podía haber sido realmente bueno, quizás el flequillo habría sido mejor.

Había que reconocérselo a mi madre, no se precipitó a decirme frases vacías. Es decir, ¿podría haber sido un poquito alentadora? Pues claro. ¿Habría ayudado? Seguramente no.

—Nada es peor que el flequillo —dijo con firmeza—. Pero puedo ver por qué tu vida está en crisis. Nosotras las mujeres Rivera no lo hacemos bien cuando se trata de amor, ¿verdad?

—Yaz lo hizo bien durante un tiempo. Pero, sí. Somos una mierda en las relaciones y, sin embargo, ninguna de nosotras está en terapia.

—Habla por ti. Nena y yo estamos yendo. Y Yaz estaba hablando de encontrar a alguien nuevo cuando vuelva a Nueva York a estar contigo.

—Entonces supongo que soy solo yo. Al menos hasta que vuelva a tener seguro de salud.

La conversación se volvió a detener. Impactante, lo sé, cuando el seguro de salud era un tema tan fascinante.

Mami nunca había dicho abiertamente que yo era lo peor que le había pasado, pero estaba implícito en la forma en que se había largado el día después de que yo cumpliera los dieciocho años. El hecho es que, a pesar de que la partida mi madre hubiera sido una nube tormentosa que se cernía sobre mi cabeza, en realidad nunca había hablado con ella al respecto. O, bueno, con nadie en realidad, si no contabas los comentarios indirectos sarcásticos que le había hecho a Yaz a lo largo de los años. Así que, como la cobarde que era, cambié de tema y pregunté otra cosa en su lugar.

—Nunca hablamos sobre mi padre y por qué me abandonó.

—Chiquita, tu padre nunca te abandonó, me abandonó a mí. Y, sinceramente... —Su profunda respiración crujió en el micrófono—. Soy la razón por la que no luchó más por estar en tu vida.

—O quizás es solo un bastardo que nunca pensó en mí después de salir corriendo —respondí.

—No voy a discutir contigo sobre lo de bastardo. Todavía tenemos amigos en común del pasado, no obstante, y sé a ciencia cierta que no verte crecer le ha pesado.

No podía decir si el sonido que hizo mami era una risa o el sonido de sorberse los mocos, o una extraña combinación de ambos.

—Yo no —dije, muy en serio. Cualquier hueco que mi padre pudiera haber dejado atrás había sido llenado muy rápidamente por tía Nena y Yaz, e incluso mami. Pero cuando mami se fue... su espacio tenía una forma tan única que nada podía llenarlo—. Nunca he sentido verdadera curiosidad por él. Eres la única figura paternal que realmente he necesitado.

Definitivamente eso fue el sonido de sorberse los mocos.

—Mariel...

Tenía que decirlo.

—Por eso me he estado preguntando por qué te fuiste.

Se hizo un silencio al otro lado de la línea. El tipo de silencio que oprimía incluso mientras pasabas junto a un taxista que le tocaba la bocina a un adolescente en patineta y a alguien tocando música mientras montaba en bicicleta, y aproximadamente a otros quince millones de personas que mantenían sus propias conversaciones.

Al final, mami dijo:

—Todavía me faltaba madurar bastante. Pero, antes de poder hacerlo, tenía que tomarme algo de tiempo para ser la niña que nunca tuve la oportunidad de ser.

—Por mí.

—No solo por ti. Nena y yo no lo hablamos mucho, pero ambas lo pasamos muy mal cuando falleció nuestra madre. Éramos tan jóvenes. Ella era tan joven. Y aunque Nena era mayor que yo, ella sufrió más la muerte de mami. Y nuestro padre también. —Tenía recuerdos borrosos de un hombre mayor con un bigote que se sentaba en el suelo a jugar a los bloques con Yaz y conmigo—. Así que me hice cargo. Durante años, era la única en la casa que iba al supermercado. La única que se aseguraba de que nuestros uniformes del colegio estuvieran limpios y planchados. Amenacé a Nena para que hiciera los deberes y aplicara para la universidad y nos mudáramos a Miami. Escabullirme con tu padre fue el único atisbo de rebelión que me permití a mí misma. Y después llegaste y...

—¿Te arruiné la vida? —sugerí, intentando ser graciosa y terminando en algo más cercano a lo patético.

—Me hiciste recordar mis prioridades —me corrigió suavemente—. En primer lugar, estaba mi familia, que ahora te incluía a ti. Pasé veinticinco años dedicada a otras personas, chiquita —dijo ella, y de repente recordé que había sido ella la que empezó a llamarme de esa forma—. Nena siempre decía que me había visto obligada a crecer demasiado rápido, pero la realidad era que nunca conseguí crecer por completo. No tuve tiempo de averiguar quién era realmente o lo que quería en la vida. Y me atormentaba la idea de que llegaría a los cuarenta sin saber nada de mí misma.

Supongo que no debería haber sido tan tranquilizador saber que ella también estaba atormentada con esas cosas. Pero, de nuevo, ¿no lo estamos todos? ¿Quién de nosotros no está acarreando a todos los fantasmas de la persona en quien queríamos convertirnos y a quien quisimos o queríamos que nos quisiera?

—Me gusta pensar que nunca me habría ido si hubiera sabido que todavía me necesitabas. Pero... —Hizo una breve pausa—. No sé cuán segura puedo estar de eso.

Lo que acababa de decir no era perfecto, pero era sincero. Y era algo con lo que podría vivir.

—Intenté no necesitarte —respondí, y giré a la izquierda al azar, sin ir a ningún sitio en particular—. Soy una adulta. ¿Qué tipo de adulto necesita a su mamá?

—Yo la necesité —dijo ella—. Todavía la necesito. Y todavía la echo de menos. Y yo... mierda, Mariel, te hice pasar por lo mismo por lo que yo pasé, ¿no? Solo que con el pesar extra de saber que tu madre se fue a propósito. ¿Cuánto daño te he hecho?

—Oh, ya sabes, el suficiente para salir corriendo ante la posibilidad de tener una relación seria con alguien increíble.

—Nada del otro mundo, ¿eh? Supongo que debería hacer fila para mi premio a madre de mierda de la década.

—Todavía no te he nominado —le dije—. Pero solo porque ni siquiera tengo tu código postal actual. Lo que me convierte sinceramente en una hija que deja mucho que desear.

—No, la culpa es mía. Debería haberte llamado antes para contarte las nuevas noticias, pero estaba esperando estar instalada antes, en caso de que no funcionara. Estarás contenta de saber que por fin tengo una dirección permanente.

—No sé qué dice sobre nosotras el que tenga que preguntar en qué país.

Mami se rio.

—Ahora estoy en Las Vegas. Llevo aquí un par de meses. Es, eh, una larga historia.

—Espero que sea una buena.

—Eso creo. —Exhaló un respiro—. Me están entrevistando para un nuevo trabajo como gerente general de una cadena de hoteles. Uno que me mantendrá aquí durante una buena temporada. Ya he mirado unos cuantos sitios, y he encontrado un apartamento con un dormitorio libre para ti, Yaz y Nena, en el que se pueden quedar cuando me vengan a visitar. Si quieres, claro.

—Quiero.

—Genial, podemos hacer planes tan pronto como tenga noticias del trabajo. Mientras tanto, ¿Nena me comentó que estabas trabajando en ese gran proyecto?

Dejé escapar una risa.

—Se llama el Duque de Harding.

Debimos haber hablado durante otra hora, poniéndonos al día de todas las cosas, grandes y pequeñas, que nos habíamos perdido. Pensé que volvería a sentir resaca emocional cuando colgué, pero, en cambio, una sensación de ligereza se regó dentro de mí.

Después de eso, contactar a Milo no me parecía tan imposible como hubiera imaginado. Porque, aunque yo no había sido quien lo había *ghosteado*, era la que tenía cosas pendientes. Así que me paré, apoyándome en la cálida pared de ladrillos de un edificio mientras abría mi cuenta personal de Instagram y encontraba su perfil.

No merecía que me mintieras —escribí en un mensaje directo—. *No importa lo chillona que fuera, o lo dramática, o lo seguro que estuvieras de que iba a hacer algún tipo de escándalo. No cuando sabías lo mucho que había empezado a quererte. Lo que dije sobre no querer una disculpa tuya fue en serio. Tampoco quiero explicaciones o excusas. Solo quiero que sepas que me hiciste daño. Y, sin importar si era demasiado para ti o no, me merecía la sinceridad.*

Le di a enviar. Y entonces me sentí realmente libre.

Había vagado por Manhattan desde el lado oeste de vuelta al este, solo que esta vez estaba más cerca de la calle 59 que del Upper East Side. Y eso significaba que estaba más cerca del teleférico de Roosevelt Island.

Actuando más por impulso que por cualquier pensamiento racional, ya sabes, para variar, empecé a caminar hacia la estación. Utilicé mi tarjeta virtual del metro para pasar por el torniquete y esperé con un pequeño grupo de gente el teleférico. Cuando llegó, me subí al brillante coche rojo y me puse en una esquina, donde podría mirar hacia abajo.

No era la mejor hora del día para ver las luces brillantes de la ciudad, pero llegué a tiempo para ver el inicio de la puesta de sol. Los tonos rosados y naranjas que parecían helado derretido al filtrarse en el cielo azul se reflejaban en el río y se repetían en las ventanas de los edificios que se apiñaban en el centro de Manhattan. Estaba mirando hacia la maraña de metal y hormigón que, de alguna forma, inexplicable, se había convertido en mi hogar como nunca antes lo había sido, cuando un mensaje entrante hizo que me vibrara el móvil en la mano.

Lo supe, incluso antes de verlo, que era la respuesta de Milo.

No eras demasiado para mí, Mariel. Yo soy quien no fue suficiente.

21

Era completamente de noche cuando llegué a casa, armada con una pizza y unos cuantos paquetes de donas de la bodega. Lo creas o no, lo primero que hice después de cerrar la puerta detrás de mí no fue llenarme la boca de comida. Encontré mi portátil y abrí mi guion de cine.

Porque mientras esperaba el bus que atravesaba la ciudad de vuelta a Hell's Kitchen, todas las conversaciones emocionales de ese día daban vueltas en mi cabeza, y me di cuenta de por qué me había resultado tan difícil hasta ahora trabajar en el guion.

Mientras no lo acabara, no podría estropearlo.

Sin embargo, ya había estropeado todo en mi vida. ¿Qué importaba un fracaso más?

Saqué toda la parafernalia descartada del proyecto de cuadernos con puntos de debajo de mi cama, y me puse a trabajar resaltando los principales momentos de mi historia, usando pegatinas, cinta adhesiva de colores y marcadores con puntas de pincel para separar los tres actos.

Si había estado viviendo en una película, el resto del boceto habría salido de mí entonces, en un set de montaje con los tonos más azul chicle de Lady Cerulean. Pero la vida real, por no mencionar mi cerebro, era un poco más lenta que eso. No obstante, al cabo de una hora tenía un montón de páginas exageradamente decoradas. Y un sólido plan sobre cómo llegar al final.

Ghosted! iba a ser una comedia romántica sobre una adivina que pensó que le habían hecho *ghosting* en la primera cita, solo para descubrir más tarde que el chico había muerto camino a conocerla. Entonces su fantasma se le apareció con la solicitud de que lo ayudara a resolver su asesinato, lo que, por supuesto, la lleva a involucrarse con su apuesto socio de negocios.

Pero también se trataba sobre mí, y sobre intentar encajar en esta ciudad, y sobre las partes más divertidas de mi increíblemente ingrata vida amorosa, y...

Y, sí, sobre todas las formas en que estaba demasiado asustada para luchar por lo que quería.

No voy a mentir, me había acostumbrado tanto a la presencia de Dash mientras escribía, ya fuera en el documento compartido o a mi lado, que teclear en un nuevo documento y ver solo mi cursor me hizo sentir una soledad indescriptible. No obstante, incluso sin sus comentarios, las palabras fluyeron como nunca antes.

Mientras trabajaba en los guiones para el duque de Harding, había aprendido a escribir para Dash. Había aprendido cómo estructurar una oración para igualar la cadencia de su discurso. Sabía las palabras que le gustaba decir, y cuándo le gustaba hacer una pausa. Mientras trabajaba en mi guion de cine, aprendí como escribir para mí.

Y lo hice, convirtiéndome en un duende por completo dentro de mi apartamento cada vez más desordenado, alimentada por grandes cantidades de pizza y galletas y otros alimentos redondos y planos. Durante más de dos semanas, tecleé hasta que terminé con síndrome del túnel carpiano. Entonces me ponía hielo en mis palpitantes muñecas y tecleaba un poco más. No había acabado todavía el tercer acto cuando volví al primero y al segundo, y profundicé en el núcleo emocional de la historia de una forma que no me había permitido antes. No fue fácil. De hecho, fue lo bastante duro como para que al menos tres veces al día pensara en meter mi portátil debajo de la cama. Lo hice una vez, pero luego se me ocurrió una frase genial para un diálogo y me vi obligada a sacar la portátil y escribirla antes de que se me olvidara.

Así que, sí, tal vez había acabado hecha polvo en mi camino por terminar, pero al final lo conseguí. Y, cuando lo hice, la satisfacción que sentí en mi interior fue tan fuerte que tuve que sentarme unos minutos, solo... existiendo con el conocimiento de que eso era algo que había hecho. Mariel Rivera, una persona extraordinariamente caótica, que renuncia todo a mitad de camino, había conseguido terminar su guion de cine. Y no sabía si era bueno o no, pero al menos lo había hecho.

Después de haber disfrutado de uno o dos días de alivio, releyendo todo unas veintiocho veces, respiré hondo y le escribí un correo a Grace Hong, agradeciéndole de nuevo su oferta de leer mi guion de cine y preguntándole si se lo podía enviar. Terminé el email añadiendo unos cuantos enlaces y una nota que decía:

Aquí hay unos cuantos ejemplos más de mi trabajo, en caso de que conozcas a alguien que pudiera estar interesado en ver más de este tipo de cosas.

Se puso en contacto conmigo mucho más rápido de lo que había pensado que lo haría.

Espera, ¿¿eres la guionista detrás de ese chico de la Regencia que se está haciendo viral?? Esos vídeos son increíbles, y no solo porque él parezca hecho por los mismísimos ángeles. ¿Hay alguna posibilidad de que quieras colaborar en una comedia romántica de Regencia? No otra adaptación de Jane Austen, sino algo original e idealmente inclusivo. Todavía estoy en Los Ángeles, pero debería volver a la ciudad el mes que viene, así que, si estás interesada, estaría genial que nos encontráramos para tomarnos un café y conversar.

Mi mano fue directamente hacia mi móvil, y fui tan rápida mientras escribía el mensaje que me di cuenta después de que inconscientemente no había intentado enviárselo a Yaz. Sino a Dash.

No era solo que había encarnado al duque. Había encarnado cada fantasía que no me había permitido tener. Y ahora que una de ellas se hacía realidad, él era el único con quien quería celebrarlo.

Sin embargo, no sabía cómo hacer para escribirle un mensaje sobre algo más que trabajo, cuando no sabía ni siquiera si querría saber de mí. En su lugar, opté por la siguiente mejor opción, fui a Segunda oportunidad.

◆ ◆ ◆

En vez de Shy, era la barbie rubia del evento de burlesque quien estaba detrás del mostrador. La saludé con la mano mientras iba hacia el jardín, conteniendo un poco la respiración mientras empujaba la puerta trasera. No me di cuenta de que había estado esperando... algo, hasta que pisé las losas y respiré. Que por alguna descabellada y mágica coincidencia Dash podría estar ahí, esperándome.

Mientras me balanceaba en el columpio, vi a Kitty Marlowe salir cautelosamente de detrás del árbol.

—Bueno, Kit, parece que solo somos tú y yo.

Lanzándome una desdeñosa mirada, se impulsó a través de la pequeña puerta para gatos.

Había un ligero, pero definido, frescor en el aire, haciendo que me sintiera bien por haber usado jeans y un chaleco a rayas sobre mi camisa de flores. A medida que la humedad descendió, también lo hizo el volumen de mi cabello, que me recogí con una goma.

En mi vida de película, el jardín secreto habría estado en plena floración. Un auténtico revoltijo de rosas, morados y naranjas, y mariposas revoloteando entre las hojas, una larga toma de seguimiento moviéndose lentamente a través de todos los colores antes de alcanzarme en el columpio.

En realidad, era finales de septiembre. Las hojas en tonos naranjas y marrones descendían de las ramas cayendo sobre mí, bailando perezosamente sobre las losas desnudas. Está bien, puede que venir a Segunda oportunidad hubiera sido un error. Tal vez necesitaba encontrar un nuevo lugar en el que pasar el rato. No una cafetería, eso era seguro. U otra librería. Pero estaba ese bar en la Décima donde...

La puerta del jardín se abrió de golpe. Y pienso que la pequeña parte de mí que creía en descabelladas y mágicas coincidencias debía haberse expandido fuera del universo y haber enviado algún tipo de señal, porque Dash estaba entrando al jardín, con Kitty Marlowe ronroneando en sus brazos.

Llevaba un par de pantalones entallados que nunca había visto.

Debajo de su chaqueta de mezclilla negra, su camisa dejaba el trián-
gulo de piel en la base de su cuello lo suficientemente desnudo como
para que me diera cuenta con un nudo en la garganta de que no
llevaba el collar que le regalé.

—Oh, Mariel. Hola —dijo, rascando al gato entre las orejas y ba-
jándolo. Luego dio unos pasos cautelosos hacia el columpio—. Pensé
que Shy estaba aquí, habíamos quedado para hablar de los diseños
del próximo escaparate.

—No le he visto. Solo estaba... —Me encogí de hombros, cambiando de rumbo antes de terminar la frase—. He terminado mi
guion de cine.

—¡Oye, eso es genial! Enhorabuena —me dijo—. Sabía que podías hacerlo.

Tiré de uno de mis rizos, destrozando su forma mientras lo ten-
saba y lo soltaba.

—Habla por ti, porque yo estaba segura de que lo abandonaría
como hago con todo lo demás, y fingiría que nunca lo quise en primer lugar.

—Pero no lo hiciste —dijo Dash, con un ligero movimiento de
cejas que delataba su sorpresa al escucharme hablar de mis sentimientos tan francamente.

—No me quedó de otra, lo creas o no. Hasta el final. A pesar de
que fue duro, y a pesar de que crear una historia emocionalmente
honesta implica, ya sabes, ser honesto con tus emociones. Y sentir-
las, y pensar en ellas, y todas las cosas que te dije que no valía la pena
hacer. Lo que, siento defraudarte, valió absolutamente la pena. Y no
solo por el bien del guion.

Dash estaba apoyado contra el tronco del árbol.

—¿Tu historia acaba teniendo un «felices para siempre»?

—Sí, efectivamente. —Tenía tantas ganas de preguntarle si nosotros tendríamos un «felices para siempre», pero lo único que hice
fue sacar mi móvil del bolsillo—. Además, le hice un par de cambios
a la biografía de nuestro duque de Harding. Espero que te parezcan
bien.

Entré en nuestro perfil de Fling y alcé la pantalla para que pudiera ver las palabras que había añadido más temprano ese día: Creado por Mariel Rivera y Dashwood Bennet.

Observó los cambios detenidamente durante un tiempo antes de decir:

—Creí que no querías arruinar la ilusión.

—Sobre eso... —Aparté el móvil—. Se trataba menos de arruinar la ilusión que de tener miedo a fallar públicamente. Supongo que me imaginé que, si el proyecto fracasaba, nadie se enteraría realmente de que yo estaba detrás del mismo, por lo que no contaría realmente como un fallo. O algo. No le di muchas vueltas.

Otra pausa, esta más corta.

—Pensé que te avergonzabas de mí —admitió Dash—. Que no tenías problemas con hacer esto por el dinero o lo que sea, pero que no querías que tu nombre se asociara con ello.

Negué con la cabeza.

—Estoy muy orgullosa de todo lo que hemos hecho. Y siento no habértelo dicho claramente, sobre todo después de que me hablaras de ese financiero imbécil con el que saliste.

—Supongo que debería haber sido un poco más sincero sobre mis sentimientos —dijo Dash.

Resoplé.

—Como si te hubiera dejado. Olvídate de salir corriendo, seguramente me habría subido a un avión para alejarme de esa conversación.

Me ofreció algo que no era exactamente una sonrisa, no realmente, pero tenía el potencial de convertirse en una.

—¿Te gustaría escuchar un poco más sobre mis sentimientos ahora?

Me enderecé, asintiendo.

—Pruébame.

Se quedó quieto un instante, como si estuviera intentado ordenar sus pensamientos. Cuando por fin empezó a hablar, su voz era lenta y medida y casi cortés.

—Siento que siempre estoy actuando. Para las fangirls, claro, pero también para mis padres, para evitar que se den cuenta de lo mucho que me afecta su competitividad. Incluso lo hago con gente al azar en la calle. Me echan un ojo e inmediatamente creen saber quién soy. Al pasar tiempo contigo, era como si por fin pudiera ser... yo mismo.

—Me di cuenta de eso —dije suavemente.

—Entonces se acercaba la visita de tu prima y sentía la presión de... bueno, de actuar de nuevo. —El resto de sus palabras salieron en una marea de emoción que seguramente me habría ahogado hace un mes o dos—. Y me trajo de vuelta a donde estaba hace un año. Te conté que empecé haciendo OnlyFans con mi ex. No te dije que solo subíamos contenido en su perfil, al principio. Me llevó un tiempo vergonzosamente largo darme cuenta de que ya no quería estar más conmigo y solo me usaba para hacer contenido. Y entonces me quedé de todas formas, porque ella estaba en una situación complicada y necesitaba realmente el dinero. De ahí que me acuse de tener un complejo de héroe. —Dash se pasó una mano por el pelo—. El problema es que casi me quedo porque deseaba tanto tener una relación. Después pasó lo mismo con el financiero. Y después tú. Sigo dándole vueltas a las últimas semanas una y otra vez en mi mente, y no puedo evitar sentir que estaba tratando de presionarte para algo para lo que no estabas lista, o para algo que no querías en primer lugar...

Me temblaba la mano en la cadena del columpio cuando solté:

—Dash, mi madre me abandonó.

Se quedó quieto, como alguien que intenta no espantar a un animal asustadizo.

—Mi padre también. Nos abandonó, más o menos, cinco minutos después de que naciera. Él y mi madre tenían dieciocho cuando me tuvieron. Ella hizo lo mejor que pudo cuando yo era pequeña, pero... bueno, hay mucho trasfondo ahí. El tema es que mi mamá creció demasiado rápido, sin nada de tiempo para sí misma que no fuera para pasarlo cuidando a alguien más. Cuando fui lo suficientemente mayor como para hacerlo por mí misma, se marchó. Y desde entonces no ha vuelto.

Dejó que mis palabras se asentaran en el aire entre nosotros.

—Siempre me pregunté por qué nunca hablabas de tus padres. ¿Por qué no me lo contaste?

Solté aire antes de admitir:

—Hace que sienta que hay algo mal en mí para que ni siquiera mis propios padres quisieran molestarse en quedarse a mi lado. Como, ¿por qué alguien más lo haría? Después Milo también se fue, y sentí como si no solo lo perdiera a él. Perdí esa imagen que estaba empezando a tener de mí misma, como una persona que se merecía a alguien que se quedara.

—Yo me habría quedado por ti, Mariel —dijo Dash despacio, y el tiempo verbal de pasado acabó conmigo.

—Lo sé. —Alcé mi mirada hacia él—. Creo que quizás eso era lo que más me asustaba. Dash, mis padres se largaron sin decirme nada. Todas las personas con las que he salido han terminado *ghosteándome*. Solía pensar que, si tan solo me conocieran, se quedarían a mi lado. Pero entonces —dije, e hice un gesto con las manos—, pasó lo de Milo y me convenció de que todos me dejaron porque habían llegado a conocerme. Y creo que, de alguna manera, siempre estuve esperando que pasara contigo. Y cuanto más te quedaras, mayor iba a ser el dolor cuando te fueras finalmente. Así que no, no me presionaste en nada, lo quería realmente y estaba demasiado asustada para descubrirlo.

Había un libro completo de pensamientos no dichos detrás de su mirada cuando se topó con la mía.

—¿Todavía estás tan asustada?

Habíamos llegado demasiado lejos para que no fuera honesta con él.

—No lo sé. Quizás lo esté. Quizás siempre lo esté.

Pasó un latido, y después asintió con la cabeza.

—Creo que puedo entender eso.

Lo más descorazonador era que seguramente lo hizo. Entendía todas mis limitaciones, las aceptaba incluso, pero eso no significaba que estuviera dispuesto a seguir perdiendo el tiempo conmigo.

Me quedé sentada con ese pensamiento lo que pareció un minuto entero, solo respirando. No iba a ver a Dash en otoño, ni lo iba a sorprender con velas de las estaciones, ni lo iba a rodear con mis brazos por detrás mientras removía algo caliente y sustancioso en la cocina. Iba a tener que descoser la mayoría de los hilos que habíamos tejido juntos, aunque estaba segura de que la mayoría no sobrevivirían. Pero yo lo haría. Quién sabe, incluso podría mejorar.

Eso era todo, entonces.

Salté del columpio para ponerme frente a él, tan sincera y transparente como sabía ser.

—Por si te sirve de algo, Dash, nunca me he sentido tan segura con nadie como me sentí contigo.

—Es bueno saberlo —dijo lentamente.

—Eres una persona increíble. Te mereces estar con alguien que pueda darte todo lo que necesitas. Que no esté constantemente reprimiéndose o pensando en cómo usarte para verse mejor. Y ¿sabes qué? Vas a encontrarla. Vas a conseguir tu «felices para siempre».

Incluso si no era conmigo.

Algo centelleó en sus ojos. Un instante después, sin embargo, se había ido.

No hubo besos de película ni grandes gestos, pero mientras salía de Segunda oportunidad y giraba hacia casa, experimenté la profunda sensación de haber llegado al cierre de la escena final de una película para que otra pudiera empezar.

22

Pasé una semana completa intercambiando correos electrónicos con Grace antes de que me sugiriera ir a Los Ángeles en lugar de esperar a que ella regresara a Nueva York. Había tenido una reunión virtual con su agente, que estaba interesado en representarme, otra con el amigo productor de Grace, y ¿quién sabe? Tal vez Los Ángeles era donde necesitaba estar. No como un cambio de rumbo, sino como un nuevo comienzo. Un nuevo comienzo lejos de Nueva York y de todos los fantasmas.

Mi parte de las ganancias del duque de Harding fue suficiente para poder pagar el billete de avión y una semana de estancia, además del alquiler de mi estudio. El flujo constante de espectadores y suscriptores se había convertido en un diluvio después del directo de Lady Cerulean, y a pesar de que Dash y yo no nos habíamos visto en persona después de nuestro encuentro en Segunda oportunidad, habíamos vuelto a colaborar en varios guiones por semana, los suficientes para actualizar Fling y OnlyFans con nuevos vídeos cada pocos días. A pesar de que los documentos de Google estaban tristemente desprovistos de flirteo en esos días, las cosas estaban yendo sorprendentemente bien. Ahora teníamos un publicista, colaborábamos con marcas, y había un productor de audios de romance interesado en que le presentáramos un nuevo proyecto.

Pero lo mejor de todo era que teníamos un fandom. De verdad. Los autodenominados *Hardies* estaban trabajando duro (jeje), escribiendo fanficción sobre el duque y haciendo ediciones y arte de fans, y etiquetándonos en solicitudes para que organizáramos un evento en la convención anual de romance de Fling. Incluso otros creadores con disfraces de Regencia se habían sumado al mundo del duque con sus propios vídeos. Ser la inspiración detrás de una comunidad tan próspera era más de lo que me habría atrevido a imaginar, y no ser capaz de hablar de eso con Dash se sentía como una puñalada en el pecho.

Una brisa fresca entraba por mi ventana abierta mientras terminaba de cerrar la cremallera de mi maleta y la hacía rodar hacia la puerta. Con solo tres horas y media hasta mi vuelo, seguramente debería haber empezado a salir. En su lugar, me apoyé contra la encimera y pensé en cómo Dash estaba seguramente de camino al estreno de la serie de Georgie Hart, en la nueva y elegante ropa de noche del duque de Harding que habíamos comprado en línea cuando pensamos que iríamos juntos. Mi propio vestido había llegado un par de días antes, y ni siquiera abrí el paquete antes de meterlo en lo más profundo de mi desordenado armario.

Debía haber estado en medio de algún tipo de racha masoquista, porque abrí mi aplicación de Fling y revisé las actualizaciones que Dash estaba publicando en la cuenta del duque de Harding. Estaba en el baile, con *Lady Cerulean* del brazo.

Algo así como una sensación agridulce se encendió dentro de mi pecho mientras veía los vídeos cortos e imágenes de Dash, y pensaba en lo incomprensiblemente espectacular que era que en tres meses hubiéramos pasado de ser perseguidos por una turba que pensaba que yo era Lady Cerulean a que Dash asistiera al estreno de una serie en directo con la verdadera Lady C como su invitada.

Se veía tan guapo con el traje de regencia azul marino como a gusto siendo el centro de atención con docenas de cámaras apuntándolo, igual que cuando estábamos solo nosotros dos grabando en su habitación para invitados. Lady Cerulean también iba de azul, su traje de Regencia adornado con lo que parecían pequeñas plumas y cuentas.

Entré en el hashtag del estreno, diciéndome a mí misma que solo quería ver una foto del collar en forma de estrella de Lady C. Había más vídeos y fotos de ellos dos que del elenco real de la serie, y era comprensible, viendo como resplandecían y brillaban con luz propia.

La vívida punzada de las lágrimas hizo que me picaran los ojos. Eran lágrimas de orgullo, supongo, no de pura felicidad. Dash y yo habíamos llegado tan lejos. Habíamos volado tan alto. Y, contra todo pronóstico, en lugar de volver a caer a la tierra, ambos aún nos estábamos elevando.

El intercomunicador del apartamento eligió ese momento para sonar. Lo habría ignorado, ya que no esperaba a nadie, pero volvió a sonar con una serie de rápidos zumbidos que me hicieron saltar al auricular.

—No he pedido nada —dije irritada.

—Mariel, es Aria. ¡Shy y yo estamos abajo y, si no abres la puerta ahora mismo, juro por todo lo bueno del universo que voy a... pfff!

—Por mucho que me guste que me pffeen... —empecé diciendo antes de que otra voz me interrumpiera.

—Lo siento, Mariel —dijo Shy por encima de las amortiguadas protestas de Aria—. ¿Podrías dejarnos subir, por favor? Hemos venido a traerte helado y libros, no a proferir amenazas contra tu persona.

—Tengo serias dudas sobre eso —dije, pero presioné el botón.

—Nos hemos preocupado por ti —dijo Aria mientras entraba, sus Doc Martens haciendo que pareciera que pisaba fuerte. Bueno, está bien, y también el hecho de que estaba pisando un poco fuerte.

Shy entró con más discreción, con una camiseta de manga corta en un tono azul oscuro que hacía juego con los arándanos en su bolsa, y sosteniendo una bolsa de papel marrón que, de hecho, contenía helado. Alineó los botes de helado en mi encimera, hasta que se dió cuenta de que era demasiado pequeña y empezó a amontonarlos, colocando los cuencos en forma de cono y las cucharas de plástico de colores que también había traído.

En cuanto a Aria, había dejado caer un montón de libros en mi cama, dejando a un lado la pila de ropa limpia, y estaba ahí sentada con los brazos cruzados, mirándome fijamente.

La energía paternal era tan fuerte que estaba medio asustada de que recogieran y se fueran.

—¿Dónde diablos has estado? —Aria preguntó mientras Shy servía el helado y los acompañanantes—. ¿Y por qué demonios nos dejaste de hablar?

—Les respondí sus mensajes de texto —dije, defendiéndome.

—«Jaja no lo sé» no es una respuesta. Sobre todo, cuando alguien te pregunta cómo estás.

Agarré el helado que me ofreció Shy y me senté cruzada de piernas en el pequeño pedazo de suelo frente a mi cama.

—Siento no haber estado en contacto más a menudo.

—Nos hemos preocupado por ti —dijo Shy, pasándole a Aria un bol y uniéndose a mí en el suelo. En el cuello de su camisa había un alfiler en forma de pila de panqueques cubiertos de sirope—. ¿Dash nos comentó que ambos decidieron mantener las cosas estrictamente profesionales?

Lo dijo con entonación de pregunta, como si creía no haberlo escuchado bien.

—Sí —dije, agarrando un copo de coco tostado—. Nunca debimos habernos involucrado.

El ruido que hizo Aria trasmitió exactamente lo incorrecta que pensaba que era mi afirmación.

Aparté un rizo rebelde.

—Miren, es demasiado complicado salir con alguien con quien estás trabajando en un proyecto. Que de hecho está yendo muy bien. Sería una tontería de nuestra parte arriesgar todo por lo que hemos luchado solo por...

—¿Por el bien del amor verdadero y eterno? —gritó Aria—. Sí, me parece una tontería.

No me molesté en corregirla, no solo porque sabía qué respondería, sino porque la palabra amor se había enganchado con algo dentro de mí, como cuando un suéter se engancha con la pulsera de alguien y te quedas momentáneamente quieta. Y recordaba sentir eso antes, cuando estábamos trabajando en el escaparate y había estado tan llena de esa sensación de posibilidades y conexión, y todavía no había fastidiado mi camino hacia... todo lo que siempre había querido.

—Bueno, de todas formas, es demasiado tarde.

Aria parecía realmente poco convencida de mi encogimiento de hombros, pero se ablandó un poco, al igual que el helado intacto en mi bol.

—¿Sabes por qué Shy llamó a la tienda Segunda oportunidad?

—¿Porque es su tropo romántico favorito?

Shy negó con la cabeza.

—No solía serlo. No hasta que Aria y yo volvimos después de seis años de separación.

—¿Seis años de separación?

Aria asintió.

—Y fueron buenos años. Salimos con algunas personas increíbles, despegamos en nuestras carreras profesionales, descubrimos lo que realmente queríamos en nuestras vidas... y, lo más importante, crecimos como personas. Así que, cuando nos encontramos de nuevo, estábamos en mejor capacidad de formar parte de una relación madura.

—¿Estás intentando decirme que debería alejarme de Dash durante unos cuantos años?

—No, cabeza hueca —dijo Aria, poniendo los ojos en blanco—. Estoy intentado decirte que nunca es demasiado tarde.

Shy hizo a un lado su helado.

—Pues claro —dijo, echándole una mirada a Aria—, nadie sabe lo que pasa en una relación, a excepción de las personas que están en ella. Para los de fuera, no obstante, parece que tú y Dash se hacen felices el uno al otro. Si ese no es el caso, entonces tal vez tomaste la decisión correcta.

—Pero dada tu tendencia a huir cuando estás asustada —añadió Aria—. Yo diría que existen algunos traumas profundos y sin resolver en juego.

—He estado tratando de resolverlos —admití—. Pero todavía estoy asustada. No de que Dash me haga daño, no realmente, ya no. Pero ¿qué pasa si lo fastidio de nuevo? ¿Y si le hago daño?

—Entonces realmente proferiremos amenazas contra tu persona —dijo Shy, haciéndome sonreír.

Aria hizo un gesto con la cuchara.

—No sé, Mariel. La gente se hace daño la una a la otra todo el tiempo, con cosas grandes y pequeñas. Y siempre es más fácil irse que quedarse. Pero ¿recuerdas el nuevo comienzo del que hablamos? ¿Y el as de copas?

Había quitado la carta del marco de mi espejo cuando estaba limpiando el apartamento para la visita de Yaz, medio asustada de que hiciera algún comentario y me viera obligada a revelar otro fallo más. Lo que, sí, parece un poco tonto, dado todo lo que había pasado. La carta aún estaba enterrada debajo de varias capas de calcetines y ropa interior, donde no tenía que verla a diario y saber que había deshecho el pequeño progreso que Aria me había presionado a hacer.

—Estoy intentando no evitar mis sentimientos.

—¿Y? —continuó Aria.

—Y no me había dado cuenta de lo asustada que estaba de luchar por las cosas y las personas que quería. Y supongo que aún estoy asustada. Pero también estoy... se supone que esta noche me voy a Los Ángeles. —Miré la hora en el móvil—. Mierda, voy a llegar tarde. Voy a tener que ir corriendo hasta el aeropuerto y ni siquiera me estará esperando una declaración de amor al llegar.

—¿Así que eso es todo? —preguntó Aria, dejando el bol—. ¿Vas a huir de nuevo? ¿No vas a intentar recuperar a Dash?

—No esta noche —le dije—. No puedo perder mi vuelo. Y, de todas formas, está en ese evento con Lady Cerulean, que al parecer ahora es su nueva mejor amiga. O la chica con la que está saliendo. Tal vez sean ellos los que superen los obstáculos y consigan un bonito «felices para siempre».

Y eso decía mucho de la habilidad de Shy y Aria para distraerme, ya que habían conseguido que olvidara la imagen de Dash y Lady C viéndose maravillosos y perfectos e históricamente emparejados. Hacía unas semanas eso podría haberme hecho perder el control. Pero ahora, sin embargo, lo único que hice fue meterme una cucharada de helado con sabor a masa de pastel en la boca y decirme tranquilamente que, sintiera lo que sintiese por él, Dash y yo no estábamos destinados a estar juntos.

Aria estaba poniendo los ojos en blanco.

—Sí. Dash está locamente enamorado de una estrella del pop ganadora del premio Grammy. Es por eso que pasó por Segunda oportunidad antes y dijo melancólicamente que quería ir contigo.

—¿Lo dijo? —Le lancé un copo de coco a Aria—. Podrías haberlo dicho antes.

Aria no es de las que se rinden en una pelea, agarró un libro de bolsillo de la pila que ella y Shy habían traído y me lo lanzó.

—Bueno, pero te lo estoy diciendo ahora. Más te vale que no permitas que tu miedo se apodere de ti y luches por tu felicidad.

—Aunque está bien si Dash no es tu felicidad —añadió Shy—. No obstante, si existe una posibilidad de que pueda formar parte de ella...

Agarré el libro, uno de Georgie Hart de hace diez años con una pareja abrazándose en un jardín y un gato parecido a Kitty Marlowe encaramado sobre un muro de piedra. Alisé sus arrugadas páginas, luego deslicé la punta de uno de mis dedos sobre su lomo.

Tal vez mi relación con Dash, lo que quedaba de ella, era como un lomo agrietado. Ya sabes, dañado permanentemente. Por más que intentes enderezarlo, el pliegue siempre está ahí.

Aria abrió la boca como para decir algo más, pero Shy le puso una mano en el brazo para detenerla, y se calmó, aunque por su ceño fruncido estaba claro que todavía tenía mucho que decir.

Cambiando el libro por mi móvil, abrí Fling de nuevo para ver la última fotografía que Dash había publicado. Y fue entonces cuando lo vi: justo debajo de la corbata de seda que habíamos elegido juntos, estaba el collar que le había regalado.

Lo que pasa con un lomo agrietado es que no te impide leer un libro. Y tal vez las grietas de Dash y las mías no tenían que ser cicatrices, tal vez podrían ser arrugas provocadas por la risa.

◆ ◆ ◆

Así que, sí, saqué el vestido del fondo de mi armario y dejé que quienes se proclamaban mis hadas madrinas me ayudaran a arreglarme para ir al baile, diciendo que siempre podría reprogramar mi vuelo a Los Ángeles si esa noche no salía según lo planeado.

Mi vestido estilo imperio era blanco. Alejándonos de las imágenes que nos habían servido de inspiración y que la costurera y yo habíamos estudiado detenidamente, elegimos adornar la superposición de gasas con docenas de cuentas multicolores que parecían chispas. Lo que era particularmente apropiado, ya que el corpiño del vestido estaba tan bien construido que hacía que mis pechos parecieran dos bolas de helado.

Había más cuentas en mis zapatos de satén blanco, así como en las horquillas que había conseguido para el pelo, que Shy estaba intentando trenzar alrededor de mi cabeza.

—Tengo que decir que, cuando te comprometes con un tema, no puedes contenerte —subrayó Aria, que me estaba pintando las uñas con un esmalte parecido al glaseado de las donas de azúcar, y revelando de forma inadvertida cuánto tiempo pasaba en la cuenta de Instagram de Hailey Bieber.

—Mi esencia, como mi pelo, no se pueden contener —respondí.

Si hubiera estado escribiendo sobre ese momento en un guion de cine, me habría sentido tentada de hacer un montaje con un baile divertido. No obstante, por una vez, me alegré de que esa fuera la vida real y de no haberme perdido un segundo de la discusión amistosa entre Aria y Shy mientras me ayudaban a convertirme tan bien como pude en un personaje de la Regencia.

Bajaron conmigo cuando llegó mi Lyft, y se quedaron esperando en la acera como si fueran a agitar pañuelos en el aire a la hora de despedirme mientras mi carruaje se alejaba. Les dirigí una mirada, increíblemente agradecida por todo lo que había sucedido ese verano que me había llevado a conocerles.

—Oigan —dije, al abrir la puerta del Lyft—. Yo solo... ¿saben lo mucho que les aprecio, ¿verdad?

Shy me lanzó un beso.

Sin embargo, Aria solo frunció el ceño.

—Guárdate eso para Dash —me dijo, viniendo hacia mí—. Y métete ya en el carro. Recuerdas la carta del carro que sacaste esa noche, ¿verdad? Estoy bastante segura de que no se trataba de huir sino de este momento. De seguir adelante, y de avanzar. Así que, ¿qué estás esperando? Corre, tonta.

Perder mi vuelo para hacer algún gran gesto iba en contra de todas las comedias románticas que me encantaban. No obstante, siempre había disfrutado de una buena subversión. Mientras el carro se acercaba al Lincoln Center y veía la ciudad pasando frente a mí en rayas de luz y color por la ventanilla, me examiné en busca de algún rastro de duda.

Tenía muchas agolpándose en mi interior, y miedos también. La creencia de que era fácil de abandonar había jugado un papel primordial en todo lo que había hecho durante años. Incluso después de haber hablado con mi madre y de conseguir esa pizca de validación de Milo, no estaba segura de haberme liberado de su agarre. Siempre sería un poco insegura en las relaciones. Un poco impaciente. Un poco demasiado entusiasta a la hora de identificar las señales de alarma para poder irme primero.

La única cosa que había cambiado era que por fin me había admitido a mí misma que no quería más nuevos comienzos. Quería a Dash. Él era todo lo que siempre había querido, pero me había dicho a mí misma que era imposible obtener. Él era el único que me había despertado con una taza de chocolate caliente y había flirteado conmigo en los documentos de Google y había sostenido mi mano mientras nos deslizábamos sobre el Hudson y había compartido mi asombro por esa ciudad que nos había unido.

Pero, sobre todo, él era alguien con quien podía contar para que se quedara, si le daba la oportunidad alguna vez.

Mi corazón martilleaba en mi pecho cuando el Lyft se detuvo a una cuadra del Lincoln Center.

—No puedo acercarme más que esto —dijo el conductor, señalando las barreras que estaban desviando a los carros.

Deseando que las plataformas de mis zapatos de satén blanco no fueran tan altas, me alcé la falda con las dos manos y pasé al lado de los paparazzi y de una horda de fanáticos con móviles, hasta donde las barreras de metal y un puñado de policías y agentes de seguridad vestidos de forma discreta con chaquetas negras restringían el acceso a la zona alrededor de la fuente. Algunos miembros del elenco de la serie todavía estaban fuera, firmando autógrafos y haciéndose selfis con sus fans, pero ni Dash ni Lady Cerulean estaban por ningún lado.

Ni siquiera me dio tiempo a acercarme a la multitud que se empujaba contra las barreras antes de que una ola de derrota se cerniera sobre mí. No tenía mi invitación, iba a asistir como la invitada de Dash. No había forma de que me dejaran entrar.

Lo que estaba bien, porque eso no era una película, y el gran momento donde le declaraba mis sentimientos a Dash no iba a ocurrir mientras llevara ropa formal y frente a una multitud. Simplemente... me iría a casa y le enviaría un mensaje el día siguiente.

Me di la vuelta y me encontré con alguien con pantalones ajustados y un sombrero de copa saliendo de un taxi amarillo. Su cabello corto y negro estaba alisado hacia atrás y metido detrás de sus orejas. Recordé su mochila a cuadros antes de reconocerle la cara.

—Ah, hola —solté—. Nos conocimos en Prince Street Pizza, ¿verdad?

—Tú eres la que estaba con el duque, ¿no? —preguntó, y saludó con la cabeza a la multitud fuera de Lincoln Square—. ¿Vas a entrar ahí?

—No sin una invitación —admití—. Se suponía que iba a ser la invitada de alguien, pero vino con otra persona. Y tenía tanta prisa por llegar aquí y confesarle todos los sentimientos que siempre he sentido por él que se me olvidó lo de la invitación por completo.

La chica de la mochila a cuadros me miró por un momento. Sorprendentemente, no como si se estuviera preguntando por qué una extraña estaba desahogándose con ella en la calle, sino como si se estuviera planteando ayudarme. Que fue lo que hizo.

—Ven —me dijo, y luego se dirigió a la señora con un portapapeles que estaba en una puerta lateral a menos de unos metros de la multitud, y añadió—: Ella está conmigo. —Y... me dejaron entrar.

El vestíbulo del teatro estaba lleno de luces intermitentes, más lleno y caótico que la plaza de afuera. Telones del tamaño de vallas publicitarias con el nombre de la serie en letras que se movían sobre las imágenes de una casa señorial inglesa bordeaban el recinto. Frente a ellos, celebridades con vestidos estilo imperio y extravagantes pañuelos atados al cuello estaban siendo entrevistadas por gente que sostenía micrófonos y cámaras. Incluso la exuberante alfombra de color frambuesa bajo nuestros pies estaba estampada con el logotipo de la serie, la silueta de un caballo y un carruaje.

En frente de una floreciente pared verde con flores en cascada estaba la mismísima Georgie Hart. Su vestido parecía una larga columna de plata resplandeciente, pero sus largos guantes y la estola de piel alrededor de sus hombros era del mismo tono rosado brillante que su pelo. Se parecía muchísimo a Shirley MacLaine al final de *What a Way to Go!*, cuando va al estreno de la película con Pinky Benson en su carro igual de rosado, pero con unas décadas de más.

Mientras la miraba, demasiado abrumada para fingir siquiera que no estaba *fangirleando*, se quitó la estola de piel para revelar que el corpiño de su vestido plateado era un corazón rojo brillante.

—Santo cielo, esto no es posible —dije, dándome la vuelta para sonreírle a Mochila a Cuadros—. Y tú eres increíble.

Extendió la mano.

—En realidad, soy Indira.

—Encantada de conocerte, Indira. Me llamo Mariel, y te estoy muy agradecida por la ayuda. —Me alisé la falda con los dedos, mirando alrededor del vestíbulo de nuevo mientras soltaba—: Y nerviosa. Estoy a punto de representar la escena final de una comedia romántica y decirle a alguien que lo quiero. Ya sabes, si puedo siquiera encontrarlo en esta multitud.

—El duque, ¿verdad? Está por ahí —dijo Indira, apuntando exactamente al centro del vestíbulo, donde Dash y Lady Cerulean estaban posando para las cámaras.

Ese día en Times Square había estado en lo cierto. Lady Cerulean no se parecía en nada a mí —era más alta y esbelta. Y, aunque su pelo era una cascada de rizos, los de ella eran elegantes y se portaban bien, y estaban recogidos hacia atrás en un intrincado moño decorado con plumas rosadas.

—Oh —dije—. Gracias. Esa es... —Mi mirada se volvió hacia Lady Cerulean de nuevo—. Espera. ¿Esa era ella la noche en Prince Street Pizza? ¿Con las hebillas rosadas peluditas?

—Estábamos viendo *Despistados* y tuvo un antojo. Uno pensaría que unas pecas falsas y un par de accesorios en el pelo no serían suficientes para ocultar su identidad, pero...

—La gente solo ve lo que quiere ver —dije automáticamente—. ¿Ustedes dos están...? —Mi mente, que todavía estaba dando vueltas, pilló a mi boca—. Lo siento. No me quiero entrometer.

—No, está bien. Sí, estamos juntas, pero intentamos llevar nuestra relación con la mayor discreción posible. No es fácil estar con alguien en el centro del huracán. ¿Sabes? Ni para mí ni para ella.

Miré a Dash. Lo miré de verdad, como no lo había hecho desde hacía un tiempo. Se veía tan guapo y carismático como siempre. Estaba haciendo el gesto con el pelo mientras lo miraba, y dirigiéndole una gran sonrisa a las cámaras que lo apuntaban.

—No —dije—. No es fácil.

No mentiré y diré que no estuve tentada de retroceder y alejarme y simplemente... esconderme debajo de las sábanas, supongo.

No sabría cómo explicar por qué no lo hice. Todo lo que sé es que un instante estaba mirando hacia Dash como siempre lo miraba. Y al siguiente lo estaba *mirando* como una heroína romántica se suponía que mirara al héroe cuando se conocen por primera vez. Un poco aturdida, como si el mundo hubiera ralentizado su rotación, o quizás la hubiera acelerado.

De repente, se me hizo obvio.

Habíamos estado tejiendo un tapiz todo ese tiempo, él y yo, con brillantes hilos plateados y cálidos hilos dorados, y no solo con la ciudad con la que nos estábamos conectando, sino el uno con el otro.

23

No sé cuánto de eso se reflejó en mi cara. Quizás un poco, porque cuando Dash se volvió y me vio a través de la multitud, sus labios se separaron.

Y creo que empezamos a acercarnos lentamente el uno al otro, pero quería que se quedara en el centro de todo porque había venido a decirle algo y quería que todos lo escucharan. Porque había estado intentado con todas mis fuerzas no cometer un error en público, y si fracasaba en eso, si fracasaba diciéndole a Dash que lo quería, quería que el mundo lo supiera.

Tampoco es que quisiera que el estreno girara en torno a mí o algo por el estilo.

Lo alcancé cuando estaba a solo unos pasos de Lady Cerulean. Y supongo que debería haber preparado un discurso o algo así, pero estamos hablando de mí. Siempre improvisando. Aunque, quién sabe, tal vez decirle a alguien que lo quieres es el tipo de cosa que no se debería ensayar o preparar.

Nada de eso salió de mi boca, por supuesto que no. Me paré frente a él y le dije:

—Pensé que ya era hora de recrear tu tropo favorito.

Su expresión era ilegible, sus ojos marrones solo reflejaban las luces de los fotógrafos.

—Nunca he necesitado un gran gesto.

—¿Qué te parece una humillación pública? —Respiré hondo—. Dash, vine aquí para decirte que quiero esforzarme para que lo nuestro funcione. Sobre todo, por mí, pero también por ti. Porque vales la pena.

Mi más que pública declaración se estaba haciendo aún más

pública cuando los asistentes al baile alzaron sus móviles y cámaras, tal vez pensando que eso era parte del espectáculo de la noche, una pequeña escena o alguna actuación. Me centré en Dash, dejando que todo lo demás se desvaneciera mientras daba otro paso que me acercó unos cuantos centímetros más a él.

—Me encanta lo sincero y dulce que eres. Me encanta verte trabajar por lo bien que lo haces. Incluso me encanta tu horrible adicción al café. Yo... puedo hacerte una lista de todas las cosas que me encantan de ti y podría enumerar más de diez. Porque la verdad es que, Dash, siempre has sido más que un amigo y más que el chico con el que a veces me acostaba, eres el único que me hace sentir como si pudiera volar.

Me miró, completamente quieto.

—Y, Dash —dije, tragando con dificultad—, Dash, estoy enamorada de ti.

Fue sutil, pero lo noté: el ligero cambio en la posición de sus hombros, la manera en que se relajó no solo saliéndose de su personaje, sino también del Dash que siempre estaba actuando para todos a su alrededor. La forma en que se convirtió en el Dash que era principalmente para sí mismo.

Y, tal vez, un poco para mí también.

Mi boca estaba tan seca que tuve que tragar de nuevo antes de poder preguntar, bajando la voz para que solo pudiera oírme él:

—¿Recuerdas cuando me dijiste que siempre tenías problemas para pedir lo que quieres? Necesito saberlo, Dash. ¿Qué quieres?

La sonrisa que siempre parecía estar al acecho en la comisura de sus labios se extendió por toda su cara.

—A ti —dijo, y sus ojos brillaron—. Solo a ti.

Esta vez fui yo la que le tendió la mano. Cuando nuestros dedos se encontraron, fue como si explotaran fuegos artificiales dentro de mí. Como el rocío brillando en los primeros rayos del sol de la mañana. Como mantas de pícnic y luciérnagas y películas bajo las estrellas y cervezas de tres dólares y una carrera en Times Square bajo el insoportable calor del verano.

Usó sus dedos como un ancla para acercarme. Y entonces nos besamos. Y me parece una locura que el contacto con su piel todavía me haga sentir como si me hubieran rociado polvo de hadas, tan brillante y ligera como cuando nos conocimos por primera vez, y que con cada roce mi cuerpo dé vueltas de manera exagerada. Y, además de todo eso, también sienta una nueva emoción. O tal vez no fuera nueva, tal vez solo había estado intentando evitarla con todas mis fuerzas. Porque, cuando Dash y yo nos besamos, no solo sentía como si volara, era como si hubiera corrido tan lejos que finalmente hubiera llegado a casa.

Todos a nuestro alrededor estaban aplaudiendo. Fue un momento tan de película como podía serlo. Pero también era real, y verdadero.

Y aterrador, porque todavía había muchas más cosas que tenía que contarle a Dash.

No en ese mismo momento. Un tintineo de luces y un cambio de música indicaba que la proyección del estreno de la serie estaba a punto de empezar, después del cual el baile empezaría de verdad. Dash miró a su alrededor, como si estuviese recordando dónde estaba.

Y quién había venido con él.

Pasándose una mano por el pelo, miró a Lady Cerulean, todavía de pie a unos pasos de distancia.

—Milly —dijo. ¿Milly? —Debería...

Lady Cerulean se rio ante su evidente renuencia.

—Estaré bien, Su Excelencia —dijo con una sutil mirada hacia Indira—. Vete con tu chica.

Echándole un vistazo a la multitud que todavía esperaba fuera, Dash y yo nos escondimos detrás de un recorte de cartón de tamaño natural de los personajes principales de la serie, y encontramos la puerta por la que Indira y yo habíamos entrado. Y entonces salimos a una sorprendentemente cálida noche que anunciaba el final del verano y el inicio de una nueva estación, con nuestros dedos entrelazados y nuestros disfraces atrayendo alguna que otra mirada.

—Supongo que aquí es cuando te pregunto si quieres quedarte y resolver las cosas conmigo. Y tal vez intentar descubrir si nos entendemos bien como pareja. —Me detuve, girándome para mirar a Dash a la cara. O para que pudiera observar la mía, supongo, y viera lo mucho que significaba para mí lo que estaba diciendo—. Sé que las cosas no van a ser perfectas, y sé que puedo ser tan responsable de hacerte daño como lo puedes ser tú de hacérmelo a mí. Pero, si te hago daño, te prometo que me quedaré el tiempo suficiente para solucionarlo. No más huidas, Dash. No, a menos que tú corras conmigo.

—Eso probablemente sea la cosa más romántica que me has dicho nunca —se burló Dash.

—Ah, ¿sí? Entonces, ¿qué es esto? —Me paré justo ahí en la acera detrás del Lincoln Center y lo volví a decir—. Te amo.

—Al final lo descubriste, ¿eh? —dijo—. Te llevó bastante tiempo.

La yema de su pulgar rozó mi mandíbula, y solté un agudo gemido ante su contacto. Y después otro cuando vi que su autocontrol había desaparecido. Que estaba eligiendo, como hizo antes, mostrarme las facetas que le ocultaba a los demás, incluyendo el anhelo que hizo que sus pestañas revolotearan cuando dijo:

—Supongo que es demasiado obvio a estas alturas que siento algo por ti.

—¿Qué sientes? —pregunté, alcanzando la parte delantera de su camisa blanca y aferrándome a ella, sin importarme si la arrugaba, porque el Dash que amaba no era el perfecto, educado y carismático Dash que se presentaba ante las cámaras y ante todo el mundo.

El Dash que amaba era ese que dejaba que todas las capas de lo que era para los demás se desvanecieran hasta que solo quedaba él, de pie frente a mí.

Sonreí.

—De todo.

Habría sido el momento perfecto para otro beso. Sin embargo, en lugar de bajar su cara hacia la mía, Dash metió la mano en el bolsillo y sacó algo.

—Bueno, la verdadera razón por la que no fui a la noche de burlesque es que tenía todo un plan para darte esto.

Entrecerré los ojos.

—Juro por Dios, Dashwood, que si eso es un anillo de compromiso...

—Son cuerdas de amarre —dijo, con esa tímida sonrisa en sus labios mientras abría su mano y me enseñaba lo que estaba sosteniendo—. Dijiste que querías ataduras, ¿no lo recuerdas?

Se me cerró la garganta mientras cogía las finas cuerdas que cuidadosamente había enrollado juntas en un brazalete.

—Eres un cursi redomado —dije bajito.

—Un cursi, ¿eh? ¿Sabes lo que eres tú? —me preguntó.

—Me hago una idea, pero creo que me va a gustar más tu versión.

—Eres como encontrar el caldero de oro al final del arcoíris. Solo que tú estás hecha de arcoíris también, de todos los colores y luces y gotas de lluvia brillantes. —Puso sus brazos alrededor de mi cintura y me acercó. Sus labios rozaron mi oreja cuando dijo—: Yo también te amo.

Un calor líquido me recorrió por dentro. Durante mucho tiempo, la esperanza para mí fue un concepto inestable, como construir una casa sobre arenas movedizas. Al ver a Dash sonreírme, sentí que el suelo se reafirmaba debajo de mis pies.

Fue un poco antes de que nos separáramos. Cuando lo hicimos, Dash entrelazó de nuevo nuestros dedos y empezó a tirar de mí por la calle.

—Vamos.

—¿A dónde vamos?

—A celebrar que has terminado tu guion de cine con una bola de helado de fresa de verdad. Con sirope y chispitas y cereales y todo lo que quieras ponerle.

Le sonreí.

—¿Y también sexo para hacer las paces?

—Y también sexo para hacer las paces. —Dash hizo su característico gesto con el pelo y se detuvo para darme el tipo de beso jugue tón que haría que a Mia Thermopolis se le aflojaran las rodillas—. ¿Y tal vez alcanzar nuestro propio «felices para siempre»?

Acaricié el omoplato de Dash, justo donde las palabras «Los finales felices todavía no me aburren» estaban tatuadas en su piel. Y me encontré confesándole algo que nunca le había dicho a nadie, ni siquiera a Yaz.

—Lo deseo desesperadamente —susurré—, un «felices para siempre». Siento que he estado persiguiéndolo desde que nací.

—No eres la única. —Dash levantó mi mano hacia sus labios para darme un beso fugaz en los nudillos—. Tenía miedo de que quizás el mío me hubiera pasado de largo.

—El universo no es tan cruel, Dash. Siempre ibas a tener tu final feliz. Y ahora, tal vez, yo también.

EPÍLOGO

INTERIOR. LA SALA DEL DUQUE — DÍA

En el PRIMER PLANO, EL DUQUE DE HARDING está
parado junto a la ventana. Ante el sonido de
pasos, se da la vuelta.

EL DUQUE DE HARDING (sonriendo ligeramente)
—He estado esperandote, amor. ¿Has venido a

D: Hice panqueques.

M: Te amo.

D: Sí, esa es una reacción increíblemente apropiada para
los panqueques.

M: No, es decir. *Te amo*.

D: Con lo que te refieres a que quieres que te los lleve a la
cama.

**M: ¿Cómo lo adivinaste? Mira, Dashwood, por esto es
por lo que eres el hombre perfecto para mí. Siempre
sabes lo que**

—Las Zorras jugadoras estarán aquí en tres horas. Será mejor
que nos demos prisa y vayamos a la lavandería si queremos llegar a
tiempo para comer —dijo Dash mientras entraba en su habitación,
sosteniendo un plato de panqueques y dos tenedores.

El olor a mantequilla y sirope me alcanzó estando todavía arro-
pada bajo su edredón, sin estar preparada aún para cambiar el calor
por el aire fresco de octubre.

—No te preocupes por eso —le dije mientras reclamaba su lugar en el colchón—. Solo tengo que hacer un par de cosas. Además, habrás notado que he recogido todo.

Miró hacia la esquina de su habitación donde había puesto mis maletas cuando había llegado el día anterior.

—¿Estás segura de que solo vas una semana a Los Ángeles? Porque parece que has hecho las maletas para dos meses. Por lo menos.

—Nah, una de esas es para todos los accesorios que compraré en las subastas. Y libros. Shy me dio una lista entera de libros que se supone debo encontrar para la tienda.

Grace y yo habíamos estado trabajando en otro proyecto conjunto que tenía una vibra similar —no en lo que respecta al contenido— al del duque de Harding, y nuestro agente nos había conseguido una reunión con un estudio fílmico.

Mientras estaba fuera, Dash iba a empezar su siguiente escaparate para Segunda oportunidad. Ya había visto los bocetos, una gran franja de lienzo pintada para que pareciera el cielo nocturno, con pequeños agujeritos para que las luces de la tienda se vieran como las estrellas. Con dos figuras pintadas en el propio cristal del escaparate, como si estuvieran observando las estrellas. Dash todavía estaba intentando averiguar cómo colgar libros del techo como había hecho con las luces led.

Sostuve una esquina del edredón para que Dash y los panqueques pudieran unirse a mí debajo de él. Se pegó a mí, tendiéndome un tenedor.

No es que no me diera miedo lo lleno que estaba mi as de copas. Ahí, sin embargo, en la cama de Dash, rodeada de un aroma dulce, casi podía creer que todas las cosas buenas que había en él nunca se derramarían.

AGRADECIMIENTOS

Este libro no podría estar en tus manos si no fuera por mi siempre alentadora y constante agente, Sarah E. Younger. Estoy muy agradecida con ella por creer en mí y en mis historias, y por escucharme con calma cada vez que me emociono hablando sin parar de una nueva trama creativa inesperada (normalmente cuando se supone que debo estar trabajando en otro libro.)

Muchas, muchas gracias a mi entusiasta y perspicaz editora de Primero Sueño Press, Norma Perez-Hernandez. Estoy muy agradecida por todo el esfuerzo que dedicó a ayudarme a pulir este manuscrito convirtiéndolo en algo que me deja el corazón liviano y lleno de luz, y me siento tan contenta de que podamos seguir trabajando juntas.

Todos los de Primero Sueño Press, Nancy Yost Literary Agency y Ediciones Urano tienen mi eterno agradecimiento por todo el esfuerzo que pusieron en hacer realidad mi sueño.

Le estoy profundamente agradecida a Lory Wendy por seguirme el juego cuando entré en WhatsApp un día para posponer una entrega con una conversación casual sobre temas subidos de tono sobre la Regencia. (¡No preguntes!). Se merece todas las donas y bebidas azucaradas por su incansable paciencia y sentido del humor a pesar de mi caos, y por ese día en Orlando cuando sacó los Post-its y empezó a organizar la trama para evitar que hiperventilara porque no tenía ni idea de cómo terminar este libro.

Muchísimas gracias a Lorena Zimmerman por darme el nombre de Mariel cuando estábamos trabajando juntas y pensé que estaba escribiendo una divertida historieta. ¡Quién iba a pensar que la esencia de Mariel iba a ser demasiado para contenerla en cinco mil palabras!

Muchas, muchas gracias (¡y muchos granizados de chinola!) a Priscilla Hamilton, cuya mente es tan grande como su corazón, por guiarme a través de las posibles razones de los problemas de Yaz con el derecho corporativo. No sé absolutamente nada sobre ese mundo, por lo que cualquier error o inexactitud descabellada es definitivamente mía.

Mi brillante hermana recibe reconocimiento por ayudarme a dar nombre a Fling y por llevarme a Prince Street Pizza, incluso cuando todo lo que yo, que soy intolerante a la lactosa, podía hacer era robarme los pepperonis de su porción de pizza. No te preocupes, ya hicimos planes para encontrar una pizza sin lactosa para la próxima vez que estemos juntas en la ciudad.

Escribí la mayor parte de este libro con dos lindos y buenos perritos a mis pies. Ahora mismo Goro está viviendo su mejor vida en Alemania con sus padres. Tristemente, Kalam ya no está con nosotros, pero siempre vivirá en las páginas de este libro. Gracias por la compañía y las distracciones, gorditos. ¡Cuánta falta me hacen!

Y, finalmente, gracias a ti, Ciudad de Nueva York, por ser una segunda casa siempre que necesitaba una. He llorado en el metro, surcado el agua con los ojos llenos de ilusión sobre el East River, caminado de Manhattan a Brooklyn y viceversa siempre soñando.

SOBRE LA AUTORA

Lydia San Andres vive y escribe en los trópicos, donde se la puede encontrar leyendo, tomando café y poniendo excusas para no tomar el sol. Por mucho que le guste el aire acondicionado, a veces se la puede atraer al exterior con la promesa de galletas y un pícnic. Encuéntrala en Instagram, Threads, Bluesky y Tiktok, @lydiaallthetime, y en su página web, lydiasanandres.com.